クリスティー文庫
50

運命の裏木戸

アガサ・クリスティー
中村能三訳

Agatha Christie

POSTERN OF FATE

by

Agatha Christie

Translated by

Yoshimi Nakamura

Published 2023 in Japan by

HAYAKAWA PUBLISHING, INC.

This book is published in Japan by

arrangement with

AGATHA CHRISTIE LIMITED

through TIMO ASSOCIATES, INC.

愛犬ハンニバルと彼の主人へ

ダマスカスの都に四つの大いなる門あり……
運命の門、滅亡の扉、災厄の洞、恐怖の砦……
その下をくぐるなかれ、おお隊商よ、あるいは、
歌いつつくぐるなかれ。聞こえずや
鳥も死に絶えたる沈黙のなか、
なおも鳥のごとく叫ぶものの声が？

——ジェイムズ・エルロイ・フレッカー
「ダマスカスの門」より

目次

第一部

第二部

第三部

運命の裏木戸

登場人物

タペンス・ベレズフォード……………………主人公
トミー・ベレズフォード………………………タペンスの夫
アルバート……………………………………ベレズフォード家の召使
アレグザンダー・パーキンソン…………… "月桂樹荘" のもと住人
メアリ・ジョーダン……………………………パーキンソン家の育児係
アイザック・ボドリコット……………………庭師
ヘンリー………………………………………アイザックの孫
クラレンス……………………………………ヘンリーの友だち
グエンダ………………………………………店員
ハンニバル……………………………………ベレズフォード家の犬
アトキンソン大佐……………………………トミーの友人
ロビンソン
パイクアウェイ ｝………………………………諜報員
ノリス…………………………………………警部
ミス・コロドン…………………………………調査員

第一部

1　おもに本に関して

「本ってものは！」とタペンスはいった。いまにも癇癪《かんしゃく》を起こしそうな調子だった。

「なんだって？」とトミーが言った。

タペンスは部屋の向こう側にいる彼を見やった。

「『本ってものは』っていったの」

「なるほどね、その気持ちはわかるよ」とトーマス・ベレズフォードはいった。

タペンスの前には大きな箱が三つあった。そのなかからいろいろな本が抜きだしてある。それでも、箱にはまだ半分以上本が詰まっていた。

「考えられないくらいだわ」

「本がこれほど場所をとるってことがだろう？」

「ええ」

「それをみんな本棚に並べようってのかい？」

「どうするつもりなのか、自分でもわからないのよ。そこが困ったところなの。自分のしたいことって、そうはっきりはわからないものだわ。やれやれ」

「ほう」と彼女の夫がいった。「わたしはまた、そんなことはきみの性格には、まるでないと思っていたがね。昔から、きみの厄介なところは、自分のしたいことがわかりすぎていることだったからね」

「わたしが言いたいのは、つまり、わたしたちもとうとうここまで来たってことよ、年をとって、ちっとばかり——いえ、ごまかすのはよしましょう——たしかにリューマチがこたえるわ、とくに背を伸ばしたりすると。ほら、背を伸ばして、棚に本をおいたりおろしたり、しゃがんで一番下の棚で何か探したりするでしょう、そして、いざ立ちあがろうとすると、それがひと苦労なのよ」

「うん、うん、お互いにからだが衰えた証拠だよ。それをいおうとしていたのかい？」

「いえ、そうじゃないの。新しい家が買えてよかったっていおうとしたのよ。住んでみたいと思っていたとおりの土地に、いつも夢みていたとおりの家が見つかって——そりや、すこしは手を入れなきゃならないけど」

「部屋を一つ二つぶちこわして、それにきみがヴェランダと称し、建築屋がロジャーと呼ぶものをくっつけるんだろう。わたしなら、むしろ涼み廊下《ロジア》と呼びたいところだがね」

「きっとすばらしいものになるわ」とタペンスは断乎としていった。

「完成の暁《あかつき》にはなんともしれぬ代物になってることだろうな！　これで返事になってるかい？」

「ぜんぜん。完成の暁には、あなたも満足して、なんと独創的で才気があって、芸術家肌の女房をもったことかとおっしゃるだろうっていったのよ」

「わかった。しかるべき言葉が言えるように暗記しておくよ」

「暗記する必要なんかないわ。自然に口をついてでるにきまってるんだから」

「それが本とどんな関係があるんだい？」とトミーはいった。

「この家に越してきたとき、本は二つだか三つだかの箱に詰めてきたわね。それというのが、あまり大切じゃない本は売りはらいましたからね。持ってきたのは、ほんとに手放す気になれない本だけだったのに、それが、当たりまえのことだけど、ほら、あのなんとかいう人たち——名前は忘れちゃったけど、この家を売ってくれた人たちですよ—

――あの人たちはずいぶんたくさんの物を、持っていきたくないので買いとってくれれば、本もふくめて、みんなこのまま残していくからって言ったのよ。それで、わたしたち、調べてみて――」

「買いとったんだ」

「ええ。先方が当てにしていたほど高くはなかったようだけど。なかにはあまりぞっとしない家具とか飾りがあったもの。さいわい、それは引きとらずにすんだけど、でも、いろんな本を調べてみたら――童話があったのよ、居間にね――昔から大好きなのが何冊か。いまもそのままありますけどね。なかに特別好きなのが一、二冊あってね。それで、これが自分のものになったら、さぞ楽しいだろうと思ったの。ほら、アンドロクレスとライオンの話。あれを八つのときに読んだのを憶えてるわ。アンドルー・ラングの」

「ほう、タペンス、きみは八つで本が読めるほど頭がよかったのかい?」

「ええ、そうよ、五つぐらいから読んでいたわ。誰だって読めたのよ、わたしの小さいころは。教わらなきゃ読めないものだってことさえ知らなかったわ。誰かにお話を読んでもらうとするでしょう、そして、そのお話がとても気にいると、その本が本棚のどのへんにもどされるか憶えておくの。それで、いつでも勝手に取りだして、一人で見ることができるものだから、綴りなんか、わざわざ教わらなくても、気がついてみると、ちゃんと自分で読んでいるのよ。これは、あとあと、あまりためになりませんでしたけどね、だって、いまだにわたしは正確な綴りが書けないんですもの。だから、四つぐらいのころ、誰かが綴りを教えてくれていたら、ほんとにためになったろうって、いまになって思うわ。もちろん、足し算、引き算、掛け算なんかは父が教えてくれたけど。この世で、九九の表ほど役に立つものはないって、父はいってたもの。長除法なんかも習ったのよ」

「きみのお父さんは、ずいぶん頭がよかったんだね！」

「とくに頭がよかったとは思わないけど、とってもいい人だったわ」

「話が横道にそれてやしないかい？」

「そうね」とタペンスはいった。「それでさっきもいったように『アンドロクレスとライオン』をもう一度読みかえすことを考えて――あれはアンドルー・ラングの動物の話を集めた本に入っていたんだわ――わくわくしたのよ。イートン校の生徒が書いた『イートン校におけるわが生活の一日』というお話もあったわ。なぜ、あれが読みたかったのかわからないけど、ともかく読んだのよ。あれも愛読書だったわ。それから、古典を下敷きにしたものもあって、モールズワース夫人の『鳩時計』とか、『四つの風吹く農場』とか――」

「もうそれくらいでいいよ。きみの幼き日の文学的業績の数々を、ひとつひとつ聞かせてくれるにはおよばないさ」

「当節では、そういう本にお目にかかれないってことを言ってたまでよ。改訂版なら手に入るけど、たいてい文章がちがっていたり、挿絵が変わっていたりなんですものね。げんに、こないだも『不思議の国のアリス』を見たとき、それがあの本だとはわからなかったくらいだったわ。なにもかもあんまりちがっていて。たしかに、いまでも手に入る本もあります。モールズワース夫人の妖精物語なんかも――ピンクやブルーや黄色の本――一つ二つは手に入るし、もっと最近の、わたしが喜んで読んだ作家たちのなら、たくさん出ています。スタンリー・ウェイマンなんかのならね。そういうのが置いてあった本のなかにいっぱいあるんです」

「わかった。きみは大いに食指を動かされたってわけだ。いい買物《グッド・バイ》だって」

「そうね。すくなくとも――『さよなら《グッド・バイ》』ってどういうこと？」

「かいい、かいいものといったんだよ」

「まあ、この部屋から退散するつもりで、『さよなら』っておっしゃったのかと思いましたわ」

たしかだね」
「どういたしまして。じつに興味津々だったよ。いずれにせよ、いい買物だったことは
「しかも、ばかに安く手に入ったんですからね。それに――それに、その本がわたした
ちの本やなんかのあいだに、ちゃんとおさまってるんですもの。でも、たいへんな数の
本を抱えこんでしまって、わたしたちが作った本棚ではとても間にあいそうにありませ
んわ。あなたの書斎はどう？　もっと本を入れる余地はないかしら？」
「ないね。自分の本だけでも入りきらないくらいだよ」
「やれやれ。いかにもわたしたちらしい話ね。いっそ別に一部屋、建て増したほうがい
いんじゃないかしら？」
「だめだよ。これからは倹約するんだろう？　おととい、その話をしたばかりじゃない
か。忘れたのかい？」
「あれはおとといの話よ。過去は過去、今は今。いまは、どうにも手放す気になれない
本を全部、この本棚におさめようとしてるのよ。それから――それから、ほかの本を調
べてみて――ひょっとすると、どこかの子供の病院でもいいし、いずれにせよ、本をほ
しがっている施設がないともかぎりませんからね」
「でなきゃ、売ったっていいし」とトミーはいった。

「あまり人が買いたがるような本はなさそうよ。稀覯書《きこうしょ》とかそんなものがあるとは思えませんわ」

「どんな運に恵まれるかわからんぞ。絶版になっている本があって、どこかの本屋が長年それを探していたなんて」

「さしあたっては、みんな棚に並べておくしかないわね。そして、もちろん、棚におさめるたんびに目を通してみて、ほんとにとっておきたい本か、ほんとに話をおぼえている本か確かめなくてはね。いまもざっとやってみてるのよ――つまり、分類みたいなことを。冒険物語、お伽噺《ときばなし》、童話、それから、L・T・ミードだったと思うけど――きまって大金持ちの子供がいる学校のお話っていうふうに。デボラがまだ小さいころ、よくそんな本を読んでやったものだわ。みんな『くまのプーさん』が好きでね。『小さな灰色の牝鶏』なんてものもありましたわ。でも、あれはわたし、あまり好きじゃなかったわ」

「そろそろ、きみも飽きてきたようだな。わたしだったら、もうその仕事はやめるところだがね」

「ええ、やめますわ。でも、せめて部屋のこちら側が片づきさえすれば、本をここにおさめてしまいさえすれば……」

「よし、手伝おう」

トミーはそばにきて、箱をかたむけ、なかの本を出すと、ひと抱え棚に持っていって押しこんだ。

「同じ大きさの本は一ヵ所にまとめておこう。そのほうが見た目にいいからね」

「まあ、それじゃ分類にはならないわ」とタペンスがいった。

「どんどん片づけるには、分類はこれでたくさんだよ。それ以上は後まわしだ。いつかほんとに整理すればいいさ。雨の日かなんか、ほかにすることがないときに分類することにしようよ」

「困ったことに、わたしたちはいつだって何かしらほかにすることを考えつけるのよ」

「さあ、ここにまだ七冊は入るよ。さてと、あとは一番上の隅だけだ。ちょっとそこの木の椅子を持ってきてくれないか。乗っても大丈夫だろうな？　これで一番上の棚に何冊か入るよ」

いくらか用心しながら、トミーは椅子の上に乗った。タペンスが本をひと抱え渡した。トミーは用心しながら、それを一番上の棚に押しこんだ。あと三冊というところで手元が狂い、三冊の本がタペンスのからだを危うくかすめて、どっと床に落ちた。

「ああ、寿命がちぢまったわ」

「しようがなかったんだ。いっぺんにあまりたくさん渡すからだよ」

「まあ、でも、ほんとにすっきりしたわ」タペンスはすこし後ろにさがりながら言った。「こんどは下から二段目の棚に、ほら、そこの隙間にこれを入れてくれれば、ともかく、この箱のが片づくわ。それに、これは片づけがいがあるというものよ。こうやって朝から片づけている本は、もともとわたしたちのじゃなくて、買ったほうのですからね。もしかすれば掘り出し物があるかもしれないわ」

「もしかすればね」

「見つかりそうな気がするわ。何かほんとに見つかりそうな気がね。うんとお金になりそうなのが」

「見つかったら、どうする？　売るかい？」

「売るしかないでしょうね。そりゃ、とっておいて、みんなに見せたっていいけど。自慢するわけじゃなくて、ただ『ええ、そうなんですの、わたしたち、一つ二つ面白い掘り出し物をしましてね』っていうだけなのよ。何か面白い掘り出し物がありそうな気がするわ」

「というと――きみがもうすっかり忘れていた古い愛読書のことかい？」

「そうともかぎらないわ。意外な、あっというようなもの。わたしたちの生活をいっぺんに変えさせるようなものよ」

「ああ、タペンス。きみはじつにすばらしい心を持っているんだね。せいぜい文句なしの災難を招くものが見つかるおそれのほうが、ずっと大きいのに」

「ばかばかしい。人は希望をもたなくてはだめよ。これこそ人生で忘れてはならない大切なものだわ。希望。いいこと？　わたしはいつだって希望にあふれているのよ」

「それは知ってるよ」とトミーはいって、溜め息をついた。「それをしょっちゅう気の毒に思ってはいるがね」

2 黒い矢

トーマス・ベレズフォード夫人は、モールズワース夫人の『鳩時計』を、下から三段目の棚の隙間に移しかえた。モールズワース夫人の作品はそこにひとまとめにしてあったのだ。タペンスは『つづれ織りの部屋』を抜きだし、思案顔で手に持っていた。これじゃなくて『四つの風吹く農場』を読もうかしら？　これは『鳩時計』や『つづれ織りの部屋』ほどよく憶えてはいないし。彼女の指はあちらこちらをさまよった……もうすぐトミーが帰ってくる。

仕事ははかどっていた。そう、たしかにはかどっていた。ただ、手をやすめて、昔の愛読書を抜きだして読みだしたりしなければの話である。これはじつに楽しかったが、ひどく時間をくった。だから、夕方帰ってきたトミーに、どういうぐあいだときかれて「ええ、すっかり片づいたわ」と答えたものの、彼が実際に二階にあがって、どのくらい本棚の整理がすすんでいるか見にゆくのを防ぐためには、たいへんな機知と手練手管《てれんてくだ》を駆使しなければならなかった。何もかもひどく時間がかかった。新しい家に落ち着くまでには、思ったよりずっと時間がかかるものである。おまけに、人をいらいらさせる人間が、またじつに多いのだ。たとえば電気屋である。彼らは家に来ると、前の仕事が気にいらないのか、前にもまして床を大きく占領し、陽気な顔をして、さらに多くの落とし穴をこしらえる。うっかり者の主婦なんか、歩いていると足を踏みはずし、床下でごそごそやっている、姿の見えないほかの電気屋の手によって、危機一髪のところで救助される仕掛けになっているのだ。

「どうかすると」とタペンスはいった。「バートンズ・エイカーの家を離れなければよかったと、つくづく思うことがあるわ」

「食堂の屋根のことを思いだしてごらん」とトミーはいったものである。「それに、あの屋根裏部屋や、ガレージがどうなったか思いだしてごらん。もうちょっとで車が押しつぶされるところだったじゃないか」

「修理させればよかったんじゃないかしら？」

「だめだよ、あのがたがたの家をそっくり建てかえるか、引っ越すしかなかったよ。この家だって、いつかは住み心地のいい家になるさ。わたしはそう信じて疑わないね。いずれにしろ、この家ならお互いにやりたいことができるだけの余地が、なんとかなりそうじゃないか」

「あなたが、お互いにやりたいことっていうときは、お互いにまずそのための場所を見つけて、確保したいっていう意味なのよね」

「そのとおり。かなり広い場所をとるからね。きみの意見に従うのも限界だったのさ」

そのときタペンスは考えたものだった――自分たちがこの家をなんとかする、つまり、新居に落ち着くこと以上になにかすることが、はたしてあるだろうか。新居に落ち着くというと、なんでもないことのようだが、いざとなると、意外に手がかかることがわかった。それは一つには、もちろん、この本のせいなのだ。

「もし、わたしが近ごろのふつうの子供だったら」とタペンスはいった。「わたしが小さいころのように、たやすく字が読めるようにならなかったでしょうね。このごろの子供ときたら、四つ、五つ、いえ、六つになっても字が読めないようだし、十、十一になっても、まだ読めない子がたくさんいるようだわ。わたしたちは、なぜあんなにたやすく読めるようになったんでしょうね。誰だって読めたんですよ。わたしも、お隣りのマーチンも、通りの先のジェニファーも、シリルもウィニフレッドも、みんな。ちゃんと綴りができたとはいわないけど、読みたいものはなんでも読めたわ。どうやって覚えたのかしら。人に聞いたんでしょうね。ポスターとか、カーターの肝臓薬のことなんか。

汽車がロンドンに近づくと、畑のなかのそんな広告を一つ一つ読んだものだわ。胸をわくわくさせながら。あれはなんの広告だろうって、いつも考えたものよ。あら、いけない、いまの仕事のことを考えなくちゃ」

彼女はもう何冊か本を移しかえた。まず『鏡の国のアリス』に読みふけり、それから、シャーロット・ヤングの『歴史の裏側』を読んでいるうちに一時間ちかく過ぎてしまった。それでもまだ彼女の手は、厚い、読みふるした『雛菊の花輪』から去りかねていた。

「これはどうしてももう一度読まなきゃ。考えてみれば、昔これを読んでから、もう何年も何年もたってるんですもの。ああ、なんてわくわくしながら読んだことでしょう。ノルマン人も堅信礼を受けさせてもらえるのかしら、なんて考えて。それに、エセル――なんていう土地だったかしら？　コックスウェルとかなんとかいうところだったわ――それに、フローラのような一介の庶民。なぜ、あのころは誰も彼も〝一介の庶民〟だったのかしら、それに、一介の庶民だと、ずいぶんばかにされたのね。いまのわたしたちは何かしら？　わたしたちも、みんな一介の庶民なのかしら？」

「何かおっしゃいましたか、奥さま？」

「いえ、なんでもないのよ」とタペンスは、ちょうど戸口に姿を見せた忠実な召使いのアルバートを振りかえっていった。

「何かご用がおありなのかと思いまして。ベルをお鳴らしになったでしょう?」

「いえね、本をとろうとして椅子に乗るとき、ついベルによりかかったのよ」

「何かおろすんでしたら、わたくしがいたしますが?」

「そうね、お願いするわ。どの椅子からも落っこちそうになるのよ。脚がぐらぐらなのや、つるつる滑るのばっかりで」

「ご本はどれを?」

「上から三段目の棚は、まだよく調べてないのよ。上の二段しか。三段目にはどんな本があるのか、わたしもじつは知らないのよ」

アルバートは椅子に乗り、かすかに積もった埃を、一冊一冊はたき落としては手渡した。タペンスはすっかり夢中になってそれを受けとった。

「まあ、すてき! どれもこれも。すっかり忘れてたのがずいぶんあるわ、あら、『魔除け』よ、これは。『サマヤド』もあるわ。『新宝探し』も。ああ、わたしの大好きなのばっかり。いえ、それはまだ棚にもどさないでちょうだい、アルバート。まず読んでみなくちゃ。まあ一冊か二冊をね。おや、これは何かしら。どれどれ。『赤い花形帽章』ええ、そう、歴史ものだわ。とっても胸をときめかせながら読んだものよ。『赤い長衣の陰に』もあるわ。スタンリー・ウェイマンのがずいぶんあるわね。ほんとにたくさん。もちろん、こんなのはみんな十か十一ぐらいのときに読んだものだけど。あら、これこそ思ってもみなかったわ、『ゼンダ城の虜』にめぐりあえるなんて」思い出があたえてくれる息づまるような楽しさに、タペンスは吐息をもらした。「『ゼンダ城の虜』これこそロマンチックな小説への最初の手引きだわ。フラヴィア姫のロマンス。ルリタニアの国王。ルドルフ・ラッセンディルとかいう名前だっけ、この人物のことは、夜になると誰でも夢に見るわ」

アルバートがまた一冊渡した。

「まあ、これはまた一段と楽しい本ね。これも古いころのだわ。古いのは一緒にまとめておきましょう。さて、どんなのがあるかしら？　『宝島』そう、これも楽しい本だけど、もちろん、もう何度も読んでるし、映画になったのも、たしか二本は観てるわ。映画で観るのは好きじゃない、原作どおりじゃないから。おや――『誘拐されて』があるわ。ええ、これも昔から大好きだったわ」

アルバートが伸びあがり、欲張って本を抱えこみすぎたので、『カトリオナ』がタペンスの頭をかすめて落ちた。

「これは失礼しました。すみません」

「いいえ、いいのよ、なんでもないわ。『カトリオナ』ね。そうだわ。スティーヴンスンのはもっとない？」

アルバートはこんどは前より慎重に渡した。タペンスは感きわまって歓声をあげた。

「『黒い矢』よ。まあ驚いた！　『黒い矢』なんて！　これこそ、わたしがはじめて手にして読んだ本なのよ。そうなのよ。あんたはそんなことしたおぼえはないでしょうね、アルバート。いえ、あんたなんかまだ生まれてなかったろうっていう意味。ちょっと待って。『黒い矢』ね。そうだわ、ええ、壁にかかった絵から眼がのぞいて――本物の眼なのよ――絵のなかの眼を通して、こっちを見てるの。すばらしかったわ。ぞくぞくするほどこわくて。ええ、ほんとに。『黒い矢』、あれはなんだっけ？　あれは――そうそう、猫に犬だったかしら？　いえ、そうじゃない。『猫に鼠に、犬のラヴル。イギリス全土は豚の統治下にある』こうだったわ。豚っていうのは、もちろんリチャード三世のことよ。もっとも、近ごろはどんな本も筆をそろえて、リチャード三世はほんとはすばらしい人物だったのだって言ってるけど。悪党なんかじゃなかったんだって。でも、わたしは信じないわ。シェイクスピアだって信じなかったんだから。なんてったって、戯曲の出だしに『わしは思いっきり悪党になってみせるぞ』ってリチャードに言わせてるくらいだもの。ええ、そう。『黒い矢』よ」

「もっと出しましょうか？」

「ありがとう、もういいわ、アルバート。わたしもだいぶ疲れてきたから」

「では、おしまいにいたしましょう。ところで、旦那さまからお電話がございまして、お帰りが三十分ほど遅れるそうでございます」

「かまわないわ」

タペンスは椅子に腰をおろすと『黒い矢』をとりあげ、ページをめくり、夢中で読みはじめた。

「まあ、なんてすばらしいんでしょう。すっかり忘れていたおかげで、また読みかえしても面白いわ。昔、読んだときもほんとに面白かったけど」

静寂がおとずれた。アルバートは台所にもどった。タペンスはふかぶかと椅子の背にもたれかかった。時は過ぎた。いささかくたびれた肘掛け椅子にまるくなり、トーマス・ベレズフォード夫人は、過ぎ去った昔の喜びを求め、ロバート・ルイス・スティーヴンスンの『黒い矢』の一行一行を夢中になって読んでいった。

台所でも、時は過ぎていった。アルバートは料理用レンジを向こうにまわして、多種多様の作戦行動に没頭していた。車の音がした。アルバートは横手の入り口に行った。

「車をガレージに入れましょうか、旦那さま？」

「いいよ」とトミーはいった。「自分でやるから。おまえは夕食の支度で忙しいんだろう。ずいぶん遅れたかい？」

「そんなことはございません、おっしゃったとおりですよ。ほんとはすこし早いぐらいで」

「ほう、そうかね」トミーは車の始末をして、手をこすりあわせながら台所に入ってきた。「外は寒いよ。タペンスはどこだい？」

「ああ、奥さまでしたら、上で本にかかりきりでございますよ」

「なんだ、まだあの黴《かび》くさい本にかい？」

「そのようで。今日はだいぶお仕事に身をいれていらっしゃったようですけど、大部分の時間は読むほうにとられて」

「やれやれ。まあ、いいよ、アルバート。夕食はなんだい？」

「レモンをきかせたシタビラメでございます。支度はすぐにできますよ」

「わかった。ともかく、十五分ばかりあとにしてくれ。まず手を洗いたいから」

二階ではタペンスがあいかわらず、いささかくたびれた肘掛け椅子におさまって『黒い矢』を読みふけっていた。額にちょっと皺をよせている。さっきから、なんとなく奇妙に思われる現象にぶつかっていたのである。一種の目障りとでも呼ぶしかないものがあるような気がするのだった。いままで読んできたページに——彼女はちょっと探してみた。六十四ページだったか、六十五ページだったか、はっきりしないが――いずれにせよ、そのページのいくつかの言葉の下に、誰かが線を引いたらしいのだ。タペンスは十五分ほど前から、この現象に注目していたのだった。なぜ、こんな言葉にアンダーラインが引いてあるのだろう？　関連した言葉でもないし、したがって引用文でもない。ばらばらに選び出したような言葉に、赤インクで線を引いてあった。タペンスは小声で読んでみた。「マッチャムは思わず低い叫び声をあげた。ディックはぎくりとして、窓を取りおとした。彼らは一斉に立ちあがり、剣や短刀を抜きはなった。エリスが手をあげた。彼の白眼が光った。さあ、大きな――」タペンスは首を振った。まるで意味が通らない。なにひとつ。

彼女は筆記用具をおいてあるテーブルへ行き、便箋を二、三枚とった。これは新しい住所、つまり〝月桂樹荘〟の所番地を印刷する紙を選ぶために、最近、印刷会社から送ってもらったものだった。

「くだらない名前だわ」とタペンスはいった。「でも、そのたんびに名前を変えていたら、手紙がみんな迷子になってしまうわ」

彼女は問題の箇所を便箋に書きうつしてみた。すると、それまで気づかなかったことに気づいた。

「こうすると、すっかりちがってくるわ」

彼女は問題のページの文字を拾ってみた。

「やっぱりここだったな」とつぜん、トミーの声がした。「そろそろ夕食だよ。どうだい、本のほうは？」

「これがさっぱり訳がわからないのよ」とタペンスは言った。「おそろしく訳がわからない」

「訳がわからないって、なにが？」

「これはスティーヴンスンの『黒い矢』なんだけど、もう一度読んでみたくなって読みはじめたの。それはそれでいいんだけど、急に——どのページもちょっと変になってきたのよ。そこらじゅうの言葉に赤インクでアンダーラインがしてあって」

「なあに、そういうことをするもんだよ。なにも赤インクにかぎりゃしないが、人間ってアンダーラインを引くものなんだ。ほら、憶えておきたいところとか、引用文なんかにさ。わたしのいう意味はわかるだろう」

「そりゃわかるけど、でも、それとはまたちがうの。それに、これは——ほら、文字なのよ」

「文字というと？」

「こっちにきてごらんなさいよ」

トミーは妻のそばにきて、椅子の肘に腰をおろした。そして読んだ。『マッチャムは思わず低い叫び声をあげた。死んだ発車係までがぎくりとして、窓を取りおとしたので、二人の大男は――なんだか読めんな――員が予定された目印だった。彼らは一斉にさっと立ちあがり、剣や短刀を抜きはなった』まるでちんぷんかんぷんだ」

「ええ、最初はわたしもそう思ったの。まるでちんぷんかんぷんだったわ。でも、それがちんぷんかんぷんじゃないのよ、トミー」

階下で鈴が鳴った。

「夕食だよ」

「かまわないわ。その前に、まずこれを話しておかなくちゃ。あとにしてもいいんだけど、なにしろ変なのよ。いますぐ話さなくちゃ気がすまないわ」

「よし、わかった。また例の幻の大発見とやらをしたというのかい？」

「いいえ、そこまではいってないの。ただ、文字を抜きだすところまで。それでと――このページよ、ほら――最初の言葉のマッチャムのM。MとAにアンダーラインがしてあるし、そのあとにも、三つ、いえ、三つだか四つだかの言葉に線が引いてあるの。なにも関係のある言葉というわけじゃないのよ。ただでたらめに選びだして、アンダーラインを引いて――その言葉のなかの文字によ――適当な文字が必要だからっていうふうに。で、次は、ほら『抑えろ』のRに線が引いてあるでしょう。それから『叫び声』のY、『ジャック』のJ、『撃った』のO、『破滅』のR、『死』のD、これも『死』のA、『疫病』のN――」

「おい、もういい加減にしてくれ」

「待って。どうしても突きとめたいんだから。ちゃんと書きだしておいたから、これであなたにもわかるでしょう？　つまり、わたしが最初にやったとおり、こうした文字を抜きだして、順々にこの紙に書けば、ほら、こうなるのよ。M‐A‐R‐Y。この四つの文字にアンダーラインがしてあるの」

「それがどうした？」

「メアリになるのよ」

「そのとおり。メアリになる。メアリという人がいたんだな。天性独創的な子供が、これは自分の本であることを示そうとしたんだ。古来、人間ってやつは、本とかそういうものに、自分の名前を書くものだよ」

「わかったわ。ともかく、メアリよ。で、次にアンダーラインがしてある文字は、J‐o‐r‐d‐a‐nになるのよ」

「いいじゃないか。メアリ・ジョーダンさ。ごく当たりまえだよ。これでその子の姓名までわかったわけだ。メアリ・ジョーダンだったんだ」

「ところが、この本は彼女のものじゃなかったのよ。最初のところに、たどたどしい、子供っぽい字で『アレグザンダー』と書いてあるの。アレグザンダー・パーキンソンって」

「ほう。そんなことがほんとに重要なのかい？」

「重要にきまってるわ」

「さあ、いこう。こっちは腹ぺこなんだ」

「我慢してよ。あとちょっとだけだから。アンダーラインが終わっている次のページまで――ええ、どうせ次の四ページでおしまいなんだから。文字はあっちこっちのページの、とんでもないところから選んであるのよ。関係があって選んだものじゃないの。言葉はまるで重要じゃないのよ――ただ文字だけ。そこでと。M-a-r-y J-o-r-d-a-nまではわかったわね。これはこれでよしと。さて、次の四つの言葉がどういう言葉かわかる？ d-i-d n-o-t d-i-e n-a-t-u-r-a-l-y。これは『自然に』のつもりなんだけど、1が二つだってことを知らなかったのね。さて、どうなって？ 『メアリ・ジョーダンの死は自然死ではない』ほら、そうなるでしょう。次の文章は『犯人はわたしたちのなかにいる、わたしには誰だかわかっている』これで全部よ。ほかには見つからないの。でも、なんとなく胸がどきどきするじゃないの？」

「おいおい、タペンス。まさかきみはこんなものから、何か意味をひきだそうっていうんじゃないだろうね？」

「それ、どういうこと、こんなものとか、意味とかって？」

「謎の事件をでっちあげるってことさ」

「ええ、これはわたしにとっては謎の事件よ。『メアリ・ジョーダンの死は自然死ではない。犯人はわたしたちのなかにいる。わたしには誰だかわかっている』ああ、トミー、これではどうしたって、ひどく好奇心をそそられるじゃないの」

3　墓地を訪ねて

「タペンス！」とトミーは家に入りながら大声で呼んだ。

返事がない。すこしとまどって、彼は階段を駆けあがり、二階の廊下を小走りにいった。その途中で、ぽっかり口をあけた穴に、危うく脚をつっこみかけ、たちまち悪態をついた。

「またこんなことをしやがって、うっかり者の電気屋め」

先日も、彼は同じ種類の災難に見舞われたものである。電気屋どもは、ご親切にも楽観主義と能率のよさをごっちゃにして、仕事にとりかかった。「ここまでやっとけば大丈夫。もうたいして手間はかかりませんよ。午後また来ます」と彼らは言ったのだ。ところが、午後またやってはこなかったのだ。これはトミーにとってとくに意外というほどのことではなかった。建築、電気工事、ガス工事などにおける、業者全般の労働の型には、もう慣れっこになっているのだ。彼らはやってくる、てきぱきと仕事をする、楽天的な意見を述べる、何かをとりに帰る。そして、そのままもどってこない。電話をかけてみても、きまって番号がちがっているらしい。番号があっていても、目当ての人物は、どの会社にしろ、その部門にはいないということになるのが落ちである。蹉《くるぶし》をくじいたり、穴に落っこちたり、なんらかの形で怪我をしないように、ひたすら用心するしかないのである。トミーは自分よりもタペンスが怪我をすることのほうを、はるかに心配していた。自分はタペンスより経験が豊富なのだ。タペンスはヤカンでやけどをするとか、レンジの熱で大災難にあう危険性が大きい。それにしても、タペンスはいったいどこに行ったのだろう？　彼はもう一度呼んでみた。

「タペンス！　タペンス！」

彼はタペンスのことが心配になってきた。タペンスという女は、こちらが心配せずにはいられない人間なのだ。出かけるときなど、最後にもう一度、分別に富んだ忠告を与える。すると、彼女のほうも最後にもう一度、忠告をきちんと守ると約束するのだ――ええ、外出はしないでいるわ、ちょっとバターを半ポンド買いにいくだけ。それくらいのことだったら、いくらなんでも危険とはいえないでしょう？

「ところが、きみだとバターを半ポンド買いにいくのさえ、危険なことになりかねないんだよ」

「まあ、ばかなことをいわないで」

「ばかどころか、わたしは賢明で、心づかいのこまやかな夫として、自分の愛する所有物に気を配ってるつもりなんだがね。ただ、わからんのは、なぜ、それが――」

「それはね、わたしがとっても魅力的で、美人で、またとない良き伴侶で、あなたのことをとっても気にかけているからよ」

「それもあるにはあるだろうがね、しかし、もっともっと忠告を与えたいところだよ」

「それはわたしの気にいるものじゃなさそうね。ええ、きっと気にいらないことばっかりだわ。そりゃ、あなたにすれば積もり積もった不平不満があるでしょうけどね。でも、ご心配なく。万事うまくいくわ。それより、帰っていらしたら、家に入るときに、声をかけてくだされぱいいのよ」

それなのに、タペンスはいったいどこにいるんだろう？

「しようのないやつだ。どこかに行ったんだな」

彼は前にタペンスを見つけた、上の部屋に行ってみた。またしても子供の本でも調べているのだろう。きっと、どこかのしようもない子供が、赤インクで線を引いた、しようもない言葉に興奮しているのだろう。何者ともわからないメアリ・ジョーダンの跡をたどっているのだ。自然な死に方をしたのではないメアリ・ジョーダン。トミーはいろいろと考えずにはいられなかった。ずっと前のことだろうが、たぶん、この家の持ち主で、のちに彼らに売りはらった一家が、ジョーンズという名だったのだ。その一家がここに住んでいたのは、それほど長い期間ではない。せいぜい三年か四年だ。いや、このロバート・ルイス・スティーヴンスンの本を持っていた子供が住んでいたのは、それよりもっと前のことだ。いずれにせよ、タペンスはこの部屋にはいない。本はあたりに散らばっておらず、いままで興味の対象になっていた形跡はないようだった。

「いったい、どこに行ったというんだろう？」

階下に引きかえし、また一、二度大声で呼んでみた。返事がない。彼はホールの掛釘を調べた。タペンスのレインコートが消えている。すると、やはり出かけたのだ。どこへ？　それにハンニバルはどこにいるんだろう。トミーは声の調子をかえて、ハンニバルを呼んだ。

「ハンニバル――ハンニバル――ハニーや。来い、ハンニバル」

ハンニバルもいない。

いずれにせよ、タペンスはハンニバルを連れていったのだ、とトミーは考えた。

タペンスがハンニバルを連れていったことが、はたしていいことか悪いことか、トミーには判断がつかなかった。たしかにハンニバルは、タペンスに危険が及ぶのを黙って見てはいないだろう。問題はハンニバルがほかの人に害をくわえはしないか、ということである。よその家に連れていってもらうときは友好的なのだが、あべこべに彼に会いにきたり、彼の住む家に入ろうとしたりする人々は、ハンニバルの心のなかでは、つねに要注意人物になるのである。彼は必要とあらば、いかなる危険をおかしてでも、吠えたり嚙みついたりする心構えをしているのだ。それにしても、みんなどこに行ったのだろう？

トミーは通りをすこしばかり歩いてみたが、小型の黒い犬を連れた、明るい赤のレインコートを着た中背の女が、遠くを歩いている姿すら見あたらなかった。結局、いささかむかっ腹をたてて、彼は家に引きかえした。

食欲をそそる匂いが彼を迎えた。急いで台所に行ってみると、タペンスが料理用レンジから振りむいて、お帰んなさいとでもいうように笑顔を見せた。

「ずいぶん遅かったわね。これ、キャセロールよ。いい匂いでしょう？　今日はちょっと珍しいものを入れてみたんですよ。庭にハーブがあったの。すくなくとも、ハーブと思えるものが」

「ハーブじゃなかったら、有毒なベラドンナか、外見はほかのものに見えるが、ほんとはジギタリスかなんかだろう。いったい、どこに行ってたんだい？」

「ハンニバルを散歩に連れてってやったのよ」

ちょうどこのとき、ハンニバルが姿を現わした。トミーめがけて駆けより、熱狂的な歓迎ぶりを示したので、トミーはもうすこしで尻もちをつくところだった。ハンニバルはつやつやした黒い毛の小型犬で、お尻と両頬に面白い黄褐色の斑点がある。由緒正しい血統のマンチェスター・テリアで、知的なこととか高貴さにおいては、そんじょそこらの犬どもとは比較にならないほど高い水準にあるという自信を抱いているのだった。

「ああ、やれやれだな。そのへんを捜してまわったんだよ。どこに行ってたんだい？あまりいい天気でもないのに」

「ええ、いいお天気じゃないわね。霧が深くて、湿っぽくて。それに――すっかりくたびれちゃった」

「どこに行ったんだい？　町まで買物にでも行ってたんじゃないのかい？」

「いいえ、今日はお店の早じまいの日なのよ。そうじゃなくて……わたし、墓地に行ったの」

「陰気な話だな。なんで墓地なんかに行ったんだい？」

「見たい墓があったもんだから」

「なおのこと陰気くさい話だな。ハンニバルは喜んでいたかい？」

「ハンニバルには引き綱《リード》をつけてなきゃならなかったのよ。教会から会堂番らしい人がしょっちゅう出てくるし、その人がハンニバルに好意をもたないんじゃないかと思ったものだから。だって――ハンニバルのほうもその人に好意をもたないかもしれないでしょう。それに、引っ越しそうから、妙な偏見をもたれるのもいやでしたからね」

「いったい、なんでまた墓地なんかのぞいてみる気になったんだい？」

「どんな人があの墓地に埋葬されてるかと思って。たくさんの人が埋葬されていて、それこそ、ほんとに満員。ずいぶん古いのがあるのよ。一八〇〇年代なんてのはざらで、もっと古いのも一つ二つあるようだったけど、墓石がすりへっていて、よく読めないの」

「それではまだ、きみが墓地に行こうとした動機がわからないんだがね」

「調査をしてたのよ」

「なんの調査だい？」

「ジョーダンという人が、埋葬されてやしないか、それが知りたかったの」

「やれやれ。まだそんなことにひっかかっているのかい？　きみが調べにいったのは――」

「ねえ、メアリ・ジョーダンは死んだのよ。死んだことはわかっています。なぜかといえば、彼女の死は自然死ではないと告げている本を、わたしたちが手にいれたからだわ。でも、彼女はどこかに埋葬されているはずよ、そうでしょう?」

「それに文句のつけようはないね。この家の庭に埋められたのでなければ」

「そんなことはちょっと考えられないわ。だって、あの男の子だか女の子だか——きっと男の子よ——もちろん、男の子よ、アレグザンダーという名ですもの——その子しか知ってなくて、彼女の死が自然死でないことを知って、なんとなく自分は頭がいいと思ったにちがいないわ。でも、彼女の死因についてはっきりした考えをもっているとか、死因を発見したとかいうのが、その子だけだったとすると——つまり、ほかには誰も知らなかったということになるでしょう。要するに、彼女は死んで、埋葬されて、誰も……」

「誰も、犯罪が行なわれたとは言わないよ」とトミーが話をひきとって言った。

「まあ、そんなところよ。毒を盛られたとか、頭を殴られたとか、崖から突き落とされたとか、車で轢《ひ》き殺されたとか——まあ、いやだ、いくらでも方法は思いつけるわ」

「そりゃ、きみならいくらでも思いつけるさ。ただ、きみのいいところはね、タペンス、すくなくとも、やさしい心をもっていることだ。ただ面白半分に、そんな殺人方法を実行にうつしたりはしないよ」

「でも、墓地にはメアリ・ジョーダンのお墓なんかなかったわ。ジョーダンという苗字の人も」

「がっかりだね、きみにとっては。ところで、その料理はまだできないのかい、腹ぺこなんだよ。いい匂いだな」

「ちょうど食べごろだわ」とタペンスは言った。「手を洗っていらっしゃれば、すぐお食事にしますよ」

4 たくさんのパーキンソン

「パーキンソンって苗字の多いことったら」と食事をしながらタペンスが言った。「ずっと昔からのだけど、びっくりするほど多いのよ。年よりや若いのや、パーキンソン家に嫁いだのや。パーキンソンではちきれそうなの。それに、ケープとか、グリフィンとかアンダーウッドとかオーヴァウッドとか。面白いわね、アンダーウッドとオーヴァウッドと、両方ともあるなんて」

「昔、友人にジョージ・アンダーウッドというのがいたよ」

「ええ、アンダーウッドなら、わたしも何人か知ってたけど。オーヴァウッドっていう人は知らないわ」

「男かい、女かい?」とトミーがちょっと興味をみせて言った。

「女だったわ。ローズ・オーヴァウッド」

「ローズ・オーヴァウッドか」トミーはその音のひびきに耳をすましながら言った。

「なんとなく語呂《ごろ》のいい名前じゃないようだな。ところで、昼食がすんだら、電気屋に電話しなきゃならない。気をつけるんだよ、タペンス、上の踊り場で脚を突っこんだらおしまいだぜ」

「そうなったら、わたしは自然死ってことになるのね、それとも変死かしら、どっちかね」

「好奇心による死さ。好奇心は猫を殺すというからね」

「あなたには好奇心なんかまるでないの？」

「あいにく好奇心をもつ理由がまるっきりないんでね。食後のお菓子はなんだい？」

「糖蜜のタルトよ」

「いや、なかなかうまい食事だったよ、タペンス」

「お気に召してよかったわ」

「裏口の外にある包みはなんだい？　注文しておいたワインかい？」

「いえ、球根よ」

「ほう、球根か」

「チューリップなの。アイザック爺さんのところへ行って、相談してくるわ」

「どこに植えるんだい？」

「庭の真ん中の道ぞいにと思ってるんだけど」

「あの爺さん、いまにもぶったおれて、死にそうに見えるじゃないか」

「とんでもない。あのアイザックはものすごく丈夫なのよ。わたし、発見したんだけど、庭師ってそういうものなのね。ほんとに腕のいい庭師って、八十を越してから、いよいよ脂がのってくるらしいの。三十そこそこの、強そうで、見るからに逞しそうな若い男で、『わたしは昔から庭師になりたかったんですよ』なんていうのにぶつかったら、まずまったくの役立たずとみてまちがいないわ。ときたま葉っぱをすこしばかり落とすのが関の山で、なにを頼んでも季節はずれの一点張り、それならいつごろがいいのか、こっちは知らないのだから、いえ、すくなくとも、わたしは知らないのだから、ええ、結局、向こうのいいなりになってしまうのよ。でも、アイザックはすばらしい庭師だわ。どんなことでも知ってるんだもの」それからタペンスはつけくわえた。「クロッカスもぜひ欲しいわ。あの包みに入ってるかしら。ちょっと見てくるわ。今日はアイザックが来る日だし、あのお爺さんならなんでも教えてくれるから」

「うん。しばらくしたら、わたしも行くよ」

タペンスとアイザックは、楽しい再会の一時《ひととき》をともにした。球根の包みは解かれ、花がもっとも引きたってみえる場所について、話が交わされた。まず早咲きのチューリップ。これは二月の末ごろ、人の心を楽しませてくれるだろう。つぎに、花弁にきれいな縁どりのある、色あざやかなチューリップと、タペンスが判読できたかぎりでは『ヴィリディフローラ』という名の、五月から六月のはじめにかけて、長い茎に、特別きれいな花をつけるチューリップが考慮の対象になった。この品種はパステルグリーンの色あいに趣きがあるので、庭の奥まったところにひとまとめに植えて、客間を花で小粋《こいき》に飾るときなど、摘みとってあしらってもいいし、また、表門をくぐって家へとつづく短い道のそばに植えれば、訪問客の嫉妬と羨望をかきたてるだろうということで、二人の意見は一致した。それに、肉とかそのほかの食料品を届けにくる商人たちの美的感覚も、この花は満足させるにちがいなかった。

四時になると、タペンスは台所で茶色のティー・ポットに、濃い、おいしい紅茶をいっぱいいれ、角砂糖の壺とミルク入れをそえて、帰る前に一服していくようにとアイザックに声をかけた。それからトミーを捜しにいった。

きっとどこかで眠りこんでいるんだわ、とタペンスは部屋から部屋へと見てまわりながら思った。踊り場まで来ると、床の例の不吉な穴から頭が突きでているので、ほっとした。

「大丈夫ですよ、奥さん」と電気屋が言った。「もうびくびくするには及びませんよ。

すっかりすみましたから」そして、明日の朝から、家のなかのまた別の場所にとりかかるつもりだとつけくわえた。

「ほんとに来てちょうだいよ。ところで、ベレズフォードを見かけなかった？」

「というと、ご主人のことですかね？　たしかに上の階にいましたよ。そういや、なんか落っことしていましたよ。わりと重いものだったね。きっと本ですよ、あれは」

「本ですって！　まあ、呆れた！」

電気屋は廊下の自分の地下世界にひっこみ、タペンスは屋根裏部屋にあがっていった。ここは、いまのところ子供向きの本専用の、臨時の書庫に改造されているのだった。

トミーは脚立のてっぺんに腰掛けていた。床には何冊か本が散らばり、棚にはそれとわかるほどの隙間ができていた。

「ここにいたのね」とタペンスはいった。「興味もなにもないふりをしていたくせに。たくさん本を調べていたんでしょう？　わたしがせっかくきちんと片づけておいた本をめちゃくちゃにしたのね」

「すまん、だが、その、ちょっと調べてみたいと思ってね」

「ほかにも赤インクでアンダーラインのしてある本が見つかって？」

「いや、ほかにはなかったよ」

「気になるわね」

「あれはアレグザンダーの仕業《しわざ》にちがいないよ。アレグザンダー・パーキンソン君の」

「そうよ。パーキンソンの一人、無数にいるパーキンソンのうちの一人よ」

「このアレグザンダーはいくらか怠け者だったらしいな。もっとも、あんなふうにアンダーラインを引くなんて、もちろん、相当面倒くさかっただろうがね。だが、ジョーダンに関する情報はあれっきりだよ」

「アイザックにきいてみたのよ。あの爺さんは、このへんの人をたくさん知っているから。でも、ジョーダンなんておぼえがないんですって」

「玄関のそばの真鍮のランプはどうするつもりだい？」と階下に降りながらトミーがきいた。

「不用品バザーに持っていこうと思ってるのよ」

「なぜ？」

「なぜって、前から邪魔っけでしょうがなかったの。あれはたしか外国で買ったんだったわね？」

「そうだよ、きっと二人とも頭がおかしかったんだね。きみはあのランプは気にいらない、大きらいだって言った。まあ、わたしも同感だがね。それに、あれはひどく重いんだ、べらぼうに重い」

「でも、あれをバザーに出すといったら、ミス・サンダーソンはとっても喜んだわ。取りにくるといってくれたんだけど、車で届けますからっていっといたの。それで、品物を持ちよるのが今日なのよ」

「なんなら、わたしが届けようか」

「いいのよ、わたし、行ってみたいんだから」

「わかった。わたしもついていって、運びこんであげよう」

「いえ、運びこんでくれる人なら、誰か見つかると思うわ」

「まあ、いいようにするさ。自分で運んだりして疲れるんじゃないよ」

「わかったわ」

「きみが行きたいっていうのには、ほかにも理由があるんだね？」

「いいえ、みんなとちょっとおしゃべりがしたいと思っただけよ」

「なにをしでかそうとしているのか知らんがね、タペンス、きみがなにかをやろうとしているときは、眼の色でわかるんだよ」

「ハンニバルを散歩に連れてってくださいな。バザーには連れていけないから。犬の喧嘩にまきこまれるのはご免よ」

「いいよ、散歩にいくかい、ハンニバル？」

いつものとおり、ハンニバルは即座に肯定の答えをした。彼の肯定と否定は、絶対に取りちがえようのないものだった。いまもからだをくねらせ、尻尾を振り、片方の前脚をあげ、またおろし、トミーの脚に頭をつよくこすりつけるのだった。

「散歩はいいな」と明らかにハンニバルはいっていた。「おまえさんはそのために存在してるんだからね、ぼくの奴隷くん。さあ、通りを楽しくひと巡りしてこよう。いろんな匂いがするといいがね」

「さあ、おいで」とトミーはいった。「引き綱は持っていくが、この前みたいに、道にとびだすんじゃないぞ。おっかない、大きな〝長い車〟に、もすこしで終わりにされるところだったじゃないか」

ハンニバルは「昔から、ぼくは言われたことはきちんと守る、とってもいい犬ですよ」というような表情でトミーを見た。この言明は真っ赤な偽りではあったが、ハンニバルとごく親密な間柄の人々でさえ、しばしば、まんまと騙されるのだった。

トミーは相当重いなとかつぶやきながら、真鍮のランプを車に運びこんだ。タペンスは車で行った。車が角を曲がるのを見とどけてから、トミーはハンニバルの首輪に引き綱をつないで、通りに連れだした。やがて、教会へ通じる横道に入ると、この道は車の往来もほとんどないので、ハンニバルの引き綱をはずしてやった。塀ぎわの舗道を飾るくさむらのあちこちで、喉をならしたり、くんくん匂いを嗅いだりして、ハンニバルはこの特典を確認した。もし人間の言葉が話せたら、彼がこんなことをいっているのは明らかだった。「すばらしいぞ！　ぷんぷん匂う。こいつはでっかい犬だ。きっと、あのいまいましいシェパードのやつだ」低い唸り声。「気にくわないな、シェパードって。以前ぼくに噛みついたやつを見つけたら、こんどこそお返しに噛みついてやる。ほう、すごいぞ、すごいぞ。これは牝だ、それにとびきり別嬪《べっぴん》だ。うん——うん——会いたいものだ。この子の家は遠いんじゃないかな。いや、ひょっとするとこの家の犬かもしれないぞ。どうやら、そうらしいぞ」

「こら、門から出てこい」とトミーがいった。「よその家に勝手に入るんじゃない」

ハンニバルは聞こえないふりをしていた。

「ハンニバル！」

ハンニバルはますます足を速め、台所のほうへ行く角を曲がった。

「ハンニバル！」トミーが叫んだ。「聞こえないのか？」

「聞こえないかって？」とハンニバルはいった。「ぼくを呼んでたんですか？　うん、いやたしかに」

台所のなかから猛烈な吠え声がした。ハンニバルは泡をくって、トミーのところに逃げてきた。そして、トミーの踵にくっつかんばかりにして歩いた。

「よしよし、いい子だ」とトミーはいった。

「いい子でしょう?」とハンニバルはいった。「ぼくに護ってもらう必要があるときは、いつでもすぐそばについていますからね」

彼らは教会の墓地の横門の前に来た。このハンニバルという犬は、どうしたものか、自由自在にからだの大きさを変える、世にも稀なこつを心得ていて、いくらか肩幅のひろい、やや肥りすぎの外見にもかかわらず、いつ何時でも、自分を細い黒い糸みたいに変えることができるのだった。いまも彼は門の格子のあいだを、楽々とくぐりぬけた。

「もどってこい、ハンニバル」とトミーはどなった。「墓地に入っちゃいけないよ」

それに対するハンニバルの答えは、もし答えたらのことだが、おそらく、こんなふうだったろう。「もうちゃんと入ってますよ」彼はとても楽しい庭に放してもらった犬のように、墓地のなかを嬉々としてはねまわっているのだった。

「しようのない犬だ！」

トミーは門の掛け金をはずしてなかに入り、引き綱を手にハンニバルを追いかけた。

ハンニバルはすでに墓地のはるか奥のほうに行っていて、わずかに開いた教会のドアからなかに入ろうという意志充分と見えた。しかし、トミーはやっとのことでハンニバルをつかまえ、引き綱をつけた。ハンニバルはずっと前からこうなることを求めていたとでもいう態度で見あげた。「引き綱をつけるんですね？　そう、もちろん、こうしてれば、威厳みたいなものがつきますからね。ぼくが非常に大切な犬だってことを示すんだから」彼は尻尾を振った。しっかりした引き綱にちゃんとつないであるぶんには、ハンニバルが主人と一緒に墓地を歩いても反対する人もなさそうなので、トミーは先日のタペンスの調査をもういちどあらためてみようと、そこらあたりを歩いてみた。

彼はまず、教会に入る横手の小さなドアの陰に半ば隠れている、すりへった墓石を見た。一番古いものの一つらしい。そのへんには、そうした墓がいくつかあって、たいてい一八〇〇年代の日付けが刻まれていた。しかし、トミーがとくに長く見ていた墓が一つあった。

「妙だな。じつに妙だ」

ハンニバルはトミーを見あげた。主人のその言葉が腑におちなかったのだ。その墓石には犬の興味をそそるようなものは、なにひとつなかった。ハンニバルは腰をおとして、物問いたげに主人を見あげた。

5 不用品バザー

タペンスもトミーも、いまでは見るのさえいやなほどの真鍮のランプが、意外にも最大級の温かい歓迎を受けたのを見て、彼女は喜んだ。

「ほんとにありがとうございますわ、ベレズフォードさん、こんなみごとなものを出していただいて。しゃれてますわね。きっと外国に旅行なさった折にでも、お求めになったんでしょうね」

「ええ、エジプトで買いましたの」とタペンスはいった。

それも八年から十年も前の話になったいまでは、はたしてどこで買ったものやら、はっきりした記憶はなかった。ダマスカスだったかもしれないし、バグダッドかテヘランだったかもしれない。だが、目下のところ、エジプトが話題にのぼっていることはたしかなので、エジプトにしておくほうがずっと面白い、とタペンスは思ったのだ。それに、このランプはどことなくエジプト風に見える。たとい、ほかの国で買ったものだとしても、もともとはエジプトの作品を模倣した時代のものにちがいない。

「ほんとのところを申しますと」とタペンスはいった。「わたしどもの家にはちょっと大きすぎますので、わたし――」

「ええ、ほんとにこれは籤引《くじび》きにでもしなきゃなりませんわね」とミス・リトルが言った。

ミス・リトルは、いちおうバザーの品物の責任者ということになっていた。〝教区のポンプ〟というのが、この界隈での彼女の渾名《あだな》だが、これは主として、この教区の出来事なら、ひとつとして彼女のお目こぼしにあずかることはない、という理由からだった。彼女の苗字は誤解を招きやすい。小《リ》さ《ト》い《ル》どころか、堂々たる体軀の大柄な婦人である。洗礼名はドロシーだが、ふだんはドティと呼ばれている。

「バザーにはいらしてくださいますわね、ベレズフォードさん？」

うかがいます、とタペンスは約束した。

「いろいろと買ってまわるのを楽しみにしていますわ」とタペンスは打ち解けた調子でいった。

「まあ、そんなふうに思っていただけて嬉しゅうございますわ」

「とてもいいことだと思いますの」とタペンスは言った。「この不用品バザーのことですけど。だって——ええ、ほんとなんですものね。つまり、ある人のもてあましものでも、ほかの人には宝って申しますでしょう」

「まあ、そのお話は、ぜひ牧師さんのお耳にいれとかなくちゃ」ミス・プライス＝リドリという痩せこけた、かなり年配の婦人がいった。「ええ、ほんとに、きっとお喜びになりますよ」

「たとえば、この張り子細工のはちですけどね」と言いながら、タペンスはそのはちをとりあげた。

「まあ、そんなものを買う人がありますかしら？」

「わたしがいただきますよ、明日来てみて、まだ売れ残っていましたら」とタペンスはいった。

「でも、このごろでは、とてもきれいなプラスチックの食器洗いのはちがありましてよ」

「わたし、プラスチックってあまり好きじゃないんですよ」とタペンスは言った。「こういう張り子細工のはちって、ほんとにいいものですわ。これなら、陶器なんかを一緒にたくさん入れても割れませんもの。おや、昔風の罐切りもありますわね。こんな牡牛の首のついたのなんか、近ごろではもうお目にかかれませんわ」

「でも、それだと罐を開けるのにひと苦労ですわ。電気で動くののほうが、ずっと便利なんじゃありませんかしら?」

しばらくのあいだ、こんなおしゃべりがつづいたが、やがて、タペンスは自分で手伝えることはないかときいてみた。

「それでしたら、ベレズフォードさん、骨董品売場の飾りつけをお願いしますわ。あなたなら、きっと美的センスがおありになると思いますわ」

「美的センスなんてとんでもない。でも、売場の飾りつけをやらせていただけるのは楽しいですわ。おかしなことをしたら、そうおっしゃってくださいね」

「人手が足りなかったんですよ。あなたが手伝ってくだされば助かりますわ。それに、あなたとお会いできて、みんな、とても喜んでますのよ。もうご新居にもだいたいお落ち着きになったでしょう?」

「もう落ち着いているはずなんですけどね」とタペンスは言った。「まだまだ日にちがかかりそうですわ。電気屋さんやら大工さんやらで、なかなかたいへんなんですの。ああいう人たちは、いちどですみやしませんもの」

電気屋やガス会社に対するタペンスの非難に同調する、ちょっとした論争が起こった。

「一番ひどいのはガス会社の連中ですよ」とミス・リトルが有無をいわさぬ調子でいっ

た。「だって、あの人たちは、なにしろ、ロワー・スタンフォードから来るんですものね、電気屋はウェルバンクから来ればいいんですから」

牧師が手伝いの人々に激励の言葉をかけにきたのをしおに、話題が変わった。また、新しい教区民のベレズフォード夫人に会えて、非常に嬉しいと牧師は挨拶した。

「あなたのことなら、よく存じておりますよ。いや、ほんとに。それにご主人のことも。こないだもお二人のことで、じつに興味深い話を聞いたんですよ。さぞ面白い人生をお過ごしになったんでしょうな。たぶん、口にしちゃいかんことになっているんでしょうから、触れないでおきますがね。ほら、この前の大戦のときのことですよ。あなた方ご夫婦のすばらしいご活躍のことですよ」

「まあ、ぜひ聞かせてくださいな、牧師さん」と、ジャムの壜を並べていた婦人が、売場を離れながら言った。

「絶対秘密ということで話してもらったんですからな」と牧師は言った。「昨日、墓地を歩いておられるのをお見かけしたようですが、ベレズフォードさん」

「ええ、その前に教会のなかを見せていただきましたわ。思わず見とれるようなステンドグラスの窓がございますわね」

「そう、あれは十四世紀のものです。北側の側廊の窓のことですよ。だが、もちろん、ほとんどはヴィクトリア朝のものです」

「墓地を歩いてみましたら、パーキンソンという人のお墓がずいぶんたくさんあるようですわね」

「いかにも。昔からこの地方にはパーキンソンという大きな一族がいたんですよ。もっとも、わたしは、一人として憶えておりませんが。ラプトンさん、あなたなら憶えておいでてしょう」

二本の杖にすがった、もう相当年配のラプトン夫人は、わが意を得たりといった様子だった。

「ええ、ええ、パーキンソン夫人が生きてらしたころのことを憶えておりますよ——ほら、パーキンソン老夫人、〝領主邸〟に住んでいた、あのパーキンソン夫人ですよ。いい方でした、そりゃいい方でしたよ」

「それから、ソマーズとかチャタートンとかいう人のお墓も、いくらか見かけましたわ」

「まあ、昔のこの近在のことに、もうずいぶん詳しくおなりですね」

「じつはジョーダンという人のことを、ちょっと聞いたことがあるものですから——あれはアニー、いえ、メアリ・ジョーダンでしたかしら?」

タペンスは人々を見まわした。ジョーダンという名前は、とくに関心は呼ばなかったようだった。

「そういえば、誰だったか、ジョーダンという女性料理人を使っていましたね。ブラックウェル夫人ですよ。スーザン・ジョーダンとかいう名前でしたわ。半年しかつづきませんでしたけどね。いろいろと欠点が多かったんですよ」

「それはずいぶん昔のことですか？」

「いいえ、つい八年か十年ほど前のことですよ。それより前ってことはありません」

「いまでも、このへんに、どなたかパーキンソンという人がいますかしら？」

「いいえ、もうずっと前にみんなこの土地から出ていきましてね。一人はいとこと結婚して、たしかケニアに行ったはずですよ」

「いかがでしょう」とタペンスは、ラプトン夫人が地元の小児病院と関係があることを知ったので、どうにか愛想よくいった。「子供向きの本でいらないのがあるんですけど、ご入用じゃございませんかしら？　みんな古い本ばかりなんですけど。わたしども家で家具を買いとったとき、たまたま手に入ったんですよ」

「それはまあご親切に、ベレズフォードさん。そりゃ病院にはみなさんが結構ご本を寄せてくださいますけどね。最近の子供向けの特製本なんかを。古本を子供に読ませるのは、かわいそうな気がしますよ」

「まあ、そうでしょうか」とタペンスはいった。「わたしは小さいころ持っていた本を、よく読んだものですわ。なかには、祖母が子供だったころのもありましてね。わたしは、また、それが一番好きでしたの。忘れませんわ。『宝島』とか、モールズワース夫人の『四つの風吹く農場』とか、スタンリー・ウェイマンのものとか」

彼女は同意を求めるようにまわりを見まわした——そして、あきらめ、腕時計を見て、すっかりおそくなったことを知り、思わず声をあげ、暇《いとま》をつげた。

家に着くと、タペンスは車をガレージに入れ、家をまわって玄関へ行った。ドアが開いていたので、彼女は入った。アルバートが奥から出てきて出迎えた。

「お茶をお持ちいたしましょうか？　さぞお疲れでございましょう」

「それほどでもないわ。お茶はいただいてきました。協会でお茶を出してくれたの。ケーキはおいしかったけど、ロールパンは食べられたものじゃなかったわ」

「ロールパンはむずかしいんですよ。むずかしさにかけては、ドーナッといい勝負です。それにつけても」アルバートは溜め息をついた。「エミーはほんとにおいしいドーナッをこしらえたものでした」

「ええ、あんなドーナッツは誰にもつくれないわね」

エミーはアルバートの妻で、数年前に亡くなったのだ。タペンスの意見によると、エミーのつくる糖蜜入りタルトはおいしかったが、ドーナッツは義理にもおいしいとはいえなかった。

「ドーナッツはほんとにむずかしいのよね」とタペンスはいった。「わたしなんか、ちゃんとつくれたことなんかないんだもの」

「まあ、こつみたいなものがあるんですよ」

「旦那さまは？　出かけたの？」

「いえ、上にいらっしゃいます。例の部屋で、ほら、書庫とかなんとか呼んでいらっしゃいますがね。わたしなどは、いまだに屋根裏部屋と呼ぶ癖が抜けきらないのですよ」

「何をしているのかしら？」とタペンスは、いささか意外な気がしてたずねた。

「それがあいかわらず本をごらんになってるようですよ。いまだに整理すると申しますか、片づけると申しますか、そんなことをしていらっしゃるんじゃありませんかね」

「そうだとしても、考えも及ばないような気がしますよ。あの人はああいう本のことには、まるっきり理解がないんだから」

「さようでございます、紳士というのはそんなものじゃございませんかね。たいてい読みごたえのある本をお好みになるようですな。むずかしい学問の本やなんか」

「上に行って、何をしているのか探ってみますよ。ハンニバルはどこへ行ったの？」

「旦那さまのところだと思いますが」

ちょうどそのとき、ハンニバルが姿を現わした。彼はそれが優秀な番犬には欠くべからざることだと考えているので、ひとしきり猛烈に吠えたてたあと、これは匙を盗むか、ご主人夫婦を襲うためにきたやつではなく、大好きな奥さまがお帰りになったのだと、正確な判断をくだしたのだった。ピンク色の舌をたらし、尻尾を振り、彼は階段を降りてきた。

「まあ、お母さんに会えて嬉しいの？」とタペンスはいった。

ハンニバルはお母さんに会えて嬉しいと答えた。そして、たいへんな勢いでとびついたので、危うくお母さんに尻もちをつかせるところだった。

「そっとして」とタペンスはいった。「そっとするんですよ。まさかわたしを殺すつもりじゃないでしょう？」

ハンニバルは、あなたが好きで好きで、いっそ食べてしまいたいくらいだ、という意味をはっきり伝えた。

「おまえのご主人さまはどこ？　お父さんは？　上にいるの？」

ハンニバルは理解した。彼は階段を駆けあがり、振りむいて、タペンスが追いつくのを待った。

「まあ、あきれた」とタペンスはすこし息をきらして書庫に入るなり、脚立にまたがって、本を出したり入れたりしているトミーを見て言った。「いったい何をしているの？ハンニバルを散歩に連れてってくださるものとばかり思っていたのに」

「散歩には行ったよ。墓地に行ったんだ」

「なんでまたハンニバルを墓地へなんか。犬が入るのはいやがられるでしょう」

「なに、ちゃんと綱をつけておいたよ。それに、いずれにしろ、連れていったのはわたしじゃなくて、ハンニバルのほうなんだ。墓地が気にいったらしいよ」

「そんなこと覚えてくれなければいいけど。ハンニバルがどんな犬かご存じでしょう。この犬は日課をきめるのが好きなのよ。墓地に行くのを日課にでもしたら、困ったことになるわよ」

「こいつはそういうことにかけては、とても利口なんだよ」

「あなたがこの犬は利口だっていうのは、つまりわがままだということよ」

ハンニバルは振りむき、タペンスのそばにきて、ふくらはぎに鼻をすりよせた。

「ほら、わたしはとっても利口な犬ですよっていってるよ。いままでのきみやわたしより、よっぽど利口だって」とトミーはいった。

「それはどういう意味？」

「ところで、楽しかったかい？」とトミーは話題を変えていった。

「そうね、楽しいというところまではいかなかったけど。みなさん、とても親切で、いい人ばかりで、そのうちに、いまほど誰が誰だかわからないなんてことはなくなると思うわ。最初はひどくむずかしいのよ、みんな同じように見えるし、同じようなものを着ているし、最初はさっぱり区別がつかないの。ずばぬけてきれいだとか、ずばぬけてみっともない人でなければね。でも、そういうことって、田舎ではそれほど目立ってあることじゃないようだわ」

「さっきいいかけてたんだがね。ハンニバルとわたしは、とても利口なんだよ」

「さっきは、利口なのはハンニバルだっておっしゃったようだけど」

トミーは手をのばして、目の前の棚から本を一冊とりだした。

「『誘拐されて』か。うん、これもロバート・ルイス・スティーヴンスンだったね。誰だか知らんが、ロバート・ルイス・スティーヴンスンの好きな人がいたんだね。『黒い矢』『誘拐されて』『カトリオナ』、ほかにもう二冊あるようだ。みんな、孫に目のないお祖母さんや、気前のいい叔母さんが、アレグザンダー・パーキンソンに買ってやったものだ」

「で、それがどうしたの？」

「この子のお墓を見つけたんだよ」

「何を見つけたんですって？」

「じつはハンニバルが見つけたんだ。教会に入る小さなドアのそばの隅っこにあったんだよ。聖具室かなんかに行くドアじゃないかな。ひどくすりへっていて、世話もいきとどいていないが、たしかにそれがそうなんだよ。死んだのは十四歳。アレグザンダー・リチャード・パーキンソン。ハンニバルがそのあたりを嗅ぎまわっていたんでね。追っぱらって、ひどくすりへってはいたが、なんとか碑銘を読んでみたんだ」

「十四でね。かわいそうに」

「うん、いたましいことだ、それに――」

「あなた、何か考えてることがあるのね。わたしにはわからないけど」

「わたしも妙だなと思ったんだ。タペンス、きみはとうとうわたしを引きずりこんだようだね。そこがきみの一番困るところなんだ。なにかに熱中すると、自分ひとりでやらないで、ほかのものにまで、興味を持たせてしまうんだからね」

「あなたのおっしゃることが、よくわからないわ」

「これは原因と結果のケースじゃないかと思うんだがね」

「つまり、どういうことなのよ、トミー？」

「アレグザンダー・パーキンソンのことを考えていたんだよ。自分ではそれが面白かったにはちがいないが、たいへん手間をかけて、本のなかに一種の暗号というか、秘密の伝言を書きこんだんだ。『メアリ・ジョーダンの死は自然死ではない』これが事実だとしたら？　メアリ・ジョーダンがどんな人だか知らないが、その死が自然死ではなかったとしたら？　そうなれば、わからないかい、次に起こるのは、おそらくアレグザンダー・パーキンソンの死だよ」

「まさか、あなたは――いくらなんでも――」

「なに、人間、誰だっていろいろと考えてみるものさ、わたしも妙だなと思いはじめたんだ――十四歳ということで。死因にはなにも触れてない。墓には書かないものかもしれないがね。『生前のなんじは、歓びに溢れいたり』という聖書の言葉があるだけだ。なんでもそんなふうな文句だったよ。だが――ことによると、これはアレグザンダーが、誰かにとっては命とりになるようなことを知っていたからかもしれないぞ。だから――だから、この子は死んだんだ」

「殺されたっていうの？　想像だけじゃないの、そんなこと」

ないかな」

「だが、口火をきったのはきみだよ。想像する、不思議だと思う。これは同じことじゃ

「わたしたち、これから先も不思議だなって思いつづけるでしょうね。そして、なにも突きとめることはできないでしょうね、だって、ずっと、ずっと、何年も前のことですもの」

二人は顔を見あわせた。

「時はめぐりめぐってか、昔、二人でジェーン・フィン事件を調べたりしたものだったね」とトミーは言った。

二人はまた顔を見あわせ、そして、心はともに過去へとかえっていた。

6 問題

引っ越しというものは、いざというときまでは、引っ越す人にとって楽しい快適な運動ぐらいに考えられがちだが、さて蓋を開けてみると、予想どおりにはいかないものである。

電気屋、建築屋、大工、ペンキ屋、壁紙屋、冷蔵庫、ガス・レンジ、電化製品などの販売人、家具商、カーテンのメーカー、カーテン職人、リノリウム張りの職人、絨毯屋などを相手に、なんども交渉したり調整したりしなければならない。その日その日のきまった仕事ばかりでなく、毎日のように四人から十人ちかくの、前々から来るとわかっている、あるいは、すっかり忘れていた飛びいりの客があるのだ。

それでも、さまざまな領域で、それぞれの仕事が完成したと、タペンスが安堵の溜め息まじりに発表するときもあった。

「台所はもうほとんどすんだと思うの。ただ、小麦粉を入れる恰好の箱が見つからないだけ」

「ほう」とトミーはいった。「それがそんなに大問題なのかい?」

「まあね。小麦粉はたいてい三ポンド入りの袋のを買うのよ。すると、そこらで売っている容器には入らないのよ。見た目にはとてもきれいなんだけど。かわいいバラとかヒマワリの花模様がついているのは、一ポンドしか入らないの。くだらない話だわ」

折りにふれて、タペンスはまた別の意見を持ちだすことがあった。

「〝月桂樹荘〟だなんて。家にこんな名前をつけるなんて、ずいぶんくだらないと思うわ。なぜ〝月桂樹荘〟なんてつけたんでしょうね。月桂樹なんかありもしないのに。いっそ〝鈴掛け荘〟にでもしたほうが、ずっとましだったのに。鈴掛けの樹って、とてもいいものだわ」

「〝月桂樹荘〟の前は、なんでも〝ロング・スコフィールド荘〟といっていたそうだよ」

「それだって、意味のある名ではなさそうですわね。スコフィールドってなんのこと? そのころはどんな人が住んでたのかしら?」

「ウォディントンとかいったな」

「ずいぶんごたごたしてるのね。ウォディントンからジョーンズ、ほら、この家を売ってくれた人。ウォディントンの前はブラックモアだったかしら？　そして、一時期はパーキンソン一家。無数のパーキンソン。わたし、しょっちゅう、またかというほどパーキンソンに出くわしているのよ」

「どういうふうにして？」

「そうね、わたしがいつもたずねてばかりいるからじゃないかしら。つまり、パーキンソンのことで何かわかれば、この——この問題もなんとか解決するんじゃないかって」

「このごろでは、なんでもかでも問題と称するらしいね。きみのいうのは、メアリ・ジョーダンの問題かい？」

「そうともかぎらないわ。パーキンソン家の問題、メアリ・ジョーダンの問題、ほかにもたくさんの問題があるにちがいないわ。メアリ・ジョーダンの死は自然死ではない。次に例の伝言は『犯人はわたしたちのなかにいる』って言っているのよ。ということは、パーキンソン家の家族のなかにいるということなのか、それとも、その家に住んでいた人たちのなかにいるという意味か？　パーキンソン家にはパーキンソンという苗字の人が二人や三人はいたでしょうし、隠居したパーキンソンとか、名前はちがうけどパーキンソンの伯母さんとか甥とか姪とか、それに女中とか小間使いとか料理人もいただろうし、たぶん家庭教師も、それから、ひょっとすると——いいえ、オペア・ガールはいなかったでしょうね、オペア・ガールが世の中に現われるずっと前のことですから——いずれにせよ『わたしたちのなかにいる』というのは、一家内に住んでいる人全部を指しているのにちがいないわ。そのころ、一家内といえば、いまとちがって、そこに寝起きしているものをひっくるめていっていましたからね。メアリ・ジョーダンというのも、女中か小間使いか、あるいは料理女だったとも考えられるわ。でも、なぜ誰かがその女の死を願ったのでしょう？　それも自然でない死を？　つまり、何者かがその女の死を願ったことはまちがいないわ、でなかったら、ふつうの死に方をしたはずなんだから——わたし、あさって、また朝のコーヒーパーティに呼ばれてるの」

「きみはしょっちゅう、朝のコーヒーパーティに呼ばれているようだね」

「だって、ご近所の方や、自分が住んでいる村の人たちを知るには、とてもいい方法だもの。ともかく、ここはたいして大きな村ではないしね。みんなの話といえば、いつでも伯母さんとか知り合いの人のことばっかり。まずミセズ・グリフィンからとりかかってみるわ。あの人、昔はこの界隈の大物だったんですよ。たいへんな権力をふるっていたらしいの。牧師さんやお医者さん、それに教区の看護婦など片っぱしからいじめていたんですって」

「教区の看護婦は役に立たないのかい？」

「立たないようね。死んでしまったんですもの。パーキンソン家の時代、この教区にいた看護婦のことをいってるのよ。いまの看護婦はこちらに来てから、まだ日が浅いんですよ。この土地に興味も持っていないようだし、パーキンソンなんて一人も知らないと思うわ」

「願わくばだね」とトミーは絶望的にいった。「パーキンソンのことなんかきれいさっぱり忘れたいものだよ」

「そうすれば、問題も自然消滅するとおっしゃるの？」

「やれやれ、またしても問題かい？」

「ベアトリスのせいよ、それは」

「ベアトリスってなんだい？」

「問題を持ちこんだ女よ。いえ、エリザベスだったわ、ほんとうは。ほら、ベアトリスの前にきていたお手伝いさん。しょっちゅう『奥さま、ちょっとお話があるんですけど。じつは、わたし、問題をかかえているんです』っていいながら、わたしのところに来たものですけど、その後ベアトリスが木曜日ごとに来るようになって、きっとそれを耳にはさんだんでしょうね。そこで、ベアトリスまで問題をかかえているっていうわけなのよ。ただの口癖みたいなものだけど——これがいつも問題って言っている正体なの」

「わかった。そういうことにしておこう。きみは問題をかかえている――わたしも問題をかかえている――二人とも問題をかかえているわけだ」

トミーは溜め息をついて、出ていった。

タペンスは首を振りながら、ゆっくりと階段を降りていった。ハンニバルがこれから特別な厚意にあずかるものと思って、尻尾を振り、からだをくねらせながら、いそいそと近寄ってきた。

「だめよ、ハンニバル」とタペンスはいった。「散歩はもうすんだじゃないの。朝の散歩には連れてってもらったんでしょう」

ハンニバルは、それはまったくの誤解であって、まだ散歩にいっていないのだと知らせた。

「おまえみたいなひどい嘘つき犬は見たことがないわ。お父さんと散歩にいったじゃないの」

ハンニバルは再度試みたが、これは物事を自分と同じ立場から見ることのできる主人を持ってさえいれば、どんな犬でも二度散歩に行けないはずはないのだと、犬にできるさまざまな態度でもって伝えようとするものであった。この努力も徒労におわり、彼はすごすごと階段を降りると、電気掃除機を引きずりまわしている、もじゃもじゃ髪の女に向かって、けたたましく吠え、いまにも嚙みつきそうなふりをしてみせた。彼は電気掃除機がきらいだし、またタペンスがこのベアトリスと長話をするのにも反対だったのである。

「まあ、嚙みつかないように叱ってくださいよ」

「嚙みつきやしないわ」とタペンスはいった。「嚙みつきそうなふりをするだけよ」

「でも、いつかはほんとに嚙みつくと思いますわ。ところで、奥さま、ちょっとお話ししたいことがあるんですけど」

「ああ、そう、というと――」

「じつはね、奥さま、わたし、問題をかかえているんですよ」

「だろうと思いましたよ。それで、問題っていうのは？　ところで、ちょっとききたいんだけど、ここにいた家族とか、昔、ここに住んでいた人で、ジョーダンという名前の人を知らない？」

「ジョーダンですか。さあ、まるで心当たりがありませんわ。ジョンソンという人ならいましたけど――ああ、そうそう、お巡りさんにジョンソンというのがいましたわ。それから、郵便屋さんにも。ジョージ・ジョンソンっていって。わたしの友だちでしたの」彼女はくすくす笑った。

「メアリ・ジョーダンっていう女のことを聞いたことはない、もう亡くなった人なんだけど？」

ベアトリスはただぽかんとした顔をしただけだった――そして、首を振り、ふたたび攻撃を開始した。

「さっきの問題のことなんですけどね、奥さま」

「あら、問題があったんだわね」

「こんなことをおたずねして、お気を悪くなさらなければいいんですけど、でも、わたし、とても妙な立場に立たされたものですから、それに、わたしがいやなのは――」

「手早く話してもらえないかしら。わたし、朝のコーヒーパーティに呼ばれていて、出かけなくちゃならないんだから」

「ええ、バーバーの奥さまのところでしょう？」

「そうよ。それで問題というのはなんなの？」

「それがコートのことなんです。とってもすてきなコートでしてね。シモンズの店にあったんです、それで、わたし、店に入って着てみると、これがまたとっても似合うんですよ。ただ下のほうに、ええ、ちょうど裾のあたりに小さな染みがあるんですけど、これくらいかまやしないような気がして、ともかく、それで、あの――」

「それで、どうしたの？」

「それで、安いわけがわかりました。そこで、わたしは買いました。そこまではなんでもなかったんです。ところが、うちに帰ってみたら、正札がついていて、三ポンド七十セントで買ったのに、正札には六ポンドって書いてあるんですよ。わたし、そんなことってきらいですからね、奥さま、どうしていいかわからなくなったんです。で、コートを持って、またお店へ行きました——コートを返して、そんなつもりで持って帰ったんじゃないってことを、ちゃんと話したほうがいいと思いましてね。ところが、それを売った女店員は——すごく感じのいい人で、グラディスっていうんですけど、苗字は知りません——でも、とにかく、その女店員がひどくおろおろしてましてね、それで、わたしが『それはそれでかまわないのよ、足りない分は払うから』っていいますとね、『それは困りますわ、もう売上げ台帳につけてしまいましたから』っていうんですよ。それで——おわかりになりますかしら、わたしのいう意味が？」

「ええ、わかりますよ」

「それで、グラディスがいうんですよ、『それじゃあたしが困ります、かえって面倒な立場に立たされますもの』って」

「なんでまた、その人が面倒な立場に立たされるの？」

「ええ、わたしもそのとおりに思ったんです。わたしが言いたいのは、つまり、そのコートはほんとの値段より安く買った、だから、わたしは返しにいった、それがなぜ女店員を面倒な立場に立たせることになるのか、わたしにはわからなかったんですよ。グラディスがいうには、こんな迂闊《うかつ》なことをして、正札に気づかず、値段をまちがえて売ったりすると、馘《くび》になるかもしれないって」

「まあ、まさかそんなことにはならないと思うんだけど。あんたはやるべきことをやったのよ。ほかにどうしようもなかったんじゃないかしら」

「でも、そこが問題なんですよ。グラディスがあんまり騒ぎ立てて、泣きだしたりなんかするものですから、わたし、またコートを持って帰ったんですけど、いまになってみると、あのお店を騙したことになるのかどうかわからなくなって——ほんとにどうしていいかわからないんですよ」

「そうね、お店のことってなにからなにまで常識とかけはなれていて、このごろでは、わたしのような年のものには、どうすればいいかわからなくなったわ。値段も常識はずれだし、なんでもやりにくいし。でも、わたしがあんただったら、そして、足りない分を払いたいんだったら、その人にお金をやればいいんじゃないかしら、ほら、なんとかいったわね——グラディスとかなんとかいう人に。そして、その人が帳場のお金入れかなんかに入れておけば、すむことじゃないの」

「さあ、それは、わたし、気がすすみませんわ。だって、あの女が猫ばばをきめこまないともかぎりませんでしょう。かりにあの女が猫ばばをしたら、というのは、つまり、そんなことはわけありませんからね、そうなると、わたしがお金を盗んだことになるんでしょうけど、ほんとに盗んだのはわたしじゃありませんもの。つまり、盗んだのはグラディスのはずでしょ。わたし、それほどあの女を信用していないんですよ。ああ、どうしましょう」

「そうね、人生ってむずかしいものね。ほんとにお気の毒だけどね、ベアトリス、このことはあんたが自分できめるより仕方がないんじゃないかしら。あんたがそのお友だちを信用できないのなら――」

「あら、グラディスはなにも友だちってわけじゃありませんわ。ただあのお店で買物をするだけの話ですよ。話なんかしてると、とてもいい人なんですけどね。でも、だからといって、なにも友だちってわけじゃありませんわ。なんでも前につとめていた店で、ちょっとごたごたを起こしたらしいんです。自分が売った品物の代金をくすねたとかなんとかいわれて」

「たとえ、そうだとしても」とタペンスはいささか自棄《やけ》っぱちになっていった。「わたしはなにもしてあげられませんよ」

彼女の口調があまり厳しかったので、ハンニバルが協議の席に割りこんできた。まずベアトリスに向かってけたたましく吠えつき、ついで不倶戴天の敵と考えている電気掃除機にとびかかった。「こんな掃除機なんか信用できるか」と彼はいった。「嚙みついて、ぶっこわしてやりたいものだ」

「これ、静かにおし、ハンニバル。吠えるのはやめなさい。物や人さまに嚙みつくんじゃありません」とタペンスは言った。「まあ、たいへん、遅れそうだわ」

彼女はあわてて家をとびだした。

「どこを向いても問題ばっかり」丘をおり、オーチャド・ロードを歩きながら、タペンスはつぶやいた。この道を通っているうちに、彼女はまた先日と同じように、どこかの家に果樹園《オーチャド》でもあったのだろうかと考えた。いまではそんなことは考えられもしなかった。

バーバー夫人は大喜びで迎えてくれた。そして、とてもおいしそうなエクレアを出した。

「みごとなエクレアですわね」とタペンスはいった。「ベタービーのですか？」

ベタービーというのは地元のお菓子屋だった。

「いえ、叔母がこしらえたんですわ。ええ、とても上手でしてね。いろんなものをつくるのが、とても上手なんですよ」

「エクレアはとってもむずかしいですわ」とタペンスはいった。「わたしなんか、どうしてもうまくできないんですよ」

「ええ、特別の粉を使わなくちゃね。それが秘訣ですわ」

コーヒーを飲みながら、二人は家庭でつくるいろんな料理のむずかしさを話しあった。

「先日、ミス・ボランドがあなたのお噂をしていましたよ、ベレズフォードさん」

「あら？　ほんとですの？　ボランドさんという と？」

「ほら、牧師館のお隣りの。あのご家族はずいぶん昔からこちらに住んでいらっしゃるんですよ。このあいだも、子供のころ、ここに泊まりがけで来たときのことを話していましたわ。ここに来るのが楽しみだったんですって。庭にとてもおいしいグズベリーがあったからだそうですわ。それにスモモの木も。スモモといえば、このごろではほとんど見かけなくなりましたわね、ほんとのスモモは。なんとかスモモとかいうのはありますけど、味がまるでちがいますもの」

二人は、子供のころの記憶に残っている、昔の味を失ってしまった果物のことを話しあった。

「わたしの大叔父の家にはスモモの木がありましたわ」とタペンスはいった。

「まあ、さようですか。アンチェスターの教会の参事会議員をなすってらしたというのは、その方ですの？　ずっと前に参事会議員でヘンダースンさんて方が、こちらに住んでいましてね、たしか妹さんとご一緒でしたわ。ほんとにおいたましいことですわ。ある日、その妹さんが種入りケーキを食べていらして、種が気管のほうにはいったらしいんですよ。なんでもそんなふうなことで、その方、むせて、むせて、そのために息をひきとったんですよ。ほんとにおいたわしいことじゃありませんか、ほんとに。わたしの従兄弟にも、やっぱりむせて死んだのがおりましてね。これはマトンでしたけど。あれはとっても引っかかりやすいんですよ。それに、シャックリが止まらなくて死ぬ人もいるんですよ。その人たち、昔からある歌を知らないんですね。隣りの町までヒック、ヒック、ヒック、シャックリ三回、葡萄酒一ぱい、それでシャックリ、さようなら。息を止めて、こういえばなおるんですよ」

7　問題続出

「奥さま、ちょっとお話があるんですけど」

「まあ」とタペンスはいった。「また問題が起こったというんじゃないでしょうね？」

彼女は書庫を出て、服の埃を払いながら、階段を降りてくるところだった。というのは、一番上等のスーツを着ていて、それに羽根のついた帽子をかぶり、先日、不用品バザーで知り合いになった新しい友だちに招かれて、お茶の会に出かけようと思っているところだったからである。これ以上ベアトリスの問題に耳をかす暇はなかったのだ。

「いいえ、なにも問題ってわけじゃございません。ちょっと奥さまがお知りになりたいんじゃないかと思うことがあるものですから」

「あらそう」とタペンスはいったが、それでも、それは口実で、じつはまた問題を持ちだすのではあるまいか、という気がした。彼女は用心深く階段を降りていった。「わたし、急いでいるのよ、お茶の会に出かけなくちゃならないから」

「じつは奥さまがおたずねになった人のことなんですけど、そうじゃないかと思うんです。たしかメアリ・ジョーダンという名前でしたわね？　みんなはメアリ・ジョンソンだと思ってたんですよ。ずいぶん昔のことですけど、郵便局につとめていたベリンダ・ジョンソンという人がいたんですよ」

「ええ、ジョンソンというお巡りさんもいたわね、誰かから聞いたんだけど」

「ええ、それで、とにかく、そのわたしの友だちが――グエンダというんですけど――あのお店、ご存じですわね、ほら、片側が郵便局で、片側は封筒とかカードなんかを売ってるお店で、クリスマス近くになると、陶器なんかもおいていて――」

「知ってるわ、ギャリスンさんの店とかいうんでしたわね」

「ええ、でも、いまあのお店をやっているのは、ギャリスンさんじゃないんですよ。まるで別の名前の人なんです。ところで、わたしの友だちのグエンダのことですけど、もしかすると、奥さまがお知りになりたいんじゃないかと思いましてね。というのは、ずっと昔、ここに住んでいたメアリ・ジョーダンという人のことを、聞いたことがあるんだそうです。もうずいぶん昔の話ですけど。ここに、つまり、この家に住んでいたんですよ」

「まあ、この〝月桂樹荘〟に？」

「そのころは、そういう名前じゃなかったんですけどね。グエンダはその女の人のことで、あることを聞いたことがあるんだそうです。それで、奥さまが興味をお持ちになるんじゃないかって言うんですよ。その女のことでは、いたましい話があるんです、事故かなんかにあったとかで。いずれにしても、その人、死んだんですよ」

「じゃ、亡くなったとき、その人はこの家に住んでいたっていうの？　この家の家族だったの？」

「いいえ。住んでたのはパーカーという人じゃありませんでしたかしら、なんでもそんな名前でしたわ。パーカーというのはたくさんいましてね。パーカーとかパーキンソンとか、そんな名前の人が。その女の人はここに滞在していただけだと思いますわ。そのことなら、きっとグリフィン夫人がご存じですよ。奥さまはグリフィンさんをご存じですか？」

「ええ、ほんのちょっとだけね。じつは今日お茶の会に行くというのは、グリフィンさんのお宅なのよ。このあいだ、バザーでお話ししたんだけど、それまではお目にかかったこともなかったのよ」

「もうたいへんなお年ですわ。見かけよりお年がいっていますけど、とっても物覚えがいいんですよ。たしかパーキンソン家の男の子に、あの方の名付け子がいたはずですよ」

「その子の洗礼名はなんていうの？」

「アレックだったと思いますわ。なんでもそんな名前でした。アレックか、アレックスか」

「その子はどうなったの？　大人《おとな》になって――土地を離れて――兵隊とか船員とか、そんなものになったの？」

「いいえ、死んだんですよ。ええ、この村にお墓がありますわ。そのころじゃ、そんなのは、世間じゃあまり知られていなくて。洗礼名みたいな名前だったんですよ」

「誰かの病気のことをいってるの？」

「ホジキン病だったかしら。いえ、ちがいます、なんだか洗礼名みたいでしたわ。よく知らないんですけど、血が変になるか、どうかする病気なんですって。このごろじゃ、血を抜いて、あとにいい血を入れるらしいですよ。でも、そのころは、たいてい助からなかったそうです。ビリングズさん――ほら、お菓子屋の――あの人もこの病気で女の子をとられたんですよ、まだ七つだったのに。この病気、子供に多いんだそうですわ」

「白血病《リューケミア》？」とタペンスはいってみた。

「まあ、奥さまはご存じなんですね。ええ、そういう名前でしたわ。でも、いつかは治す方法が見つかるだろうっていわれてますわ。いまでは腸チフスでもなんでも、接種やなんかで治すんですものね、それと同じですわ」

「そう、なかなか興味のある話ね。かわいそうなぼうや」

「いいえ、それほど小さくもなかったんですよ。どこかの小学校に行ってたとかですから。きっと十三か十四ぐらいだったでしょう」

「それにしても、かわいそうな話ね」タペンスはちょっと言葉を切ったが、すぐにいった。「あら、すっかりおそくなったわ。急いでいかなくちゃ」

「グリフィンさんなら、たぶん、すこしはご存じと思いますよ。いえ、あの奥さん自身が憶えていらっしゃるっていうわけでなく、なにしろ、この土地で育った方ですから、耳にしたこともずいぶんおありですし、ときには、以前この土地に住んでいた人たちのことを、よくお話しなさるんですよ。なかには、そりゃ外聞のわるいお話もありますわ。ほら、ご乱行《ゴーイングズオン》とかなんとか。これは、もちろん、エドワード時代だかヴィクトリア時代だかの言い方ですわね。どっちだか知りませんけど。わたしはヴィクトリア時代だと思いますわ、だって、あの女王さまがまだ生きていらしたんですもの。だから、ヴィクトリア時代ですわ、絶対に。世間じゃエドワード時代とか『モールバラ・ハウス連中』とか言いますけどね。あれは上流社会みたいなものだったんでしょうね？」

「ええ、高貴な方々の集まりでしたからね」

「それなのに、ご乱行だなんて」とベアトリスは、いささか熱のこもった口調で言った。「ご乱行も相当あったんですよ」

「若い娘たちまで羽目をはずしてね」とベアトリスは、これからいよいよ面白い話が聞けそうだというのに、ここで奥さんとむざむざ別れるなんて、と思いながらいった。

「そんなことはありませんよ。若い娘は、とっても――ええ、純潔な、固い生活を守っていて、早く結婚したものなのよ。もっとも、貴族のところに嫁《かた》づくことが多かったけど」

「まあ、どんなに楽しかったでしょうね、その人たち。すてきな衣裳をどっさり持っていて、競馬とか、舞踏会とか、舞踏室とかに行って」

「そうよ、舞踏室なんかいくらでもありましたからね」

「そういえば、昔、知り合いの人のお祖母さんというのが、そういう上流のお宅で奉公をしていたことがあるんですよ。お客さんがたくさんみえて、皇太子殿下《プリンス・オヴ・ウエルズ》も――そのころは皇太子でしたけど、その後エドワード七世になられた方、ほら、古いほうの方ですよ――ええ、殿下もおみえになって、それがとってもいい方だったそうですよ。奉公人にも気軽に声をかけてくださったりして。それで、その人、お暇をもらったとき、殿下が手を洗うのにお使いになった石鹸を持ってかえって、いつも大切にしていたんですよ。わたしたちも子供のころ、よく見せてもらったものですわ」

「あんたたちもさぞ胸をわくわくさせたことでしょうね。エキサイティングな時代っていうか、なにが起こるかわからない時代でしたもの。ひょっとすると、殿下がこの〝月桂樹荘〟にお泊まりになったかもしれないわよ」

「いいえ、そんな話は聞いたことがありませんわ、そんなことがあったら、耳に入らないはずはありませんもの。ここに住んでいたのは、なんでもないパーキンソン一家ですよ。伯爵夫人とか侯爵夫人とか、貴族のご夫婦じゃありませんよ。パーキンソン家の人たちは、たいてい商人だったんです。お金持ちだとか、そういうことではたいしたものでしたけど、なんといっても、商売にはそれほど胸がわくわくするようなことなんかありませんものね」

「人それぞれだからね」とタペンスはいった。「わたし、もう――」

「ええ、もうお出かけにならなくちゃ、奥さま」

「そうなのよ。では、どうもありがとう。帽子をかぶったって、これじゃしようがないわね。どうせもう髪がくしゃくしゃなんだから」

「さっき、蜘蛛の巣だらけの、あの隅っこに頭を突っこんでいらっしゃいましたもの。

蜘蛛の巣は払っておきますわ、またということもありますから」

タペンスは階段を駆けおりた。

「アレグザンダーもここを駆けおりたんだわ」と彼女はいった。「何度も何度も。そして、あの子は知っていたんだわ、『犯人はわたしたちのなかにいる』って。変だ。だんだん変に思えてくるわ」

8 グリフィン夫人

「あなた方がこちらに引っ越していらして、ほんとに嬉しいですわ、ベレズフォードさん」とグリフィン夫人は、お茶を注ぎながら言った。「お砂糖？　ミルク？」

すすめられるままに、タペンスはサンドイッチをつまんだ。

「田舎では、お話の通じあえる、気持ちのいい方が近所にいるといないでは、たいへんなちがいですものね。この土地のことは前からご存じだったんですか？」

「いいえ」とタペンスはいった。「まるで存じませんでしたの。わたくしども、ずいぶんいろんな家を見て歩きましたわ――不動産屋が詳しい案内を送ってよこすものですから。もちろん、たいてい、なんともいただけない家ばかりでしたけど。なかには〝古き世の豊かな魅力荘〟なんていうのもございましたわ」

「知っていますよ」とグリフィン夫人はいった。「ちゃんと知っています。古き世の魅力というのは、たいていが屋根をふきかえなきゃならないとか、湿気がひどいという意味なんですよ。〃完全に現代風〃というのは――こんなのなんか誰にでもわかりますよ――やたらと必要もない小細工がしてあるし、たいてい、窓からの眺めはわるいし、家といえばぞっとするような代物でね。でも〃月桂樹荘〃はいい家ですよ。でも、ずいぶん手を入れなくちゃならなかったでしょうね。入る人がかわりばんこなんですよ」

「いままで、たくさんの方があの家で暮らしてきたんでしょうね」

「そりゃもう。当節では、どなたも一所《ひとところ》にいつかないようじゃありませんか？　カスバトスン家からレドランド家へ、その前はシーモア家。その方たちのあとがジョーンズ家」

「なぜ〃月桂樹荘〃という名前をつけたのか、ちょっと不思議ですわ」

「まあ、誰でもそういう名前を、家につけたがったものですよ。そりゃ、ずっと昔、パーキンソン家が住んでいたころには、ほんとに月桂樹があったんでしょうけどね。ほら、くねくね曲がっている車道に、たくさん月桂樹が植わっていて、そのなかには斑《ふ》の入ったのがあったりして。わたしは斑の入った月桂樹は好きじゃありませんよ」

「ええ、わたくしも好きじゃありませんわ。ところで、昔からこの村にはパーキンソン姓の方が多かったようですわね」

「ええ、そうなんですよ。〃月桂樹荘〃にもパーキンソン一家が一番ながく住んでいましたよ」

「いまではもう、その人たちのことを憶えている方もいらっしゃらないようですわね」

「まあ、遠い昔のことですから。それに、あんな——あんなごたごたがあって、そのことではちょっとおかしな感じもあったりして、パーキンソン家であの家を売りにだしたのも、まあ無理もありませんよ」

「悪い評判が立ったんですね？」とタペンスは機会をのがさずにいった。「あの家は健康上このましくないとか、そういうことなんですか？」

「いいえ、家じゃないんですよ。ええ、ほんとうは人間のほうなのです。もちろん、その——世間体のわるい話です。ある意味ではね——第一次大戦中のことでしてね。誰も本気にしなかったんですよ。祖母がよく話してくれたものですけど、なんでも海軍の機密——新型の潜水艦に関係のあることとかでね。パーキンソン家に身をよせていた娘がおりまして、その娘がそれに巻きこまれたんだそうですよ」

「その娘というのが、メアリ・ジョーダンなのですか？」

「ええ、おっしゃるとおりです。あとになって、それは本名ではなさそうだということになりましたけどね。だいぶ前から、その娘に不審をいだいていたものがいたんですよ。アレグザンダーという男の子です。いい子でした。それに頭もよくて」

第二部

1　久しき昔

　タペンスはバースデイ・カードを選んでいた。雨模様の午後で、郵便局のなかは閑散としている。外のポストに手紙を入れていく人や、たまには、そそくさと切手を買っていく人もいた。そして、たいていの人はできるだけ早く我が家へ帰っていった。買物客でにぎわうような午後ではなかった。まったく、よくもうまいことこんな日を選んだものだ、とタペンスはわれながら思った。

　ベアトリスから話を聞いていたので、あの娘だとなんなくわかったのだが、グエンダは二つ返事で相談にのってくれた。彼女は、郵便局の一角にある日用品売場を受け持っているのだった。郵政省の業務のほうは、白髪まじりの年輩の婦人がとりしきっている。グエンダは村の新しい住人にはつねに興味を持つ、おしゃべりずきな娘だった。クリスマス・カードやヴァレンタイン・カード、バースデイ・カード、漫画入りの絵葉書、便箋、文房具、いろいろな種類のチョコレート、家庭で使う各種の陶器類などを並べた売場で、彼女は楽しそうにしていた。彼女とタペンスはもう友だちのように打ちとけていた。

「よかったと思いますわ、あの家にまた住む方ができて。〝皇太子の宿〟のことですけど」

「おや、わたしはまた、昔から〝月桂樹荘〟だったんだとばかり思ってましたよ」

「いえ、その名前はこんどがはじめてですわ。このへんでは、家の名前がずいぶん変わるんです。人間って、家に新しい名前をつけるのが好きなんですね」

「ええ、ほんとうにそうらしいわね」とタペンスは考えぶかげにいった。「わたしたちも一つ二つ名前を考えてはみたんですよ。ところで、ベアトリスから聞いたんだけれど、あなたは、以前この村に住んでいたメアリ・ジョーダンという人をご存じだそうですね」

「知ってるってわけじゃないんですけど、でも、話には聞いてますわ。大戦のころのことなんです、いえ、この前のじゃなくて。もっとずっと前の、ツェッペリン飛行船が飛んできたときのですわ」

「ツェッペリンのことなら、わたしも話を聞いたことがありますよ」

「一九一五年だったか一六年だったか——ロンドンを空襲したんだそうですね」

「ある日、大叔母と一緒に陸海軍の売店にいたとき、空襲警報が鳴りだしましてね」

「夜、飛んでくることもあったんでしょう？　さぞこわかったでしょうね」

「そうね、それほどでもありませんでしたよ。みんな、ひどく興奮したものです。それよりもロケット爆弾のほうがずっとこわかったわ——こんどの大戦の。いつも、こちらの逃げる先、逃げる先と追いかけてくるような気がして。通りやなんかをどこまでも追いかけてくるんですよ」

「夜はいつも地下鉄の駅で過ごしたそうですわね？　あたし、以前ロンドンに友だちがいましたの。その人も夜はいつも地下鉄の駅にいたんですって。ウォリン・ストリートの。みんなそれぞれ行く駅をきめていたんですね」

「わたしはこんどの大戦ちゅうはロンドンにいなかったんですよ。ひと晩じゅう地下鉄の駅にいるなんてぞっとするわね」

「でも、あたしの友だちは、ジェニーっていうんですけど、とっても面白かったっていってましたわ。駅の階段に、ちゃんと自分用の場所があるんですよ。そこはいつも自分の場所ときまっていて、そこで眠ったり、サンドイッチなんかを食べたり、みんなと一緒に遊んだりお話ししたりするんです。ひと晩じゅうずっとそんな調子なんですよ。すてきでしょう。電車も朝まで運転しているんですよ。あたしの友だちは、戦争が終わって、また家に帰らなきゃならなくなったら、退屈でたまらなかったそうですわ」

「ともかく」とタペンスはいった。「一九一四年にはロケット爆弾なんてものではありませんでしたよ。ツェッペリンだけでしたわ」

もう、ツェッペリンは明らかにグエンダの興味の対象ではなくなっていた。

「さっき、ききかけたメアリ・ジョーダンという人のことだけど」とタペンスはいった。

「ベアトリスの話では、あなたはその人のことを知っているそうね」

「そういうわけでもないんです——名前を一度か二度聞いたことがあるだけなんです、それも、ずっと前のことですわ。とてもきれいな金髪だったって祖母から聞きました。ドイツ人だったそうです——そのころの呼び方で言えばフロウラインですわね。子供たちの世話をしていたそうですから——育児係とでもいうんでしょうか。もとは、海軍の軍人一家と一緒に、どこかよそで暮らしていたんです。スコットランドだったと思いますわ。それから、この村に来たんです。パークスという家《うち》で暮らすようになりました——それともパーキンスだったかしら。メアリ・ジョーダンという人は週に一日お休みをもらっていました。そして、ロンドンに出て、なんだかわからないけど、品物を受けとっていたんです」

「どんな品物を？」

「知りませんわ──誰もよく知らなかったんです。盗んだものじゃないかしら」

「盗みを見つけられたの？」

「いいえ、そんなことはないと思いますね。みんな、うすうす疑いはじめてはいたんですけど、そのうちに病気になって死んでしまったんです」

「なんで死んだの？　この村で死んだの？　病院へ送られたんでしょう？」

「いいえ──そのころはこの村には病院はなかったんじゃありませんかしら。いまのような福祉施設なんかなかったんですよ。なんでも、料理人がばかなまちがいをしたんだって話ですわ。キツネノテブクロを摘んできたんです、ホウレンソウとまちがえたんですよ──それともレタスだったかしら。いえ、ほかのものでしたわ。ベラドンナだったっていう話もあるんですけど、まさかそんなことはありませんわね。だって、ベラドンナなら誰にだってわかるし、とにかく、ベラドンナは実ですもの。ええ、キツネノテブクロをまちがえて庭から摘んできたんですよ。キツネノテブクロって、ジゴソでしたっけ、ほら、ジギなんとかいう、指《デイジタル》に似た名前がありますわね。すごい毒があるんですよ──お医者さんが来て、できるだけのことはしたんですけど、もう手遅れだったんです」

「騒ぎがあったとき、そのお宅にはたくさんの人がいたの？」

「ずいぶんたくさんいたにちがいありませんわ——ええ、いつも泊まり客があったっていう話ですし、子供たちもいましたからね。それに、週末のお客とか、子守り女とか、家庭教師とかパーティのお客とか。でも、あたしは知らないんです。みんな祖母から聞いた話なんですから。ボドリコット爺さんの話にもときどき出ますわ。ご存じでしょう、いまでもこのへんでときおり仕事をしている庭師のお爺さん。あのお爺さんは、昔、そのお宅で庭師をしていたんです。最初は、あのお爺さんが葉っぱをまちがえて摘んできたというんで、白い目で見られてたんですけど、でも、あの人じゃなかった。誰かが家から出てきて、庭の野菜を摘むのを手伝おうと思って、それを料理人のところへ持っていったんです。ホウレンソウとかレタスなんかを——ええ——野菜のことをよく知らなくて、ついまちがえたんでしょうね。その後の検死審問やなんかで、誰でもやりがちなまちがいだっていうことになったそうですわ。ホウレンソウかスイバがジギなんとかの近くに生えていたので、両方一緒に、たぶん、一緒くたにして摘んできたんだと思いますわ。どっちにしても、ほんとうに気の毒な話ですわね。祖母の話では、金髪からなにから、とってもきれいな人だったそうですのに」

「それで、メアリ・ジョーダンは毎週ロンドンへ出かけてたのね？　もちろん、一日ぐらいお休みをもらうのは当たり前だけど」

「ええ、ロンドンに友だちがいたそうです。メアリは外国人で——ほんとうはドイツのスパイなんだという人もいたって、祖母がいってましたわ」

「そのとおりだったの？」

「そうじゃないと思いますわ。そりゃ、男の人たちがメアリに好意を寄せていたことはまちがいないでしょうけど。海軍の軍人とか、シェルトンの陸軍部隊の軍人とか。メアリはそこに一人二人友だちがあったんです。陸軍部隊に」

「ほんとうにスパイだったのかしら？」

「そうじゃないと思いますわ。祖母もこれはただの噂だっていってましたもの。第二次大戦のころのことじゃないんです。もっとずっと前の話ですわ」

「おかしなものね」とタペンスはいった。「戦争のこととなると、どうしてごっちゃになりやすいのかしら。以前、わたしの知り合いに、ウォータールーの戦いに行った友だちを持っているお爺さんがいましたよ」

「まあ、すごい。一九一四年よりもっと前の話ですわね。世間じゃよく外国人の育児係を雇いますわ——マモワゼルって呼ばれてね。フロウラインって呼ぶのと同じですわね、フロウラインがどういう意味だか知りませんけど。これは祖母から聞いたんですけど、メアリはとてもよく子供たちの面倒をみたそうです。みんなに気にいられて、いつも人に好かれていたそうですわ」

「それは、メアリが〝月桂樹荘〟に住んでいたころのことなの？」

「そのころは〝月桂樹荘〟とはいってませんでしたけどね――すくなくとも、あたしはそうじゃなかったと思いますわ。メアリはパーキンソンとかパーキンとかいう名前のお宅に住みこんでいたんです。いまでいうオペア・ガールですわね。小さなパイで有名な町から来たんですよ、ほら、《フォートナム＆メイスン》で売ってるような――パーティ用の高価なパイで有名なところですわ。半分はドイツ、半分はフランス領だとか聞いたんですけど」

「ストラスブルク？」

「ええ、そんな名前です。メアリは絵が上手だったんですよ。あたしの大叔母も描いてもらったんです。ファニー叔母さんったら、実際より老けて見えるっていつもいってましたわ。パーキンソン家の子供も描いてもらったと思いますよ。グリフィンさんがいまでもその絵を持っていますわ。パーキンソン家のぼうやはメアリのことできっと何か感づいたんですよ――メアリが絵を描いてやった子のことですけど。たしか、グリフィンさんの名付け子だったはずですわ」

「それはアレグザンダー・パーキンソンのことじゃなくて？」

「ええ、その子です。教会のそばに埋葬されている子ですわ」

2　マチルド、トルーラヴ、KKについての前置き

翌朝、タペンスはこの村では誰知らぬもののない人物のところへ話を聞きに行った。この人物はふだんはアイザック爺さんで通っているが、正式には、人の記憶に残っていればの話だが、ボドリコット氏という名前で知られている。アイザック・ボドリコット氏は地元のいわゆる〝名物男〟であった。名物男とみなされているのはひとつには年齢のためであり——九十歳と称している（一般には信じられていないが）——またひとつには、たくさんの、ちょっと特殊なものの修理ができるからである。鉛管工にいくら電話しても来てもらえないような場合は、アイザック・ボドリコットのところへ行くにかぎる。なんらかの意味で修理する資格を持っているかどうかはさておき、ともかくもボドリコット氏は長い生涯のあいだ長年にわたり、ありとあらゆる型の下水設備や浴室の給水設備の問題、湯沸かし装置の故障をはじめ、電気に関する多種多様な問題などにも充分親しんできたのである。彼の手間賃はちゃんとした資格のある鉛管工の場合と比べ

て好意的な評価を与えられているし、また、彼の修理がみごとに効を奏することもしばしばだった。大工仕事もやれば錠前屋の仕事も引き受けるし、壁に絵も掛けてくれるし——ちょっと曲がっていることもあるが——使い古した肘掛け椅子のスプリングの扱い方ものみこんでいる。ボドリコット氏が仕事にとりかかるさい、一番の障害となるのは、入れ歯の調子を加減して明瞭に発音するという難題にいささか妨げられるものの、ひっきりなしに続くおしゃべりの癖である。彼のこの界隈の昔の住人たちの思い出は、尽きるところを知らないかのようである。全体的に見て、彼の思い出話の真偽のほどを知るのはむずかしい。ボドリコット氏は、過ぎし日のまことに面白い話を語ってきかせるという楽しみに目をつぶるような人間ではないのだ。この空想の飛躍は、ふつうは記憶の飛躍といわれているものだが、いつも同じ型の話を皮切りにはじまる。

「そのことについちゃ、わしの話を聞いたら、あんたもきっとびっくりするよ。いや、ほんとうだとも。世間じゃ一切合財わかったつもりでいたがね、そりゃまちがいだよ。大まちがいだ。いいかね、あれは上の娘だったんだよ。そうなんだ。見たところ、とてもよさそうな娘だったがね。話の筋がわかったのは肉屋の犬の手柄なんだ。あの犬が娘の家までついていったんだがね。その家は、いってみりゃ、娘の家じゃなかったんだよ。まあ、これについちゃ、まだたくさん話があるんだがね。そういや、アトキンズの婆さんの話もある。あの人がピストルを家にしまっていたことは誰も知らないが、わしはちゃんと知っていたんだよ。それというのも、わしは高脚つき箪笥《トール・ボーイ》とやらの修理を頼まれたんだが――背の高い箪笥をそんなふうに呼ぶんじゃろう？　うん。高脚つき箪笥だ。それでいいんだよ。で、アトキンズさんだが、あの人は七十五だった。そして、引き出しのなかに、つまり、わしが直しにいった高脚つき箪笥の引き出しだがね――蝶番《ちょうつがい》も錠前もとれちまってたよ――そのなかにピストルがあったんだ。女ものの靴と一緒にくるんであった。サイズ3の靴だ。いや、ひょっとしたらサイズ2だったかもしれん。白のサテンでね。ちっちゃな足だな。アトキンズさんの曾祖母《ひいばあ》さんが結婚式のときにはいた靴だって言ってたよ。たぶん、そんなところだろう。だが、昔、骨董屋で買ったんだという人もいるが、その話はわしは知らん。ところで、ピストルが一緒にくるんであったんだよ。ほんとうだとも。息子が持って帰ったんだそうだ。東アフリカからね。象狩りとかそんなことをやってたんだが、家に帰るとき、そのピストルを持って帰ったんだ。そこで、アトキンズの婆さん、何をしたと思うかね？　ピストルの撃ち方を息子に教えてもらってな。客間の窓からのぞいていて、人が車道に入ってくると、ピストルをとってきて脅しにぶっぱなすんだ。そうなんだよ。みんな死ぬほど胆をつぶして逃げだしたもんだ。小鳥がこわがるから、誰も入ってこさせないんだと、婆さんは言ってね。小鳥のことなると目の色を変える人だった。いや、小鳥はけっして撃たなかったよ。そんなこと、考えもしなかったろう。そういや、レサビーの奥さんについても、いろいろと話があってな。あの人は、もうちょっとで取り返しのつかんことになるところだった。うん、万引きをやったんだよ。たいした腕前だったという話だ。なに、ちゃんと食べていけるだけの暮らしはしていたんだがね」

ボドリコット氏に浴室の天窓の修理を頼んでから、さて、とタペンスは考えた。宝物にしろ興味ぶかい秘密にしろ、どんな種類のものかはわからないが、この家に隠されている謎をトミーと二人で解きあかすのに役立つような過去の記憶に、はたしてボドリコット氏の話をもっていけるだろうか。

アイザック・ボドリコットは、村の新しい住人の家に修理に行くというような話なら、文句なしに引き受けた。できるだけ多くの新しい村人に会うのが、彼の人生の楽しみの一つだったのだ。すばらしい思い出話をまだ聞いていない人にめぐりあうのは、彼の人生における大きな出来事の一つなのである。もう話をよく知っている人々が相手では、彼としてもそうそう話を繰り返す気にはなれない。しかし、新しい聞き手となれば！これは楽しい出来事にきまっている。それに、共同体の一員としてのさまざまな奉仕に絡みあわせた、驚くほど多くの商売の話に蘊蓄《うんちく》を傾けるのも楽しいものだ。仕事のかたわら解説に熱中するのが彼の楽しみなのである。

「ジョーは運がよかったよ、まったく。怪我もせずにすんだんだからね。顔をぱっくり裂かれても文句のないところだったのに」

「ええ、ほんとうね」

「床のガラスをもっと片づけなきゃいかんね、奥さん」

「そのとおりなんだけど」とタペンスはいった。「まだその暇がないのよ」

「なるほど、だが、ガラスなんかで危ない目にあうんじゃ割にあわんよ。ガラスがどんなものか知ってるかね。ちっぽけなかけらでも、たいへんなことになりかねないし。命取りになることだってある、血管のなかに入ったりするとね。ラヴィニア・ショタコムさんを思いだしますよ。まさかと思いなさるだろうが……」

タペンスはなぜかミス・ラヴィニア・ショタコムに興味がわかなかった。この婦人のことはすでに地元のほかの人々から聞いていた。七十から八十歳のあいだで、完全に耳も聞こえず、眼もほとんど見えないらしい。

「たぶん」とタペンスは、アイザック爺さんがラヴィニア・ショタコムの思い出話をはじめないうちに口をはさんだ。「あなたはいろいろな人たちのことや、昔、この村で起こった変わった出来事をたくさん知っているんでしょうね」

「そりゃ、わしももうこの年だからね。八十五を越えたよ。九十ももう目の前だ。わしは昔から記憶力のいいほうでね。忘れられない話ってのがあるもんだよ。いや、ほんとに。どんなに長い話でも、なんかの拍子にすっかり思いだしたりするもんさ。わしの話を聞いたら、まさかと思いなさるでしょうけどな」

「ほんとうにすばらしいことじゃなくて？　たくさんの変わった人たちのことを知っているなんて」

「いやいや、人間てえもんはわからんものじゃないだろうかね？　世間の通り相場とはちがったり、ときには、思ってもみなかったようなところを見せたりするもんだよ」

「ときにはスパイだったり、犯罪者だったり」

タペンスは期待をこめて見た……アイザック爺さんはかがんで、ガラスのかけらを拾いあげた。

「そうら。足の裏にでも突き刺さったら、痛いくらいじゃすまんでしょう？」

ガラスの天窓の修理ぐらいでは、もっと興味ぶかい過去の思い出を引きだせそうにもないとタペンスは考えはじめた。彼女は、客間の窓のそばの壁ぎわにある、小さな、いわゆる温室も、修理をしてガラスを買いかえる必要があるのではないかといってみた。修理するだけの価値があるだろうか、それとも取り壊してしまったほうがいいだろうか？　アイザックは大いに満足して、この新たな問題に頭を切りかえた。二人は階下へ降り、外に出ると、壁に沿って問題の建物へと向かった。

「ああ、あれのことだね？」

そのとおり、あれのことだとタペンスは言った。

「ケイ－ケイか」

タペンスはアイザック爺さんを見やった、ＫＫという二つのアルファベットだけでは、どんな意味かまるで見当がつかなかった。

「なんていったの？」

「ＫＫといったんだよ。ロティ・ジョーンズさんが住んでいたころは、そう呼んでいたもんでね」

「まあ。でも、なぜＫＫと呼んでいたのかしら？」

「なぜでしょうな。たぶん――昔はこういうものにそんなふうな名前をつけたんじゃないかな。大がかりなもんじゃなかったよ。大きなお邸には本式の温室があるがね。シダの鉢植えなんかが並んでいたもんでさ」

「そうでしたね」とタペンスはいったが、そういう話を聞くと、彼女の思い出はすぐそれからそれへと蘇っていくのだった。

「そりゃ、温室と呼んだってかまわないがね。でも、ここの家のは、ロティ・ジョーンズさんはＫＫと呼んでたよ。どうしてだか知らないがね」

「ここにもシダが並んでいたの？」

「いや、そういうことには使われてなかったな。まったくのところ。だいたい子供たちが玩具《おもちゃ》置場にしてたね。うん、玩具といや、誰かが捨てちまってなきゃ、まだそのままここにあるはずだよ。ほら、この温室は半分倒れかかっているでしょう？　ジョーンズさんのころにすこし手を入れたり屋根をふきかえたりしたんだが、もう、ここを使おうって人はいないだろうな。以前は、壊れた玩具とか、余分の椅子やなんかの置場だったんだよ。そうかと思うと、ご用済みの揺り木馬なんかもあってね。隅っこのほうにトルーラヴが置いてあったよ」

「なかに入れるかしら？」と、タペンスは窓ガラスのいくらかきれいなところを探しながらいった。「きっと、面白いものがいっぱいあるにちがいないわ」

「それじゃ、鍵をとってこよう。昔と同じところに掛かってるはずだが」

「同じところって？」

「すぐそこにもの置き小屋があるんだよ」

二人はそばの細い道を歩いていった。もの置き小屋はとてももの置きと呼べるような代物ではなかった。アイザックはドアを蹴って開け、いろんな木の枝をどかし、腐った林檎を蹴っとばし、それから壁にさがっている古いドアマットをどかすと、三つ四つの錆《さび》ついた鍵が釘に掛かっていた。

「リンドップの鍵だ。最後の住みこみの庭師だよ。もとは籠細工をつくってたんだがね。何をやってもだめな男だった。KKのなかを見ますか——？」

「ええ」とタペンスはわくわくしながら言った。「KKのなかをぜひ見たいわ。どう綴るの？」

「どう綴るって、何が？」

「KKのことよ。二つの文字だけ？」

「いや、ちょっとちがうようだよ。外国語が二つじゃなかったかな。確か、K-A-I、もう一つK-A-Iだったと思うんだがね。Kay-Kayか、Kye-Kyeに近かったかな。日本語だと思うんだがね」

「あら、この村に日本人が住んでいたの？」

「いやいや、そういうことじゃないんだよ。外国人といっても、そっちのほうじゃないんでね」

アイザックがいつのまにか手早く油を取りだして塗ったとみえ、ほんの少量の油だけで、錆ついた鍵に絶大な効果をもたらした。鍵が鍵穴にさしこまれ、軋《きし》みながらまわると、ドアは押しただけで開いた。二人はなかに入った。

「そうら」とアイザックは言ったが、なかの品物を自慢するふうではなかった。「古いがらくたばっかりでしょう？」

「あの木馬、ちょっとすてきだわ」

「マキルドでさ」

「マキ＝ルド？」とタペンスはいささか疑わしそうにいった。

「そう。どこかのご婦人の名前だね。なんとかいうお妃の。ウイリアム征服王の奥さんだって話もあるが、そりゃ法螺《ほら》だ。アメリカから来たんだよ。この馬は。アメリカ人の名付け親が子供に送ってくれたんでさ」

「子供に――？」

「バシントンさんの子供だよ。ずっと前の話でね。わしも知らないんですよ。もうすっかり錆ついてるでしょう」

マチルドは、落ちぶれたとはいえ、なかなかみごとな木馬だった。身長もこのごろのものとまったく変わらない。かつては豊かだった鬣《たてがみ》がわずかに残っている。耳が片方とれている。もとは全身灰色だった。前脚も後脚もいっぱいに伸ばし、ひと握りの尻尾がついている。

「いままでに見た揺り木馬とは動き方がちがうようね」とタペンスは興味ぶかそうに言った。

「ちがうでしょう？」とアイザックがいった。「ふつうは上がったり下がったり、前に揺れたり後ろに揺れたりするんだがね。こいつは——なんていうか、どんどん前に跳ねるんだよ。まず前脚で——ポン——それから後脚で跳ねる。なかなか見た目のいいもんですよ。わしがひとつ、乗ってみせれば——」

「気をつけて。ひょっとすると——釘かなんかが出ていて突き刺さるとか、落っこちるとかするかもしれませんよ」

「なに、以前、乗ったことがあるからね。もうかれこれ五十年か六十年前の話だが、ちゃんと憶えてますよ。それに、この馬、まだしっかりしたもんだ。まだ、ばらばらにゃなりませんよ」

とつぜん、思いがけない軽業《かるわざ》のような動作で、アイザックはマチルドにまたがった。

木馬は勢いよく走りだし、それから後ろさがりに走った。

「動いたでしょう？」

「ええ、動いたわね」

「うん、みんな、こいつが大好きでね。ジェニー嬢ちゃんなんか毎日乗ってたもんですよ」

「ジェニー嬢ちゃんって誰のこと？」

「ほら、一番上の子ですよ。その子に名付け親がこれを送ってやったんだよ。それから、トルーラヴも」とアイザックはつけくわえた。

タペンスはけげんそうにアイザックを見た。彼がいったものは、ケイ-ケイのなかには見あたらないようだった。

「そういう名前だったんですよ。隅っこにある、あの小さな車つきの木馬でさ。パメラ嬢ちゃんがあれに乗って丘を駆けおりたもんだよ。おそろしく真剣になってね。丘のてっぺんで木馬にまたがって、足をそこに乗っけて——ふつうならペダルがついていたんだけど、動かなくなってるんでね。嬢ちゃんは木馬を丘のてっぺんまで持ってあがっては坂を駆けおりて、いってみりゃ、脚でブレーキをかけるんでさ。ときには、チリマツにぶつかって止まることもよくあったがね」

「あまり気持ちのいいものじゃなさそうね。チリマツにぶつかって止まるなんて」

「まあ、もうちょっとでぶつかるってところで止めたからね。ひどく真剣なもんでしたよ、嬢ちゃんは。何時間もやってたもんでさ——三時間も四時間もやってるのをわしは見てたがね。わしはちょくちょくクリスマス・ローズの花壇やパンパス・グラスの手いれをしてたもんでね、嬢ちゃんが坂をおりるのを見てたんですわ。話しかけられるのをいやがったから、わしも声をかけたりはしなかったがね。嬢ちゃんは、自分がやっていることというか、やってるつもりのことを邪魔されずに続けたかったんですよ」

「どんなことをやってるつもりだったのかしら？」とタペンスはいった。パメラ嬢ちゃんに対して、ジェニー嬢ちゃんの場合をしのぐ興味がにわかにわきはじめた。

「さあ、なんでしょうな。ときどき自分はお姫さまで、逃げる途中なんだって言ってましたがね、なんとかのメアリ王女だとか——アイルランドだったか、いや、スコットランドだったかな？」

「スコットランドのメアリ王女でしょう」とタペンスはほのめかした。

「うん、それだ。その王女ってのが、行っちまうだか逃げるだかしたんですよ。お城に入ったんでさ。ロックなんとかって言ったな。ロックといっても錠《ロック》じゃなくて、なんでも小さな湖のことだよ」

「ええ、わかったわ。パメラは自分はスコットランドのメアリ王女で、敵から逃げているんだと思っていたのね？」

「そうなんでさ。イギリスに行って、エリザベス女王の慈悲にすがるんだと言ってね。

わしには、エリザベス女王がそんなに慈悲ぶかい人だったとは思えんがね」

「でも」とタペンスはこみあげる失望を隠していった。「なかなか面白いわね。それで、いまの話はどこの一家のことなの？」

「リスターさんのところだよ」

「もしかして、あなた、メアリ・ジョーダンという人を知らないかしら？」

「ああ、あの人のことだね。いや、古い話で、わしも会ったことはないんですよ。ドイツのスパイだったっていう娘のことでしょう？」

「このへんの人はみんな、メアリのことを知っているようね」

「そうだよ。フロウ-ラインとか呼ばれていてね。鉄道《ライン》みたいに聞こえるけど」

「そういえばそうね」

アイザックはだしぬけに笑いだした。「は、は、は。鉄道の、鉄道の線路《レイルウェイ・ライン》だとしても、真っすぐじゃなかったってわけだよ、そうでしょう？　うん、まったく」アイザックはまた笑った。

「とっても気のきいたジョークね」とタペンスはやさしくいってやった。

アイザックはもう一度笑った。

「そろそろ、野菜を植えてもいいころじゃないかね？　ソラマメをつくるんだったら、ちょうどいい時期に植えないとマメが実らないからね。早生《わせ》のレタスなんかどうかね？　小《ちい》さめのなんか？　みごとだし、小さいけど、とてもパリパリしてますぜ」

「あなたはこのあたりで、ずいぶん庭仕事をやってるんでしょうね。うちだけじゃなくて、たくさんのお宅で」

「そう、半端仕事をね。ずいぶんたくさんのお宅にうかがいましたよ。庭師のなかには、せっかく雇っても役に立たないのもいるもんで、いつも、わしはしばらくのあいだ、助太刀に行ったもんですよ。昔、ここで、ちょっとした出来事があってね。野菜をまちがえちまって。わしがまだ一人前にならなかったころのことだがね――でも、話は聞いてますよ」

「キツネノテブクロの葉をどうかしたっていうんでしょう？」

「おや、こりゃ驚いた、もう聞いていなさるんだね。これもずいぶん古い話だよ。そう、毒にやられたのが何人か出てね。一人はとうとう助からなかったんですよ。まあ、そういう話でね。こりゃただのまた聞きなんで。わしも年寄りの仲間から聞いただけなんでさ」

「それがフロウラインだったのね」

「おや、助からなかったってのはフロウラインのことですかい？　それは初耳だな」

「いえ、たぶん、わたしの聞きちがいでしょう。トルーラヴとかいうこの木馬だけど、これを丘の、パメラっていう子がいつも遊んでいたところに持っていってくれれば——丘がいまでもあればですけどね」

「そりゃあもちろん、丘はいまでもありますよ。何をなさるつもりだね？　いまでも丘には草がいっぱい生えてるけど、気をつけてくださいよ。トルーラヴもどれくらいひどく錆ついているかわからんし。まず、少しきれいにしときましょうかね？」

「そうしてちょうだい。それから、うちでつくれるような野菜をいくつか考えてちょうだい」

「それじゃ、奥さんがキツネノテブクロとホウレンソウを一緒くたに植えるなんてことのないように気をつけとかなくちゃね。新しい家に入ったそうそうから、とんでもない目にあったなんて話は聞きたくありませんからね。少し金をかけりゃ、なかなか結構なお宅になりますぜ」

「どうもありがとう」

「それじゃ、トルーラヴをちょっと見てみようかね。乗ってるうちに、ぺしゃんこになっちゃかなわんから。ずいぶん古いものだが、昔のもののちゃんと動くことといったらびっくりするほどですぜ。そういや、以前、親しくしていたいとこがいて、そいつが古い自転車を引っぱりだしてきましてね。走るとは思わんでしょう――四十年ほど、誰も乗ったことがないんだからね。ところが、油をちょっぴりさしたら、ちゃんと走りましたよ。まったくちょっぴりでも油の効き目ってのは大したもんだね」

3　朝食前にはできない六つのこと

「いったいぜんたい――」とトミーはいった。

帰宅して、思いがけないところでタペンスを見つけるのはもう毎度のことだが、それにしても、今日はトミーもいつになくびっくりした。

家のなかにはタペンスの影もなかった。もっとも、外は雨だといっても、ほんのかすかな雨音が聞こえるだけである。庭仕事に熱中しているのかもしれないという考えが浮かび、そのとおりかどうかトミーは見にいった。そして、いったのである。「いったいぜんたい――」

「あら、トミー」とタペンスはいった。「もうすこしお帰りはおそいかと思っていたわ」

「そいつはなんだい？」

「トルーラヴのこと？」

「なんだって？」

「トルーラヴといったんですよ。そういう名前なの」

「それに乗ってドライブにでも出かけるつもりかい——きみには小さすぎるよ」

「ええ、それはそうよ。子供のものですからね——フェアリ・サイクルとか、わたしの小さいころあったような、いろいろなもので遊ぶようになるまえは、こういうもので遊んでいたんでしょうね」

「動きゃしないんだろう？」

「そうね、動くとはいえないけど、でも、丘のてっぺんへ持っていけば——車がひとりでに回るし、坂になっているから、下まで走っておりられるのよ」

「そして、下でぺしゃんこにつぶれるんだろう。そんなことをやろうとしていたのかい？」

「とんでもない。脚でブレーキをかけるのよ。ひとつ、やってみせましょうか？」

「いや、結構だよ。ほら、雨もひどくなってきたよ。わたしが知りたかったのは、なぜ——なぜ、そんなことをするのかということだよ。それほど面白いとは思えないんだがね？」

「ほんとうをいえば、むしろこわいくらいよ。でもね。わたし、知りたかったのよ、だから——」

「だから、この木にきいてるのかい？　ところで、これはなんの木かな？　チリマツじゃないかい？」

「そのとおりよ。よくご存じだこと」

「知ってるとも。この木の別の名前だって知ってるよ」

「わたしだって知ってるわ」

二人は顔を見あわせた。

「ただ、ちょっと度忘れしてね。たしか、アーチ——」

「ええ、だいたいそんなような名前よ。そのことは、もうこれくらいでいいんじゃない？」

「あんな刺だらけのなかで何をしてるんだい？」

「丘の麓《ふもと》に着くと、つまり、足をおろして完全に止まりきれないと、このアーチ——とかなんとかのなかに突っこんじゃうのよ」

「アーチ——なんとかっていったのは、つまり、アーチケリアのことじゃなかったかな？　いや、これは蕁麻《じんま》疹《しん》だったね？　まあいいさ、人それぞれの楽しみってものがあるんだから」

「ちょっと調査をしていただけよ、わたしたちの最近の問題について」

「きみの問題かい？ わたしの問題かい？ いったい誰の問題だい？」

「わからないわ。わたしたち二人の問題じゃないかしら」

「例のベアトリスの問題とかそんなんじゃないだろうね？」

「そうじゃないわ。この家にはもっと別のものが隠されているんじゃないかと思っただけなのよ。それで、たぶん何十年も前から、ちょっと風変わりな古い温室に押しこまれていたらしい、たくさんの玩具を調べにいったら、この木馬とマチルドがあったのよ。マチルドっていうのは揺り木馬で、お腹に穴があいてるの」

「お腹に穴があいてるって？」

「ええ。そのなかにいろんなものを手当たりしだい突っこんだんでしょうね。子供たちが——面白半分にね——枯れ葉だとか紙屑だとか、それに使い古しの雑巾《ぞうきん》とかフランネルの上着とか、汚れ落としに使った油っぽい布なんかも少し」

「おいで、家《うち》に入ろう」とトミーは言った。

「さあ、トミー」とタペンスは、彼の帰宅に間に合うように焚きつけておいた、客間の気持ちのよい薪の火のほうに脚を伸ばしながら言った。「ニュースを聞かせてくださいな。リッツ・ホテルのギャラリーで、展覧会を見てきたんでしょう？」

「いや。じつをいうと行かなかったんだよ。時間がなかったんでね」

「どういうこと、時間がなかったって？　そのために出かけたんでしょう」

「まあ、誰だって、そのために出かけたことをするとはかぎらんからね」

「でも、どこかへ行って、何かをなさったのね」

「駐車できそうなところをまた新しく見つけたよ」

「それじゃ、いつも便利ね。どこなの？」

「ハウンズロウの近くだ」

「なんでまたハウンズロウなんかへいらしたの？」

「実際はハウンズロウへ行ったんじゃないんだよ。あそこに駐車場があったからさ。そこからは地下鉄に乗ったんだ」

「あら、ロンドン行きの？」

「そうだよ。うん、地下鉄で行くのが一番簡単なようだ」

「なんだか、うしろめたそうな顔をしているわ。まさか、ハウンズロウにわたしの恋敵がいるんじゃないでしょうね？」

「ちがうよ。きみは、わたしのしたことにきっと満足するはずだがな」

「まあ。贈り物でも買ってきてくださったの？」

「いや、いや。ちがうんだよ。じつをいうと、どんなものを贈ったらいいかわからないしね」

「でも、あなたの当てずっぽうの贈り物はとてもすばらしいこともあったわよ」とタペンスは期待をこめていった。「ほんとうは何をしていたの、トミー、なぜ、わたしが満足するはずなの？」

「なぜかって、わたしも調査をしていたんだよ」

「このごろは、猫も杓子《しゃくし》も調査をするのね。ティーンエージャーやら誰かの甥やらいとこやら、誰かの息子や娘やら、みんな調査をしてるわ。このごろは、何を調査するのか実際には知らないけど、なんの調査にしろ、それっきりあとは尻きれとんぼみたい。調査をして、調査する楽しさを味わって、すっかり自己満足するってだけのことなのよ——ほんとうに、これから先どういうことになるのか、さっぱりわからないわ」

「養女のベティだが、あの娘は東アフリカに行ったんだろう。便りはあるかい？」

「ええ、調査に夢中になってるわ——アフリカ人の家庭に嘴《くちばし》を突っこんだり、それについて論文をまとめたりするのに」

「その家庭はベティが興味を持つのをこころよく思っているのかな？」

「思っていないでしょうね。わたしの父の教区でも、教区世話人はみんなから毛嫌いされていたものですよ――おせっかい屋なんて呼ばれてね」

「その話には、なかなか教えられるところがあるようだ。たしかにきみは、わたしが手がけてることに、いや、これから手がけようとしていることの困難さを、ずばり指摘しているな」

「なんの調査なの？　まさか芝刈り機のことじゃないでしょうね」

「なんで芝刈り機のことなんか持ちだすんだい？」

「年がら年じゅう、芝刈り機のカタログばっかり見ているからよ。芝刈り機となると、目の色が変わるんだもの」

「この家を舞台に、歴史的調査をするんだよ――犯罪にしろなんにしろ、すくなくとも六十年から七十年前に何かあったらしいからね」

「ともかく、あなたの調査計画をもう少し話してくださいな、トミー」

「じつは、ロンドンへ行って、あることをはじめたんだ」

「あら、調査を？　調査をはじめたのね。ある意味では、わたしも同じことをしていたのよ、方法はちがうけどね。時代も、わたしのほうはもっとずっと古いわ」

「つまり、きみはメアリ・ジョーダンの問題に本気で興味を持ちはじめたというんだね？　それで、いまごろになって、またその問題を議題に持ちだしたんだな。もう、はっきりしているじゃないか。メアリ・ジョーダンの謎、いや、問題といってもいいがね」

「それに、ごくありふれた名前よ。ドイツ人だとしたら、絶対に本名じゃないわ。ドイツのスパイだったとかいわれているけど、もしかするとイギリス人だったと考えられないこともないわ」

「ドイツのスパイとかいうのはただの伝説だろう」

「さあ、先を聞かせてよ、トミー。なんにも話してくれないじゃないの」

「わたしは、ある――ある――ある」

「『ある』ばっかりじゃ駄目じゃないの。さっぱりわかりゃしない」

「その、何かを説明するのはむずかしいものでね。わたしがいいたいのは、つまり、ある調査の方法がなくもないってことなんだよ」

「昔の出来事のこと？」

「そうだ。ある意味ではね。つまり、調べてみればわかることだってあるんだよ。情報を引きだせそうなこととかね。古い玩具に乗ってみたり、年寄りのご婦人連中の記憶に頼ったり、まちがいだらけの話しかしてくれそうもない庭師の爺さんにきいてみたり、郵便局へ行って、大叔母さんから聞いた話を聞かせてくれと女の子に頼んで、局員をびっくりさせたりしても埒《らち》があかないってことだよ」

「みんな、少しはやってみただけのことはあったわよ」

「わたしのほうもだ」

「あなたも調査をはじめているのね？　誰に聞きにいらっしゃるの？」

「そういうのとはちょっとちがうんだがね。憶えているだろう、タペンス、いままでにわたしは、こういうことを扱い慣れている人たちに、ときどき世話になったことがあるんだよ。この人たちを雇えば適当な方法で調査してくれるからね、絶対に確実な情報が手に入るんだ」

「どんなことが？　どういうところで？」

「まあ、たくさんあるがね。まず、死亡、誕生、結婚といったようなことを調べてもらえるんだよ」

「ああ、サマセット・ハウスで調べてもらうのね。結婚のときだけじゃなく、死亡のときもサマセット・ハウスへ行くの？」

「誕生のときもだよ――自分で行かなくても、代わりの人に行ってもらえばいいんだ。そこで、誰かが死亡した月日を突きとめたり、遺言書に目を通したり、教会で挙式した結婚とか、出生証明書なんかを調べるわけだ。こういうことをちゃんと調べてくれるんだよ」

「ずいぶんお金がかかるんでしょう？　引っ越しにかかった費用を払ったら、あとはせいぜい倹約するはずだったのに」

「きみがこの問題に興味を持っていることを思えば、これも上手な金の使い方だと考えられるんじゃないかね」

「それで、何かわかった？」

「金を出せばすぐにわかるってもんじゃないよ。調査が終わるまで待たなければならない。そして、報告が届いたら――」

「つまり、誰かが来て、メアリ・ジョーダンという人物はリトル・シェフィールドで生まれたというようなことを、報告する、そこでまた自分でそこへ調べにいく。そんなことなの？」

「そうでもないんだ。ほかにも国勢調査の申告書とか死亡証明とか死因とか、たくさんのことがわかるんだよ」

「なんにしても、ちょっと面白そうね。そういうものは、いつだって何かの足しになるわ」

「それに、新聞社へ行けばファイルを調べることもできるよ」

「記事のこと——たとえば、殺人とか裁判の？」

「そうともかぎらないが、誰にだって、その時その時につきあいのあった人たちがいるものだよ。事情を知っている人たち——そういう人を探しだすことはできる——そして、二つ三つ質問してみたり——旧交を温めるんだよ。わたしたちがロンドンで私立探偵の事務所を開いていたころのように。情報なり手がかりなりを教えてくれる人も、まだ少しは残っているだろう。こういうことは、いくらかはコネがものをいうんだよ」

「ええ、ほんとうにそのとおりね。わたしも経験でわかっているわ」

「調査の方法はきみとわたしではちがうがね。きみの方法もわたしの方法にひけをとらないよ。下宿屋というのか、例の〝無憂荘《サン・スーシ》〟をとつぜん訪ねてみた日のことは忘れられんな。まっさきに何が眼に入ったかというと、きみが編物をしていて、ブレンキンソップ夫人とかになりすましていたんだからね」

「あのころはまだ、調査とか、代わりの人に調査させるなんて考えてもみなかったからよ」

「そうじゃない。きみは、わたしがお客ととても興味ぶかい話をしていたとき、隣りの衣裳部屋にもぐりこんでいたんだ。だから、わたしがどこへ行くように頼まれたかも何をするつもりかも、きみはちゃんと知っていて、先まわりしたんだ。立ち聞きだよ。弁解の余地なしだ。じつに恥ずべきことだよ」

「結果はとても満足できるものだったわ」

「そうだな。うまくいくという勘のようなものがきみにはあるんだよ。ぴんと来るらしいね」

「まあ、いずれそのうちに、この土地のこともすっかりわかりますよ。ただ、あまり遠い昔の話ですからね。ほんとうに重要なものがこのへんに隠されているんじゃないか、このへんの誰かのところにあるんじゃないか、この家に関係のあることとか、昔ここに住んでいた人が重要なんじゃないかとか思えてしようがないんですよ――ほんとうに、ちょっと信じられないことだけど。それはそうと、次に何をすればいいのかわかったわ」

「なんだい？」

「朝食前にはできない六つのことよ、もちろん。あと十五分でもう十一時よ、そろそろやすみましょう。くたびれたわ。眠たいし、あの埃だらけの古い玩具やなんかをいじったもんで、からだじゅう汚れほうだい。あそこにはまだほかにもいろんなものがありそうよ、ほら、あの――それにしても、なぜケイ-ケイっていうのかしら？」

「わからんね。だいたい、綴りはわかるのかい？」

「さあ——k‐a‐iだったと思うけど。ただのKKじゃないのよ」

「そのほうが謎めいて聞こえるからかい？」

「日本語みたいに聞こえるけど」とタペンスは自信がなさそうにいった。

「いったいどこが日本語みたいに聞こえるのかな。わたしにはそうは聞こえないがね。それより、食べもののようだよ。お米のようなものだろう」

「わたしはもうやすみます。きれいにからだを洗って、なんとかこの蜘蛛の巣を落とさなきゃ」

「朝食前にはできない六つのことを忘れちゃいかんよ」

「そのことなら、わたしはあなたほどずぼらじゃないわよ」

「きみは、ときどき思いもよらないことをするからね」

「わたしよりもあなたの言うとおりになることのほうが多いわよ。それで閉口することもあるけど。この六つのことは、わたしたちを試すための天の配剤なのよ。そういったのは誰だったかしら？　口癖のように言ってたものだけど」

「まあ、いいさ。昼間かぶった古い昔の埃をさっぱりと流しておいで。アイザックは庭仕事の役に立つかい？」

「自分ではそう思っているわ。ひとつ、あの人の腕を試してみてもいいけど――」

「あいにく、わたしたちは庭仕事のことをあまり知らないしね。また一つ問題を抱えこんだわけか」

4　トルーラヴに乗って。オックスフォードとケンブリッジ

「朝食前にはできない六つのことっていうけど、ほんとうにそのとおりだわ」タペンスはコーヒーを飲みほし、食器棚のお皿に残っている、見るからに食欲をそそるレバーを二つ添えたフライド・エッグのことを考えながらいった。「朝食は、できないことを考えるより、もっと大切なときなんだもの。トミーはできないことを追っかけていってしまうほうだけど。調査ですって。いったい、何かわかるとでも思っているのかしら」

彼女はレバーを添えたフライド・エッグを脇目もふらずに食べはじめた。

「いつもとちがう朝食を食べるって、ほんとうにいいものだわ」

ずいぶんまえから、彼女は朝はいつもコーヒーとオレンジ・ジュースかグレープ・フルーツですましてきたのだった。体重の問題を解決するというかぎりでは申しぶんないものの、この朝の献立は充分な満足感に欠けるうらみがあった。食器棚のほかほかの料理が、著しい対照によって、いやがうえにも消化液の分泌を促すのだった。

「きっと」タペンスはいった。「パーキンソン家の人たちも、朝食にはここでこんなものを食べていたんだわ。フライド・エッグか、ベーコンを添えた落とし玉子《ポウチド・エッグ》か、たぶん――」彼女ははるか昔にあともどりして、古い小説を思いだした。「たぶん、そうだわ、たぶん戸棚には雷鳥の冷肉が入っていたのよ、おいしそうだこと！　そうそう、思いだしたわ、聞いただけでもおいしそうだった。もちろん、子供はあとまわしにされるから、脚しかもらえなかったでしょうね。鳥の脚ってなかなかいいものよ、いつまでもしゃぶっていられるもの」レバーの最後のひと切れを口に入れたまま、彼女は耳をすました。

とんでもない奇妙な音が外から流れてくるような気がした。

「なにかしら。オーケストラの調子がどこか狂ったような音だけど」

またしばらくのあいだ、彼女はトーストを持ったままじっとしていた。アルバートが入ってきたので、彼女は顔をあげた。

「何がはじまったの、アルバート？」タペンスは有無を言わせぬ調子できいた。「まさか職人たちが音楽会をはじめたんじゃないでしょうね？　オルガンみたいなもので？」

「あれはピアノをみにきた男の方ですよ」

「ピアノの何をみにきたの？」

「調律をしにきたんです。奥さまが、ピアノの調律師を呼ぶようにとおっしゃいました

「おやおや、もう呼んでくれたの？　あなたはなんてすばらしいんでしょう、アルバート」

アルバートは満足したようだったが、同時に、ときにはタペンスから、また、ときにはトミーから命じられる突拍子もない要求を満たす日ごろの迅速さにかけては、じつにすぐれていることを自分でもちゃんと承知しているようだった。

「ずいぶん直さなければならないそうですよ」

「そうでしょうね」

タペンスはコーヒーをカップ半分ほど飲むと、部屋を出て客間に入っていった。若い男が、内部の無数のものをさらけだしたグランド・ピアノと取り組んでいた。

「おはようございます、奥さん」

「おはよう。わざわざどうも、ご苦労さま」

「こりゃ調律しなきゃだめですね、たしかに」

「そうなんですよ。このとおり、引っ越してきたばかりなんだけど、家から家へ運んだりするのはピアノにはあまりよくないことですからね。それに、もう長いこと、調律してないし」

「そうですね、すぐわかりますよ」

若い男はそれぞれ別の和音を順々に三回、陽気な長調の和音と、ひどく物悲しい短調の和音を二回ずつ鳴らした。

「いい楽器ですね、失礼ですけど」

「ええ、エラールですもの」

「このごろでは、このピアノはなかなか手に入りませんよ」

「これは何度かひどい目にあってきたんですよ。ロンドンの空襲をくぐりぬけてきたんですもの。家に爆弾が落ちましてね。さいわい、わたしたちは避難していたし、被害を受けたのも外側がほとんどでしたから」

「そうですか。ええ、なかの装置は大丈夫です。たいして手をかける必要はありませんよ」

話は気持ちよくつづいた。青年はまずショパンの『前奏曲《プレリュード》』の最初の何小節かを、つづいて《青きドナウ》を弾いた。やがて、彼は仕事は終わったといった。

「あまり長いこと放りっぱなしにしておきたくありませんね。そのうちに折りを見て、また調子をみにうかがいましょう。いつまた――その、なんと言いますか――ちょっともとに戻らないともかぎりませんからね。気がつかないような、耳では聞きとれないような、ほんのちょっとしたことなんですよ」

別れぎわに、二人は音楽一般、とくにピアノ曲に耳の肥えた者同士の話や、ふつう、音楽が人生にもたらす喜びについて大いに意見の一致をみた者同士の丁寧な挨拶をかわした。

「まだまだ手がかかりそうですね、この家は」と青年はまわりを見まわしながら言った。

「わたしたちが引っ越してくるまで、しばらくのあいだ空き家になっていましたからね」

「ええ。ずいぶん持ち主が替わったんですよ」

「そうとう曰《いわ》くがあるんじゃないかしら。昔、こんな人が住んでいたとか、妙な出来事があったとか」

「ああ、昔の、あの当時のころのことを言っておいでなんですね。第一次大戦ちゅうだか第二次大戦ちゅうだか知りませんが」

「海軍の秘密とかなんとかに関係あることだったそうね」とタペンスは期待をこめていった。

「あるいはそうかもしれません。ずいぶん取り沙汰されたそうですが、わたしは、もちろん、直接には知らないんです」

「そうね、あなたが生まれるずっとまえのことですもの」とタペンスは青年の若々しい顔をしみじみと見ながらいった。

青年が立ち去ると、タペンスはピアノの前に腰をおろした。

「《雨だれの前奏曲》を弾いてみましょう」と彼女は言った。調律師の別のプレリュードの演奏がきっかけになって、このショパンの曲を思いだしたのだった。それから和音をいくつか鳴らしてみると、伴奏をつけながら、最初はハミングで、やがて小声で歌いはじめた。

我がまことの恋人《トルー・ラヴ》はいずこをさまよえるや？
我がまことの恋人は我を離れていずこに行きしや？
木々の梢に鳥は呼べども。
我がまことの恋人の我がもとにかえるはいつの日か？

「これじゃ、キーがちがう」とタペンスはいった。「でも、ともかく、ピアノはちゃんと直っているわ。ああ、またピアノが弾けるなんて、ほんとうに楽しいこと。『我がまことの恋人はいずこをさまよえるや』」と彼女は口ずさんだ。「『我がまことの恋人の』――トルーラヴだわ」彼女は考えこみながら言った。「まことの恋人？　ええ、これは暗号じゃないかしら。ひとつ、トルーラヴを調べてみたほうがよさそうだわ」

彼女は頑丈な靴をはき、プルオーヴァーを着て庭に出た。トルーラヴはもとのＫＫのなかではなく、からの厩《うまや》に入っていた。タペンスはトルーラヴを引きだして、草に覆われた斜面のてっぺんに引っぱっていき、まだそこらじゅうにくっついている蜘蛛の巣を、持ってきたはたきでだいたい払い落とすと、トルーラヴにまたがって足をペダルにのせ、世間一般の例に洩れず、この木馬のうえにも現われた年月と傷みが許すかぎりの速さで歩かせてみた。

「さあ、我がまことの恋人よ、一緒に丘をおりましょう。あまり急がないでね」

タペンスはペダルから足を離し、まさかのときにはブレーキをかけられるような位置に置きかえた。

重さだけで丘をくだるのが強みだとはいいながら、トルーラヴはあまり速く駆けはしなかった。しかし、坂が突然、急になりはじめた。トルーラヴは足どりを速め、タペンスはいっそう強く足でブレーキをかけたものの、丘の麓のチリマツの茂みという、とりわけ不愉快なところにトルーラヴもろとも飛びこんでしまった。

「ずいぶん情けない目にあうもんだわ」と彼女はやっとのことで立ちあがりながらいっ

た。

チリマツのいたるところについている刺から抜けだすと、からだを払い、まわりを見まわした。目の前に、灌木の茂みが反対側の丘の上までつづいている。ツツジやアジサイがそこここに茂みをつくっている。花の季節にはさぞきれいだろう。いまはまだどこといってきれいなところもない、ただの叢林《そうりん》にすぎなかった。それでも、さまざまな花樹の茂みや灌木のあいだに、かつては小道だった跡があるようだった。いまは木々がびっしり生い茂っているが、小道の方向をたどることはできた。タペンスは小枝を一、二本折りとると、最初の藪《やぶ》をわけて丘をのぼりはじめた。小道はうねりながら丘の上へとつづいている。もう何年ものあいだ、この道をきれいにする人も、歩く人もいなかったことは明らかだった。

「どこに通じているのかしら」とタペンスはいった。「道があるからには、理由があるはずだわ」

右に左にと小道は二、三回急角度に曲がり、ジグザグになっていて、小道が急に揺れて方向を変えたという『不思議の国のアリス』の一節の意味が、そのまままわかるような気がした。もう藪は少なくなり、地所の名前の由来と思われる月桂樹が見え、そのあいだを縫って、石ころだらけの、歩きにくそうな細い道が通っていた。その道を進んでいくと、まったくだしぬけに、苔むした四段の石段の前に出た。石段をあがったところに、かつては金属でできていたが、のちに藁でつくりなおしたものらしい壁龕《へきがん》があった。神殿のようなもので、なかに台座があり、その上に、見る影もなく崩れた石像がのってい る。籠を頭にのせた男の子の像だった。その像に、タペンスは見覚えがあるような気がした。

「こういうもので、あんがい家の年代がわかるものよ。セアラ叔母さんの庭にあったのとそっくりだわ。そういえば、あそこの庭にも月桂樹がたくさんあったわね」

タペンスはセアラ叔母さんの思い出にふけった。子供のころ、ときおり遊びにいったものである。そして、『川の馬』と呼ばれるゲームをして遊んだものだ。『川の馬』をするためには、スカートの箍骨《たが》をはずさなくてはならない。当時、タペンスは六歳だった。スカートの箍骨《たが》が馬の役目をした。鬣《たてがみ》と流れるような尻尾を持つ純白の馬。タペンスの空想のなかで、純白の馬は人をのせて緑の野を、というよりも芝生の生えそろった一画を渡り、パンパス・グラスの羽毛のような穂が風に揺れている花壇をまわって、この道と同じような小道を進んでいくのだった。そして、小道を曲がると、ブナの樹々のあいだの、やはりこの壁龕と同じような四阿《あずまや》風の壁龕のなかに、石像と籠が入っていた。タペンスは、馬を駆ってここに行くときは、いつも贈り物を持っていった。贈り物を少年の頭の上の籠に入れるのだが、そのときに、これはお供えだと言って、願いごとをするのである。願いごとはほとんどいつもかなえられた。

「でも、それは」と、タペンスはのぼってきた石段のてっぺんにいきなり腰をおろしながらいった。「それは、もちろん、ほんとうはごまかしていたからなのよ。たいていまちがいなくそのとおりになることがわかっていることをお願いしたんだもの。でも、願いごとがかなうと、ほんとうに魔法のような気がしたものだわ。お供え物も、昔から伝わる、ちゃんとした神さまにふさわしいものだったわ。もっとも、ほんとうは神さまなんかじゃなくて、ただの、ずんぐりした、小さな男の子だったけど。ああ――ほんとに面白かった、いろんなことを考えだしては、すっかりそのつもりになって遊んだりして」

タペンスは吐息をつき、また小道をおりて、KKという謎めいた名前を持つ例の温室へと歩いていった。

KKのなかは、あいかわらず、めちゃめちゃに散らかっていた。マチルドがぽつねんと見棄てられたような様子を見せているのもいつもと同じだが、ほかに二つのものがタペンスの注意をひいた。陶器――まわりに白鳥の模様をあしらった陶器製のスツールである。一つは濃い青、一つは淡い青だった。

「ええ、小さいころ、こういうのを見たことがあるわ。そう、ふつうはヴェランダに置いてあったわね。叔母の一人が、やっぱりこういうのを持っていたわ。わたしたち、オックスフォードとケンブリッジって呼んでいたものよ。ほんとうにそっくり。あれはアヒルだったかしら——いえ、白鳥だわ、白鳥がまわりに描いてあったのよ。そして、腰掛けるところに、これと同じような妙なものがあったわ。S字形の孔が。いろんなものをそこに押しこめるようになってたわ。ええ、アイザックに頼んで、このスツールを出して、きれいに洗ってもらいましょう。そして、涼み廊下《ロジア》に置けばいいわ。アイザックはロジャーだって言ってきかないけど、わたしにはヴェランダのほうがしっくりするように思うんだけど。あそこに置いておけば、気候のいいころなんか楽しみだわ」

タペンスはドアのほうに駆けだそうとした。足がマチルドの突きでた揺り子にひっかかった。

「あら、たいへん！　何かをどうかしたのじゃないかしら？」

濃い青の陶器製のスツールに脚をぶつけてしまったのである。スツールは床に転がって、二つに割れてしまった。

「まあ、わたしったら、オックスフォードをだいなしにしちゃったんだわ。ケンブリッジで間《ま》に合わすよりしようがないわね。もとどおりくっつけられそうもないし。この割れ方じゃ、とても無理だわ」

タペンスは溜め息をつき、いまごろトミーは何をしているのだろうと考えた。

トミーは昔の友人と思い出話に花をさかせていた。

「ちかごろは妙な世の中になったもんだよ」とアトキンソン大佐がいった。「きみと、そら、なんとかいったな、プルーデンスだ――いや、きみは愛称で呼んでおった、タペンスだったな――きみたちは田舎に引っこんだそうじゃないか。ホロウキイの近くだとか。なんで、そんなところに越したんだ。ときにわけでもあるのかい？」

「いや、家のわりには安かったんですよ」

「ほう。そりゃ運のいい話だ。名前は？　住所を聞いておこう」

「〝杉の木荘〟にしようかと思っているんですよ、立派なシーダーがありますから。もともと〝月桂樹荘〟と呼ばれていたんですが、これじゃ、ヴィクトリア朝の遺物みたいでしょう？」

「〝月桂樹荘〟か。ホロウキイの〝月桂樹荘〟だね。おいおい、いま、きみは何をやっているんだ？　何かおっぱじめたんだね？」

トミーは、ぴんと白い口ひげのはった、年老いた顔を見つめた。

「何かやりはじめたんだろう?」とアトキンソン大佐はいった。「また、国のため、ご奉公に引っぱりだされたんだね?」

「いや、この年ではもう無理ですよ。そういうことからはすっかり手をひきました」

「さて、そいつはどうかな。口先だけのことだろう。そう答えるように命令されとるんだろう。とにかく、この事件については、まだわかっとらんことがいっぱいあるからな」

「どの事件ですか?」

「きみも読むか聞くかしとるだろう。カーディントン事件だよ。それに続いて、また別の事件があっただろう——いわゆる手紙の件だよ——それに、エムリン・ジョンソンの潜水艦事件だ」

「そういえば、ぼんやりと憶えているような気がしますね」

「まあ、実際には潜水艦とは関係のないことだったんだが、それがきっかけになって、事件全体が注目を浴びたんだ。そこにもってきて例の手紙だ。ところが、問題は政治的に処理されてしまった。そう。手紙だ。あの手紙さえ当局が押さえていれば、局面は一変したはずだ。当時、政府内で絶大な信頼をおかれていた数人の連中に、当局は注意を向けたはずだよ。こういうことが起こるとは、驚いた話じゃないかね? いや、まったく！　獅子身中の虫だよ、つねに非常な信頼をおかれ、つねに非の打ちどころない人物、つねに嫌疑の余地のない人物なんだ——そして、それ以来いまだに——まだ明らかになっていないことがたくさんあるというわけだよ」大佐は片目をつぶってみせた。「おそらく、きみは調査するため、いまの土地に送りこまれたんだろう、え？」

「調査するって、何をですか？」

「きみの家だよ、〝月桂樹荘〟だとか言ったな？　〝月桂樹荘〟については、他愛もない冗談が言われたことがあったんだよ。以前にも、そうとう調査したことがあるんだ、公安部とか、そんな筋の連中がね。あの家に貴重な証拠が隠されていると考えたんだな。証拠は、当局の目が光りだすまえ、すでに国外へ持ちだされたのだという考えもあった——イタリアじゃないかといわれたもんだが。しかし、一方では、まだ、あの家のあたりに隠されているんじゃないかと考える連中もいたんだよ。ああいう家には、地下室とか敷石とかいろいろなものがあるからな。なあ、トミー、わしは、きみがまた捜査にのりだしたような気がするんだがね」

「いまでは、そういうことはいっさいやってないんですよ」

「以前も、世間はそう思っていたよ、きみがまだほかの土地にいたころのことさ。この前の大戦のはじめごろだ。きみは例のドイツ人を追いつめたじゃないか。それから、あの童謡の本と女の一件。うん、どっちもみごとな手並みだったよ。そこで、こんども、おそらく、きみは命令を受けて調査にのりだしたんだな！」

「冗談じゃない。そんなふうに考えてもらっちゃ困りますな。わたしはいまじゃもう田舎爺さんですよ」

「老獪《ろうかい》な古狐だよ、きみは。確かに、いまの若い連中より一枚上手だ。いや、まったく。そうやって、なにくわん顔をしとるところをみると、その、質問してはいかんのだろうな。国家の機密を洩らせといっても無理な話だ、そうだろう？　なんにしても、奥さんに気をつけるんだよ。あの人は昔から、つい深いりするほうだからな。『NかMか』のときも、土壇場で危うく命拾いしたことがあったじゃないか」

「いや、タペンスは地元の昔のこと全般に興味を持っているだけなんですよ。どこそこに、昔、誰が住んでいたかとか。こんどの家にかつて住んでいた人の絵とか、そんなことです。それと庭づくりですな。いま、わたしたちがほんとうに興味を持っているのはそれくらいのものですよ。庭のこと。庭のことと球根のカタログ、そのくらいのものです」

「まあ、この先一年間、なにごとも起こらなければ、わしも信じるかもしれんがね。だが、わしはきみという人間を知っとるんだ、ベレズフォード。ベレズフォード夫人という人間も知っとるんだよ。きみたち二人が組めば、これはすばらしい二人組だ、きっと何か探りだすにきまっとる。もしも、例の文書が公にされれば、政界にきわめて重大な影響を及ぼすだろうし、それを快く思わん連中が何人かいることも確かだ。いや、ほんとうだぞ。そして、それを快く思わん連中は、いってみれば——高潔の士の見本みたいに思われておるんだ！　しかし、一部の者からは、危険な人物だと考えられている。それを頭に入れておくことだ。危険な人物だし、危険じゃない者も、この危険な連中とつながりを持っとるんだ。だから、用心したまえ、奥さんも用心するようにさせなきゃいかんよ」

「大佐のお考えにはおそれいりますな。話をうかがっていると、まったく興奮してきますよ」

「興奮するのはいっこうにかまわんが、タペンス夫人に気をつけてやってくれよ。わしはタペンスにはたいへん好意を持っとるんだ。いい娘だ。昔からそうだったよ」

「もう娘とは言えませんがね」

「女房のことをそんなふうに言っちゃいかん。そういう習慣にはまっちゃいかんよ。あんな人はそんじょそこらにゃいないぞ。しかし、あの人に狙われる奴こそ、気の毒というものだな。今日もまた捜しまわってるんじゃないかね」

「そんなことはないと思いますよ。おおかた、年配のご婦人のところで、お茶でもご馳走になってるでしょう」

「なるほど。年とったご婦人というものは、ときによるとなかなか役に立つ情報を聞かせてくれるからな。年とったご婦人と、それに、五つの子供だ。ときどき、思いがけない人が、誰も夢にも思わなかったような事実を教えてくれたりするものだよ。これについては、いろいろと話があるんだが——」

「そうでしょうな、大佐」

「いや、よそう、秘密を洩らすわけにはいかんからな」

アトキンソン大佐は首を振ってみせた。

帰りの汽車のなかで、トミーは窓外を飛び過ぎる田舎の景色にじっと視線を向けていた。「わからんな」と彼はつぶやいた。「まったくわからん。あの爺さんはふだんから内情に詳しい。事情通だ。それにしても、いまにもたいへんなことになりかねないなんて、そんな問題がいったいあるのだろうか。みんな昔のことじゃないか——何もありゃしない、大戦以来、尾をひいている問題なんてありゃしないのだ。現在とは縁のない話さ」それからまた考えた。新しい思想——ＥＥＣ的な思想が台頭している。それも、どちらかというとトミーの理解を超えたところで。なぜなら、孫とか甥をはじめ、新しい世代が登場したのだ——彼ら、家族のなかの若い者たちが、もういまではつねに無視することのできない存在となり、牽引力を持ち、影響力、権力のある座を占めている。それは彼らがそういうふうに生まれついたのであり、また、彼らが何かのはずみで忠誠心を失うと、誘惑に陥りやすく、いずれに解釈するかは別として、新しい主義なり古い主義の蒸し返しなりを信じることができるからである。いまやイギリスは奇妙な状態にある、かつてのイギリスとはちがう状態にあるのだ。いや、実際は昔からこうだったのだろうか？　静かな水面がその下に黒い泥を隠していることは昔もいまも同じである。澄んだ水は、海の底の小石の上、貝の上まではとどかない。動いているもの、それも見た眼にはわからないほど緩慢に動くもの、発見して食い止めなければならないものがどこかにあるのだ。だが、まさか——まさか、ホロウキイのようなところにあるはずはない。かりに、かつてはあったとしても、ホロウキイは過去に属する土地である。最初は漁村として発展し、その後さらに、イギリスのリヴィエラとして発展をとげた——そして、いまでは、八月だけにぎわう避暑地にすぎない。最近では、大部分の人はパッケージ旅行で外国に出かけるほうを好むのだ。

「それで」とタペンスは、その夜、夕食のテーブルを離れ、コーヒーを飲みに別の部屋へ移って言った。「面白かったの、面白くなかったの？　昔のお仲間はいかがでした？」

「うん、なかなか元気にやってるよ」とトミーは言った。「きみのほうのお婆さんはどうだった？」

「それが、ピアノの調律師が来たの。それに、午後から雨になったもんで、行くのはやめたの。ちょっと残念だわ、あのお婆さんなら面白いことが聞けたかもしれないのに」

「わたしのほうのお爺さんは話してくれたよ。まったく意外だったな。実際の話、きみはここのことをどう思う、タペンス？」

「この家のこと？」

「いや、家のことじゃない。ホロウキイのことだよ」

「そうね、すてきなところよ」

「『すてき』っていうと？」

「『すてき』って、いい言葉よ。ふつうは軽蔑されてるけど、なぜ軽蔑するのか、わたしにはわからないわ。すてきなところっていうのは、なんにも起こらないところのことよ。なんにも起こらなきゃいいと、誰でも思うんじゃないかしら。なんにも起こらないですめば、これほどありがたいことはないわ」

「なるほど。だが、そりゃわたしたちが年をとったからだろう」

「いいえ、年のせいじゃないわ。なんにも起こらないところがあるということを知っているのは、すてきだからよ。もっとも、今日も、もうちょっとで、そのなにかが起こるところだったけどね」

「もうちょっとで起こるところだったって、どういう意味だい？　何かくだらんことをやろうとしたんじゃないのか、タペンス？」

「いいえ、もちろん、そんなことはないわ」

「それじゃ、どういうことだ？」

「温室の屋根の窓ガラスよ、ええ、こないだからちょっとぐらぐらしていて、危なっかしかったの。それが、頭の真上から落っこちてきたの。わたし、もすこしでばらばらになるところだったわ」

「どうやらばらばらにならずにすんだらしいね」とトミーは彼女を見ながら言った。

「ええ。運がよかったのよ。でも、ほんとうに飛びあがったわ」

「例の爺さんに来てもらおう、なんといったかな？　アイザックだっけ？　ほかの窓ガラスも調べさせよう——きみに死なれちゃ困るからね、タペンス」

「古い家を買うと、きまってどこかおかしいところがあるものよ」

「この家にもおかしいところがあると思うかい、タペンス？」

「いったいどういう意味、この家におかしいところって？」

「じつは、今日、ちょっと妙なことを聞いたもんでね」

「まあ――妙なことって、この家のこと？」

「そうなんだ」

「まさか、トミー、そんなこと考えられないわ」

「なぜ、考えられないんだい？　この家がとてもすてきで、なんの翳《かげ》もなさそうに見えるからかい？　ちゃんとペンキを塗って修理してあるからかい？」

「そうじゃないわ。ペンキを塗って修理してあるのも、翳がなさそうに見えるのも、みんなわたしたちのおかげよ。買った当座は、おんぼろで、荒れほうだいだったもの」

「そりゃそうさ、だから安かったんだ」

「あなた、様子がおかしいわ、トミー。どうしたの？」

「じつは、ほら、例のひげのモンティに会ったんだよ」

「まあ、あのお爺さんね。わたしによろしくっていっていた？」

「うん、いってたよ。きみに気をつけさせるように、わたしにも気をつけてやるようにいっていた」

「いつもそういうのよ。でも、なぜ気をつけなきゃいけないのかわからないわ、わたしには」

「それがね、ここはどうも、気をつけたほうがいいところらしいんだ」

「いったい、それはどういう意味なの、トミー？」

「タペンス、きみはどう思う？ わたしたちは隠退した過去の人間としてではなく、現役としてここに住んでいるんだと、遠まわしにでも、それとなくでもいいが、ともかくそういわれたら？『NかMか』のころのように、もう一度ここで任務についているんだとね。何かを発見するために、治安当局からここに派遣されたんだと。この家の何かおかしなところを探りだすためにね」

「あなた、夢でも見ているんじゃなくて、トミー。それとも、夢を見ているのはひげのモンティのほうかしら、そんなことをいいだすなんて」

「うん、モンティがそういったんだよ。モンティは、わたしたちが何かを突きとめる任務を帯びて、ここにいるのにちがいないと思っているらしいんだ」

「何かを突きとめるですって？ どんなものを？」

「この家に、もしかすると、なにか隠されているのじゃないかな、そいつを突きとめるのさ」

「この家に、もしかすると隠されているものですって！　トミー、あなた、頭がおかしいんじゃない？　それとも、おかしいのはモンティのほう？」

「うん、わたしも、この爺さん、頭がおかしいんじゃないかと思ったがね、はっきりそうとも思えなくなったんだよ」

「この家で、いったい何が見つかるっていうの？」

「昔、ここに隠されたものじゃないかな」

「埋められた宝物、そんなもののことをいってるの？　地下室にロシアの王冠の宝石が隠されているとか？」

「いや、宝物じゃないよ。誰かにとっては命とりになりかねないものなんだ」

「まあ、妙だわ」

「なんだ、何かわかったのかい？」

「いえ、もちろん、なんにもわかりゃしないわ。ただね、もう何年も前のことだけど、この家に関係したことで騒ぎがあったらしいの。実際に覚えている人がいるっていうんじゃなくて、昔、お祖母さんから聞いたとか、召使いが噂していたとかいう程度なんだけど。げんに、ベアトリスにも、そのことを何か知っているらしい友だちがいるのよ。

そして、その騒ぎに、メアリ・ジョーダンが関係しているの。騒ぎといっても完全にもみ消されたんだけど」

「何か考えているのかい、タペンス？　あの若くて楽しかったころにもどっちまったのかい、ルシタニア号の娘に誰かが秘密を託したころや、わたしたちが冒険していたころ、謎のブラウン氏を追いまわしていたころに？」

「おやおや、それはもう昔々の話よ、トミー。わたしたち、自分たちのことを『青年冒険家商会』なんて呼んでいたわね。いまになってみると、ほんとうにあったことだとは思えないわ、そうじゃなくて？」

「うん、まったくだ。夢にも思えないね。だが、ほんとうにあったんだよ、そうだとも、たしかにほんとうにあったんだ。およそ信じる気になれんだろうが、たくさんのことが現実にあったんだよ。すくなくとも六十年か七十年前のことにはちがいないがね。ことによると、もっと前かな」

「実際には、モンティはどんなことをいったの？」

「なにかの手紙だとか書類だとかだがね。これが政治的な大騒動を起こしかねなかったとか、実際に起こしたとかいう話なんだよ。権力の座についている人物、そして、もともと権力の座につくべきではなかった人物、それに、手紙か書類か、あるいは、明るみに出されると、この人物の失脚を招くにちがいないもの。あらゆる陰謀、昔の事件のことさ」

「メアリ・ジョーダンと同じころの？　およそ、ありそうもない話だわ。トミー、あなたはきっと帰りの汽車のなかで眠ってしまって、そんな夢を見たのよ」

「そうかもしれない。たしかに、ありそうな話だとは思えないな」

「でも、ちょっと調べてみるのも悪くないわね、せっかく、わたしたち、ここに住んでいるんだもの」

タペンスは部屋のなかを見まわした。

「ここに何かが隠されているなんて、とても思えないわ。あなたはいかが、トミー？」

「何かが隠されていそうな家には見えないね。その当時以来、たくさんの人たちがこの家で暮らしてきたんだし」

「そうよ。わかっているだけでも、入れかわり立ちかわり持ち主がかわってきたんだもの。そうだわ。ひょっとすると、屋根裏部屋か地下室に隠されているのかもしれない。それとも、四阿《あずまや》の床の下に埋めてあるのかも。どこにだって隠せそうだわ。ともかく、なかなか気晴らしにはなるわね。たぶん、そうね、ほかにすることがないときとか、チューリップの球根を植えたあと、背中がずきずきするときなんか、ちょっと調べてみてもいいわね。いえ、ちょっと考えてみるだけ。『もし、わたしが何かを隠すとしたら、どこに隠そうか、どこなら発見されずにすみそうか?』からはじめるのよ」

「いずれにしろ、ここでは発見されずにすみそうもないね。庭師とか、そら、家のなかを一寸刻みにぶっこわす連中とか、以前の持ち主の一家とか、不動産屋とかなんやかやが出はいりしていてはね」

「さあ、それはわからないわよ。あんがい、ティー・ポットのなかに入っているかもしれないわ」

タペンスは立ちあがってマントルピースのほうへ行くと、スツールの上にのって、陶器のティー・ポットを降ろした。そして、蓋をとって、なかをのぞいてみた。

「なんにもないわ」

「万が一にも、ありそうもないところだよ」

「こうは考えられないかしら」とタペンスは陰気さよりも期待のこもった声でいった。「誰かがわたしを殺すつもりで、温室の天窓のガラスを、わたしの上に落っこちるように細工したんだとは?」

「万が一にも、ありそうもないことだね。たぶん、アイザック爺さんの上に落っことすつもりだったんだろう」

「あんまりがっかりさせないでよ。せっかく、危ないところで命拾いしたと思いたいのに」

「まあ、気をつけるに越したことはないよ。わたしのほうでも気をつけてやるから」

「あなたはわたしのこととなると、いつも取越し苦労ばっかりなさるのね」

「取越し苦労をしてやるなんて、じつに思いやりがあるじゃないか。きみは、取越し苦労をしてくれる亭主を持ったことを大いに喜ぶべきだよ」

「あなたを汽車のなかで撃とうとしたり、あなたごと汽車を脱線させたりとかしようとした人はいなかった？」

「いなかったね。しかし、お互いにこんどから車で出かけるときには、その前にブレーキを調べたほうがいいな。もちろん、こんなことはまったくばかげた話だがね」

「もちろん、ばかげた話よ。まったくばかげてるわ。でも、やっぱり——」

「でも、やっぱり、なんだい？」

「その、こういうことって、考えてみるだけでも面白いものよ」

「つまり、アレグザンダーは何かを知っていたために殺されたんだというのかい？」

「アレグザンダーはメアリ・ジョーダンを殺した犯人について何か知っていたのよ。『犯人はわたしたちのなかにいる』……」タペンスの顔が急に明るくなった。「『わたしたち』よ」と彼女は力をこめて言った。「この『わたしたち』のことがすっかりわからなきゃ話にならないわ。以前、この家にいた『わたしたち』。これは未解決の犯罪なのよ。それを解決するためには、過去にさかのぼってみましょう——事件の舞台や原因まで。こんなことをやってみるのは、わたしたちとしてもこれがはじめてよ」

5　調査の方法

「いったい、いままでどこにいたんだ、タペンス」とトミーは、翌日、帰宅するなりいった。

「まちがっても地下室なんかじゃないわ」

「そうだろうな。ああ、そうだろうとも。きみ、髪の毛に蜘蛛の巣がいっぱいついているのがわからないのかい？」

「ええ、そりゃそうでしょうね。あの地下室、蜘蛛の巣だらけですもの。ともかく、あそこにはなんにもなかったわ。せいぜい、ベーラムの壜ぐらいしか」

「ベーラムだって？　そいつは面白いな」

「そう？　あんなものを飲むのかしら？　まさかそんなことはないように思うんだけど」

「うん、昔はあれを髪につけたものなんだ。男だよ、女がつけるものじゃないよ」

「そうでしょうね。そういえば、わたしの叔父が——ええ、わたしの叔父もベーラムを使っていたわ。叔父の友だちがアメリカからお土産に持ってきてくれたの」

「ほう？　それはなかなか面白いね」

「かくべつ面白いとも思えないけど。ともかく、わたしたちの役には立たないもの。ベーラムの壜のなかに何か隠すなんて、できっこないわよ」

「なるほど、きみが何をやっていたのか読めたぞ」

「まあ、どうせどこかからはじめなきゃなりませんからね。もし、あなたのお仲間の話が事実なら、この家に何かが隠されている可能性もまんざらないこともありませんよ。いったいどこにあるのか、どんなものかは見当がつけにくいけど。だって、ほら、家を売るとか、死ぬとかして、家を明けわたすときには、家はもちろん空家になるわけでしょう？　つまり、次に家を受けついだ人が家具を引っぱりだして売ってしまうし、もし、そのまま残しておいたとしても、また次の人が入ってきて売ってしまうから、家にそのまま残っているものは、せいぜい一つ前の持ち主のものぐらいで、もっとずっと以前の持ち主のものだってことは絶対にないのよ」

「それなら、いったいなぜ、何者かがきみなりわたしなりに危害をくわえようとか、わたしたちをこの家から追い払おうなんて気持ちを起こすんだい——発見されては困るようなものがこの家にないんなら？」

「でも、これはもともと、あなたの頭から生まれたことよ。もしかすると、まるっきり事実じゃないのかもしれないんだし。まあ、それはともかく、まるでむだな一日でもなかったわ。ちょっとしたものが見つかったのよ」

「メアリ・ジョーダンに関係のあるものかい？」

「べつにそうじゃないの。あの地下室は、そうね、たいしたことはないわ。写真の道具だと思うけど、古い物が少しあるだけ。ほら、昔、使ったような、赤いガラスのはまった現像ランプやなんかと、それにベーラム。でも、引きはがしたら下に何かがありそうな敷石なんてなかったわ。ぼろぼろのブリキのトランクがいくつかと、古いスーツケースが二つあったけど、でも、もうとても使いものにならないわ。蹴っとばしたら、ばらばらになっちゃいそう。とんだ当てはずれだったわ」

「やれやれ、お気の毒さま。じゃ、骨折り損だったんだね」

「でも、面白いものもたしかにあったわ。わたし、自分にきいてみたの、自分にきいてみなきゃならないことってあるものよ――でも、そろそろ上へ行って、この蜘蛛の巣を落として、それからまたお話ししたほうがよさそうだわ」

「そのほうがいいだろう。わたしとしても、それがすんでから、あらためてきみを見たほうがいいからね」

『仲睦まじい老夫婦』のムードにひたりたかったら、わたしを見て、年のことはさておき、自分の目には妻はまだまだ美人だって日ごろから思ってなきゃだめよ」

「タペンス、わたしの目にはきみはすごい美人だよ。その左の耳の上にぶらさがっている、まるまった蜘蛛の巣なんか、いや、じつに魅力的だ。ユージニー皇后の肖像画にときどき見かける巻き毛みたいだな。うん、皇后の頸筋にね、軽く垂れかかっているんだよ。きみのは、なかに蜘蛛まで入ってるらしいがね」

「あら、気味がわるい」

タペンスは手で蜘蛛の巣を払い落とした。それから二階に行き、またあとで、トミーのところにもどってきた。彼女の前にグラスが用意されていた。彼女はそれを疑わしそうに見た。

「わたしにベーラムを飲ませるつもりじゃないんでしょうね？」

「まさか。わたしだってとくにベーラムなんか飲みたいとは思わないよ」

「それで、さっきの話をつづけてもかまわなければ――」

「ぜひ、そうしてもらいたいもんだ。どっちみち、きみは話をつづけるだろうが、わたしとしては、それはわたしが催促したからだと思いたいね」

「わたし、自分にきいてみたのよ。『誰にも発見されたくないものをこの家に隠すとすれば、わたしならどんなところを隠し場所に選ぶだろうか？』って」

「うん、なかなか論理的だ」

「それで、こう考えてみたの、隠し場所としてはどんなところがあるか？　ええ、一つは、もちろん、マチルドのお腹《なか》のなかよ」

「いま、なんていった」

「マチルドのお腹のなか。例の揺り木馬よ。こないだお話ししたでしょう。アメリカ製の揺り木馬よ」

「ずいぶんたくさんのものがアメリカから入ってきていたらしいな。ベーラムもそうだといったね」

「ともかく、アイザック爺さんがいったとおり、その揺り木馬はお腹に穴があいているの。昔から穴があいていたそうで、妙な古い紙屑みたいなものがいっぱい出てきたわ。これといったものはなかったけど。でも、ともかく、いかにも物を隠しそうなところでしょう？」

「たしかにね」

「それと、トルーラヴよ、もちろん。だから、もう一度、トルーラヴを調べてみたの。

だいぶぼろぼろになった防水布の鞍がついているんだけど、なんにも見つからなかったわ。そうなると、誰かの持ち物だったものはもうほかにないでしょう。で、あらためて考えてみたら、ええ、やっぱりまだあった、本箱と本よ。人間って、本のあいだにものを隠したりしますからね。それに二階の書庫の片づけは、まだすっかり終わってないでしょう？」

「わたしはまた終わったとばかり思っていたがね」とトミーは期待をこめていった。

「とんでもない。一番下の棚がまだですよ」

「あそこはもう終わったも同じだよ。脚立にのぼって、ものをいちいち降ろしたりしないですむからね」

「そのとおりよ。だから、わたし、書庫へ行ったの。そして、床に坐って、一番下の棚を調べてみたのよ。ほとんど説話集ばかり。昔の誰かの説話を、メソジストの牧師が本にまとめたものらしいわ。ともかく、面白くもないし、なかにはなんにもなかったわ。それで、その本をみんな床に引きだしてみたの。そしたら、みごと見つかったのよ。本棚の底に、昔、誰かが大きな穴をあけたのね、いろんなものがそこに押しこんであって、本なんかみんな、多かれ少なかれ、ばらばらになっていたわ。そのなかに、少し大きめの本があったの。茶色い紙表紙の本で、わたし、ちょっと出してみたのよ。やっぱりわからないものね。さあ、なんだとお思いになる?」

「見当がつかないな。『ロビンソン・クルーソー』の初版本とかいった、値打ちのあるものかい?」

「いいえ。バースデイ・ブックなのよ」

「バースデイ・ブック? なんだい、それは?」

「昔の人はそういうのを持っていたのよ。ずいぶん昔のものだわ。パーキンソン一家がいたころ。たぶん、もっと前かもしれない。とっておくほどのものじゃないし、誰も気にもとめなかったんでしょうね。でも、確かに古いものだし、もしかして何か見つかるかもしれないと思ったの」

「なるほど。誰かが何かをそのバースデイ・ブックのあいだに挟んでおいたかもしれないっていうんだな」

「ええ。でも、もちろん、そんなことするはずがないわ。そんな単純なことは。でも、そのうち、丹念に調べてみるつもりよ。まだちゃんと見ていないんだから。もしかすると、いわくのありそうな名前でも書いてあって、何かわかるかもしれないでしょう」

「かもしれないがね」とトミーは懐疑的な声でいった。

「まあ、話はそれだけなのよ。本のほうで見つけたのはそれだけ。一番下の棚にはほかにはなんにもなかったわ。もっとほかに調べるところといえば、食器棚があるわね」

「家具はどうだ？　家具には、秘密の引き出しとかそんなものがたくさんあるだろう」

「だめね、トミー、あなたはものごとをまともに見ないんだから。いま、この家にある家具はみんな、わたしたちのものなのよ。わたしたちは空っぽの家に越してきて、家具は自分たちで持ってきたんですからね。ほんとうに昔からあるものといったら、あのKという温室のなかのがらくたや、古い、こわれかけた玩具や、庭用の椅子《ガーデン・シート》だけよ。ちゃんとした昔風の家具なんて残っていないわ。誰だったか、わたしたちの前にここに住んでいた人たちが、持っていくか、売るかしたのよ。パーキンソン一家のあと、いままでにはたくさんの人が入れかわったでしょうから、パーキンソン一家の物が残っているはずはないわね。でも、わたし、ちょっとした物を見つけたのよ。役に立つかどうかわからないけど」

「なんだい？」

「陶器の献立表」

「陶器の献立表？」

「ええ。いままで手がつけられなかった、あの古い食器棚のなかにあったの。食料貯蔵室のそばの。鍵をなくしたらしいのね。ところが、鍵は古い箱のなかに入っていたの。

ほんというと、KKのなかにあったのよ。それで、鍵に油を少し塗って、食器棚を開けてみたの。そしたら、ええ、なんにもなかったわ。ただの汚ない食器棚で、割れた陶器のかけらが少し入っているだけ。きっと、わたしたちの前の一家のだわ。でも、一番上の棚に、昔、パーティのときに使ったヴィクトリア朝風の陶器の献立表が積み重ねてあったの。すごいのよ、その献立といったら――ほんとうに頬っぺたのおちそうなご馳走ばっかり。夕食がすんだら、少し読んであげるわ。すばらしいのよ。スープがね、コンソメとポタージュと二皿出るの。そのうえ、二種類の魚料理とアントレが二つ、それからサラダみたいなもの。そのあと骨つき肉が出て、それから――よく憶えていないわ、次はなんだったかしら。ソルベかな――これはアイス・クリームのことでしょう？　それから、ええ、ほんとうに――ロブスターのサラダ！　いったい信じられて？」

「いいかげんにしてくれ、タペンス。お腹がぐうぐう鳴って、もう我慢できんよ」

「ええ、ともかく、その献立表はいわくがあるんじゃないかと思ったのよ。古い物なんですもの。きっと、ずいぶん昔のだわ」

「それで、そいつから何を知ろうっていうんだい？」

「見込みがありそうなのは、バースデイ・ブックだけですけどね。そのなかに、ウィニフレッド・モリスンという人のことが出てくるの」

「それで？」

「それで、ウィニフレッド・モリスンというのは、確か、グリフィンさんの結婚前の名前よ。こないだ、お茶に呼んでくれたあの人。この村で一番古い人で、昔の出来事をいろいろ憶えているのよ。ええ、あの人なら、バースデイ・ブックのなかのほかの名前を憶えているか、聞いたことがあるかもしれないわ。ひょっとしたら、そこから何かわかりゃしないかと思うのよ」

「ひょっとすればね」とトミーはあいかわらず疑わしげな声で言った。「わたしはまだ考えているんだが――」

「まだ何を考えていらっしゃるの？」

「何を考えればいいのかわからない。さあ、もう寝よう。こんどのことはさっぱりとあきらめたほうがいいんじゃないかね？　いったいなぜ、メアリ・ジョーダン殺しの犯人なんか知らなきゃならないんだ？」

「あなたは知りたくないの？」

「知りたいものか。すくなくとも――いかん、降参するよ。確かに、きみはもう、わたしを引きずりこんじまったよ」

「あなたも何か発見なさったんじゃなくて？」

「今日は暇がなかったんだ。それでも、情報源をさらに二つ三つつかんだよ。きみにもこの前話しただろう、あの女に頼んだんだ――そら、調査にかけてはすごい腕利きだって女だよ――あの女に二つ三つ仕事を頼んだんだよ」

「でも、まだ悲観したものじゃありませんよ。ほんとうにばかげたことだけど、でも、けっこう面白いんじゃないかしら」

「きみが思っているほど面白いものになるとはいいきれないがね」

「あら。でも、いいのよ。精いっぱいやってみましょう」

「ひとりで精いっぱいやっちゃいかんぞ。それがわたしは一番心配なんだ――きみのそばにいてやれないときは」

6　ロビンソン氏

「タペンスのやつ、いまごろ何をしているだろう」とトミーは溜め息まじりにいった。「おそれいります、よく聞こえなかったんですが」

トミーは気をとりなおし、改めてミス・コロドンを見た。痩せこけていて、白髪のまざった髪は、若く見せるために（とんと効果をあげていないものの）漂白リンスを用いているが、そろそろ元にもどる段階にさしかかっている。このところ彼女は、しゃれたグレイ、くすんだ煙色、はがね色と、調査の仕事にうちこんでいる六十から六十五のあいだの婦人にふさわしい、味わいのある色調をあれこれとためしてみていた。苦行者のような近よりがたさと、そして、自分の業績に対する絶対の自信が彼女の顔にはあらわれていた。

「いや、なんでもないんですよ、コロドンさん」とトミーはいった。「ちょっと——ちょっと考えごとをしていたものですから。ちょっと考えていただけなんです」

それにしても、タペンスは今日はまたいったい何をしているのだろう、とトミーはこんどは声を出さないように用心しながら考えた。どうせばかげたことをしているにきまっている。あの妙な、廃物同然の玩具に乗って丘をおりていくうちに玩具がこわれ、そのあげく、たぶん、どこかの骨を折るかして半死半生の目にあうとか。お尻の骨だ。どうも近ごろお尻の骨を折るのがはやりらしい。もっとも、なぜお尻の骨がほかの骨より折れやすいのかわからないが。いまこの瞬間にも、タペンスはばかげたこと、くだらないことをやっているにちがいない。いや、ばかげてもくだらなくもないかもしれないが、しかし、非常に危険なことだろう。そう、危険なことだ。いまにはじまったことではないが、タペンスを危険から遠ざけておくのはたいへんだった。過去のさまざまな出来事をトミーは漠然と思いだした。かつて引き合いにだした言葉がふと心に浮かび、つい声にだして言ってみた。

運命の門……
その下をくぐるなかれ、おお隊商よ、あるいは、歌いつつくぐるなかれ。
聞こえずや
鳥も死に絶えたる沈黙のなか、なおも鳥のごとく叫ぶものの声が？

ミス・コロドンが即座に反応を示し、トミーを意外さのあまり唖然とさせた。

「フレッカー」と彼女は言った。「フレッカーですわ。その先は――

『死の隊商……災厄の洞、恐怖の砦』」

トミーは彼女をまじまじと見つめていたが、そのうちにやっと悟った。ミス・コロドンは彼が引用文の出典とか作者である詩人の素性に関する詳細など、詩の問題の調査を依頼しにきたと思っているのだ。ミス・コロドンの困るところは、彼女の調査の守備範囲がじつに広いということであった。

「ちょっと家内のことを考えていたんですよ」とトミーは弁解するように言った。

「あら」

ミス・コロドンは、いままでとはちょっとちがった表情を眼に浮かべてトミーを見た。夫婦間のいざこざらしいと考えているのだ。そのうちに彼女は、夫婦間のごたごたや紛争を調停してくれそうな、結婚問題相談所の住所を教えてくれることだろう。

トミーはあわてて言った。「おとといお願いした調査の件ですが、何かわかりましたか？」

「ええ、それはもう。そのことなら大して面倒なこともありませんでしたわ。こういったものの場合、サマセット・ハウスはたいへん役に立ちますから。おたずねの件がこのなかにあるとよろしいんですけど、ともかく、名前と住所、出生、結婚、死亡について調べてまいりました」

「ほう、それはみんなメアリ・ジョーダンのですか？」

「ええ、ジョーダンです。メアリ。マリアそれにポリー・ジョーダン。モリー・ジョーダンというのもいますわ。おたずねの方がこのなかにいますかどうか。これをどうぞ」

ミス・コロドンは、タイプで打った小さな紙を渡した。

「これはどうも。たいへん助かりますよ」

「ほかにも、住所がいくつかございます。先日、おっしゃった方々のが。ダルリンプル陸軍少佐だけは、まだ住所がわかりません。当節では、みなさん、しょっちゅう引っ越しなさいますからね。でも、あと二日いただければ、これも、もちろん、わかると思いますわ。こちらが、ヘセルタイン医師《せんせい》の住所。いまのところは、サービトンに住んでいらっしゃいます」

「ありがとう。ともかく、この人からとりかかってみますかな」

「まだ調査なさりたいことがございますか？」

「そうなんですよ。六人ほどリストをつくってあるんですがね。その一部は、お宅の専門範囲の人間ではなさそうですな」

「あら、でも」とミス・コロドンは満々たる自信をこめていった。「わたくしとしましては、なんでも専門範囲にとりこまなきゃならないんですよ。わかるところへ行ってこそ、はじめて簡単にわかるというものですわ、なんだかおかしな言い方ですけど。でも、わかりやすくいえばそういうことなんですの。いまでも憶えておりますが――ええ、もうずっと昔、わたくしがはじめてこの仕事をてがけたときのことですけど、わたくし、セルフリッジの相談所がどんなに役に立つものかわかりました。あそこでは、突拍子もないことについて突拍子もない質問をしても、いつも、いちおう回答をくれるか、すぐに情報をつかめるところを教えてくれたものです。でも、このごろは、もちろん、あそこもそういうことはやっておりませんけどね。このごろでは、調査するといっても、その大半は、もし、あなたが自殺したいと思ったらとかいうようなことばかりですからね。苦しむ人の真の友《サマリタン》とでもいうんでしょうか。それから、遺言書についての法律的な質問とか、それに、作家についてのとっぴな問い合わせも、もちろん、たくさんありますし。それに、国外の勤め口についてとか、国外移住の問題についてとか。ええ、わたくしも守備範囲が広くもなりますわ」

「そうでしょうな、確かに」

「アルコール中毒患者を救うなんていうのもございますからね。たくさんの協会がありまして、そっちのほうの専門家をそろえていますの。なかには、ずいぶん手慣れたところもありましてね。わたくし、いちおうリストをつくってありますの——理解があるとか——ぜったいに信頼できる協会とか——」

「わたしもいずれ自覚症状が出てきたら、それを思いだすことにしましょう。現在、どの程度まで進んでいるかによりけりですがね」

「まあ、あなたは大丈夫ですよ、ベレズフォードさん。見たところ、アルコール中毒の徴候はありませんもの」

「鼻が赤くなっていませんか？」

「女性のほうが厄介なんですの。ええ、縁を切らせにくいとでもいいますか。そりゃ、男性の場合もぶりかえしますが、そんなに目立つほどではないんです。でも、女性にはおりますわ、ほんとうに。すっかり治って、レモネードなんかをがぶがぶ飲んだりして、それで結構満足しているように見えるんですけどね、ところがある晩、パーティの真っ最中なんかに——ええ、元のもくあみですわ」

ミス・コロドンは腕時計を見た。

「あらあら、もう失礼しますわ、次の約束がありますので。アパー・グロヴナー・ストリートまで行かなきゃなりませんの」

「ありがとう、いろいろとお世話さまでした」

トミーはドアを開け、ミス・コロドンにコートを着せかけてやり、それからまた部屋にもどって言った。

「今晩、忘れずにタペンスに話してやらなきゃ。これまでの調査によって、わたしは、女房が大酒飲みで、そのため結婚生活が崩壊一歩手前だという印象を調査員に与えるにいたったとね。やれやれ、次には何が待っていることやら！」

次には、トテナム・コート・ロードの近くの手ごろなレストランで、人と会う約束が待っていた。

「やあ、こりゃ驚いた！」と、先に来ていた相当の年輩の男が立ちあがりながら言った。

「赤毛のトムだろう、確かに。まさかきみだとはわからなかったよ」

「そうだろうな」とトミーは言った。「もう赤毛も残り少なくなったからな。いまじゃ、白髪のトムさ」

「なに、それはみんな同じだよ。からだのほうはどうだい？」

「昔と大して変わらないがね。がたが来だしたよ。うん。だんだんがたがたになっていくよ」

「この前きみと会ってから、どのくらいになるかね。二年か？　八年？　十一年かな？」

「そんな古い話じゃないよ。去年の秋、〝モルチーズ・キャッツ〟のディナーの席で会ったじゃないか、憶えてないのかい？」

「ああ、そうだったな。気の毒にあの店もつぶれたね。いや、つぶれるだろうとは前々から思っていたんだ。建物は立派だが、食べ物は食えたものじゃなかったからな。ところで、最近は何をしているんだい？　近代的諜報活動とやらにまだ関係しているのかね？」

「いや、諜報活動からはすっかり手をひいたよ」

「おやおや。せっかくの才能が、それじゃ宝の持ち腐れじゃないか」

「それで、きみのほうはどうなんだい、マトン-チョップ？」

「うん、もうこの年だからね、そういう形で国に奉仕することはできないよ」

「このごろでは、もう諜報活動っていうのは、やっていないのかな？」

「活発にやってるんだろう。だが、若い、頭でっかちな連中を使っているらしいよ。大学からどっと吐きだされて、就職難に喘《あえ》いでいるような連中をね。きみはいまどこに住んでいるんだい？　今年、クリスマス・カードを送ったんだ。いや、実際は一月になってからやっと出したんだがね、それはともかく、『受取人宛先に尋ねあたらず』と書かれてもどってきたぜ」

「うん、いまでは、田舎のほうに住んでいるんだよ。海の近くだ。ホロウキイだよ」

「ホロウキイ。ホロウキイね？　どうも何かおぼえがあるぞ。以前、そこで、きみの専門のほうの事件があったんじゃなかったかね？」

「わたしのころじゃないよ。ホロウキイに住むようになって、はじめてその話を聞いたんだよ。昔の伝え話さ。すくなくとも六十年は昔の話だ」

「潜水艦に関係のあることじゃなかったかね？　潜水艦の設計図が何者かに売り渡されたとか。相手は何者だったかな、忘れてしまったよ。日本人だったかな、ロシア人だったかな――まあ、ほかにもたくさんいたがね。敵のエージェントと落ちあう場所といえば、昔から、リージェント・パークとかそんなところときまっていたようだな。そら、たとえば大使館の三等書記官なんかとね。美人の女スパイなんてのは、昔の小説に登場するほどたくさんはいなかったよ」

「じつは、きみに二つ三つききたいことがあるんだがね、マトン－チョップ」

「ほう？　どんどんきいてくれ。わたしはじつに平穏無事な人生を送ってきたからね。

マージェリーは――マージェリーを憶えているかい？」

「憶えているどころじゃないよ。きみたちの結婚式に、もうちょっとで出るところだったんだぜ」

「知っている。ところが、まにあわないか何かして、いや、わたしの憶えているかぎりでは、きみは乗る汽車をまちがえちまったんだ。サウスオールへ行くはずのところを、スコットランド行きの汽車に乗っちまったんだよ。ともかく、きみは来なかった。だからといって、大したことはなかったがね」

「結婚しなかったわけじゃないだろう？」

「ああ、結婚はしたさ。だが、どうしたものか、あまり長続きしないでね。一年半でおしまいになった。マージェリーは再婚したよ。わたしはそのまま独身でいるが、けっこう愉快に暮らしている。リトル・ポロンに住んでるんだ。ちょっとしたゴルフ・コースがあってね。姉と一緒に暮らしているんだよ。姉は亭主に先立たれたんだが、金もいくらか持っているし、二人でとてもうまくやっているよ。すこし耳が遠くて、わたしの言うことが聞こえないんだが、なに、ちょっと大声で話せばすむことだからね」

「ホロウキイの話を聞いたことがあると言ったね。ほんとうに、スパイに関係のあることだったのかい？」

「それがじつをいうと、なにぶん昔のことなんで、わたしもそれほどよく憶えていないんだよ。当時は大いに世間を騒がせたものだが。非の打ちどころのない、若い優秀な海軍将校でね、九十パーセントまでイギリス人、絶対に信用できる男と思われていたんだが、じつはこいつがとんだ食わせ者だったんだ。雇われていたんだよ——誰にだったか憶えとらんが。ドイツ人だったかな。一九一四年の戦争がはじまる前の話だ。うん、そういうことなんだ」

「その事件には、確か、女が一枚かんでいたんだろう」

「メアリ・ジョーダンとかいう女のことを聞いたようなおぼえがあるな。いや、わたしもよく知らないんだがね。新聞種にもなったが、なんでもその男の細君だったと思う——例の、非の打ちどころのない海軍将校のさ。その細君がロシア人と接触して——いや、これはそのあとの話だ。つい、ごっちゃになるんだよ——似たような話ばかりだからね。ところで、細君は亭主の実入りが充分じゃない、自分の実入りが充分じゃないと思っていたんだな。そこで——おい、なんだって、こんな黴臭《かび》い話をほじくりかえそうっていうんだい？　いまさら、これがきみとなんの関係があるんだ？　きみは、昔、ルシタニア号に乗っていたか、ルシタニア号と一緒に沈没するかした人物のために、何かしてやったことがあったね？　まあ古い話だが。あの事件で、きみだか、きみの奥さんだかが、かかりあいになったね」

「二人ともかかりあいになったんだが、あまり古い話なんで、もうすっかり忘れてしまったよ」

「あれにも女が関係していたんじゃなかったかな？　ジェーン・フィッシュとかいう名前の、いや、ジェーン・ホエールだったかな？」

「ジェーン・フィンだ」

「いまはどこにいるんだい？」

「アメリカ人と結婚したよ」

「ほう。そりゃ、なによりだ。昔の友人とか、その連中の身の上のこととなると、いつも、つい話がはずむものだな。昔の友人のことを話していると、そいつが死んだことを知らなかったりしてね、じつにびっくりさせられるものだよ、そして、まだ生きているってのも、これまたいっそうびっくりさせられるものだ。なかなかむずかしいもんだな」

そのとおり、なかなかむずかしいものだとトミーは言った。そこへ給仕が注文をききに来た。さて、何を食べようか……それからあと、二人はもっぱら食べ物について蘊蓄を傾けあった。

その日の午後、トミーはまだほかにも人と会うことになっていた。こんどオフィスで待っていたのは、半白の髪の、しょぼくれた男で、明らかにトミーのために時間をさくのを惜しがっていた。

「ほんとに何も話すことなんかないんだよ。もちろん、その話はひととおり知ってはいるがね——当時はずいぶん取り沙汰されたものだ——政界にもたいへんな動揺を与えた し——だが、実際のところ、わたしはそういうことは何も知らないんだよ。そうなんだ。こういうことは、そら、長続きしないもんだろう? 新聞がまた別の面白いスキャンダルをつかめば、それでもう、なんとかも七十五日になってしまうんだからね」

彼は思いもよらないことが突然明かるみに出たとか、きわめて異常な出来事がきっかけとなって、にわかに疑念がわいたとかいう、かつて彼が過ごした興味ある一時期のあれこれをほんの少しばかり話してくれた。

「そうだな、一つだけお役に立てるかもしれん。この住所を訪ねてみたまえ。会えるように約束はしてあるから。いい男だよ。なんでも知っている。なにしろ、その道にかけては第一級だ。まちがいなく第一級だよ。わたしの娘の名付け親でね。それで、わたしにはたいへんよくしてくれるし、いつでもできるだけ便宜を計ってくれるんだよ。そんなわけで、わたしは、きみに会ってやってくれないかと頼んでみたんだ、あることについて、きみが重要な情報を知りたがっているとか、きみがどんなにいい男かってことを話してみたところ、彼は、うん、その男のことなら話に聞いていると言うんだ。きみのことを少し知っていてね、もちろん来いと言ってくれたんだよ。三時四十五分に。これが住所だ。これはシティのオフィスだな。彼に会うのははじめてかい？」

「そうらしいな」とトミーは名刺と住所を見ながら言った。「うん、会ったことはないよ」

「まさかこの男が何か知っているとは思えんだろうな、見た目にはってことだがね。なにしろ、大きくて黄色いんだ」

「ほう、大きくて黄色か」

実際のところ、これだけの人相書きではトミーにあまり多くのことを語ってはくれなかった。

「第一級の人物だよ」と半白の髪の友人は言った。「まさしく第一級の人物だ。行ってみたまえ。ともかく、何かしら話してくれるだろう。うまくいけばいいがね」

シティのそのオフィスに着くと、トミーは三十五から四十恰好の男に迎えられた。男は、どんなひどいことでもためらわずにやれる人間の眼でトミーを見た。自分が多くのことで疑いをかけられているのをトミーは感じた。一見なんでもなさそうな容器に爆弾を隠しているのではないか、ハイジャックか、誘拐か、それとも職員全員にピストル強盗をはたらく気ではないか。トミーはひどくいらいらした気持ちになった。

「ロビンソン氏と面会の約束がおありなんですね？　何時に約束なさいましたか？　ああ、三時四十五分」男は台帳と照らしあわせた。「トーマス・ベレズフォードさんにまちがいありませんね？」

「まちがいありません」とトミーは言った。

「結構です。こちらにサインをお願いします」

トミーは言われた箇所にサインした。

「ジョンソン」

ガラスの仕切りの向こうの机から、神経質そうな顔の、二十三ぐらいの男が降ってわいたように姿を現わした。「はい？」

「ベレズフォードさんを四階のロビンソン氏の部屋へご案内してくれ」

「はい」

ジョンソンは先にたってエレヴェーターへと向かった。乗る人の扱い方について、つねに自分なりの考えを持っているといった感じのエレヴェーターだった。ドアが開いた。トミーは入った。ドアはひと足ちがいで彼をはさみそこねて、背中の後ろ、わずか一インチほどのところで閉まった。

「午後からまた寒くなりましたね」と、最高中の最高の地位にある人物にお目通りを許された男に向かって、ジョンソンがいかにも親しげにいった。

「まったく」とトミーはいった。「いつも、午後になると冷えてくるようですな」

「大気汚染のせいだという人もいるし、北海からひいている天然ガスのせいだという説もありますがね」

「ほう、それは初耳ですな」

「わたしもほんとうだとは思えないんですがね」

エレヴェーターは二階、三階と過ぎ、ようやく四階に着いた。ジョンソンは、閉まるドアからこんどもわずか一インチの差で逃れたトミーを、廊下に面したドアの前に案内した。ノックし、返事を聞いてからドアを開けると、トミーをなかに通して言った。

「ベレズフォードさんがおみえになりました。面会のお約束があるそうです」

ジョンソンは部屋を出てドアを閉めた。トミーは前に進みでた。非常に大きな机が部屋の大半を占領しているように見えた。机の向こうに、体重、上背ともに充分な巨漢が坐っている。まえもって友人から聞いていたとおり、並みはずれて大きな黄色い顔の男だった。国籍は見当がつかなかった。どこの国の人間といっても通りそうだ。たぶん、外国人だろうという気はした。ドイツ人かな？　それともオーストリア人かな？　日本人かもしれない。あるいは、生粋のイギリス人かもしれない。

「やあ。ベレズフォードくん」

ロビンソン氏は立ちあがり、トミーと握手した。

「お時間をさいていただいて恐縮です」とトミーはいった。

彼は、以前、ロビンソン氏と会うか、あるいはロビンソン氏に注意をひかれるかしたことがあるような気がした。ともかく、どんな状況だったにしろ、彼はそのときいささか気おくれしたものである。それというのも、当時のロビンソン氏は明らかに非常な重要人物だったし、そして、トミーが推測したところでは（いや、いまもすぐに感じたのだが）それは現在でも、重要人物に変わりはないようだった。

「何か知りたいことがあるそうですな。名前はなんといったかな、友人の方からだいたいの話は聞きましたが」

「わたしには、どうも──その、こんなことでお手数かけるのが、そもそもまちがっているのかもしれません。重要なことだとは思えないんです。もともと、ただの──ただの——」

「ただの想像にすぎないというのですか？」

「家内の想像も入っているんです」

「奥さんのことなら、話に聞いていますよ。あなたのこともね。待てよ、一番最近では、『MかNか』じゃありませんでしたかね？　いや、『NかMか』だったかな。うん。憶えていますよ。細かい点も何もかもよく憶えています。そら、あの海軍中佐を捕まえたんでしたね？　わが国の海軍軍人になりすましていたが、じつはハンの大物だったというやつだ。わたしはいまでもときどきドイツ兵のことをハンと呼んでいるんですよ。むろん、いまは事情はちがって、ともにEECの一員だってことはわかっていますがね。いわば、みんな一緒に保育学校へというわけだ。知っていますよ。あのときのあなたの活躍はみごとでしたな。実際、じつにみごとだった。それに、奥さんもみごとでしたよ。まったく。例の童話の本。いまでも憶えていますがね。があがあガチョウさん、だったかな——真相をあばくきっかけになったのは？　どこへ行くの？　あがったり降りたり、奥さんの部屋のなか」

「驚きましたな、そんなことまで憶えていらっしゃるとは」トミーは非常な尊敬をこめて言った。

「いや、そんなもんですよ。人が何か思いだすと、誰でも意外に思うものです。いまちょっと頭に浮かんだだけですよ。まったく他愛ないものだったんだから、あなただって、まさかこれがほかの意味にもとれるとは思わなかったんじゃありませんか？」

「そのとおりです。なかなかうまいものでした」

「ところで、こんどはどういうことです？　何にぶつかったんですかな？」

「いえ、実際、大したことではないんです。ほんの――」

「さあ、思ったとおり話してください。なにもうまく話そうなんて考えなくていい。ただ話だけ聞かしてもらえればいいんですよ。さあ、お掛けなさい。体重の負担を足からとってやることですよ。知りませんか――いや、あなたももっと年をとればわかりますよ――足を休ませることがどんなに大切か」

「わたしも自分では結構年をとったつもりでいるんですがね。あとはもう、墓に入る日まで、大したこともないでしょう」

「いや、わたしならそんなことはいいませんな。そうですよ、あるところまで年をとってしまうと、あとはもう、ほとんど永久に生きられるも同じになるものです。さて、どういうことですかね、お話というのは？」

「その、手短かに申しあげますと、わたしどもは新しい家に移ったのですが、引っ越しにつきものの騒ぎがいろいろとありまして――」

「そうでしょう、うん、わたしもおぼえがありますよ。電気屋が床を占領しちまって。穴をあけるんで、こっちはそこに落っこちて――」

「わたしどもの前の一家が、本をいくらかの値段で置いていったのです。もともとその一家のものだったんですが、もう、いらなくなったんですな。子供向きの、あらゆる種類の本がいっぱいありましてね。ええ、ヘンティのとか、そういったのが」

「憶えていますよ。ヘンティなら小さいころ読んだおぼえがあります」

「それで、家内が読んでいた本のなかに、線が引いてあったんです。文字の下に線が引いてあって、それをつなぎあわせると一つの文章になるんです。そして――ここからがじつにばかげた話なんですが――」

「ほう、それは楽しみだ。ばかげた話だといわれると、いつもわたしは聞いてみたくなるんですよ」

「こういう文章になるんです。『メアリ・ジョーダンの死は自然死ではない。犯人はわたしたちのなかにいる』と」

「いや、じつに面白い。こんなのにぶつかったのははじめてだ。たしかにそうなるんですな？　メアリ・ジョーダンの死は自然死ではない、か。で、それを書きのこしたのは何者ですか？ 手がかりはあるのですか？」

「小学生ぐらいの男の子らしいんです。パーキンソンというのが一家の名前です。この一家が、昔、わたしどもの家に住んでいましてね。だから、この男の子も、おそらくパーキンソン家の一人でしょう。アレグザンダー・パーキンソン。ともかく、すくなくとも、この子は地元の教会墓地に眠っています」

「パーキンソンか。待てよ。ちょっと考えさせてください。パーキンソン――そら、何かの折りに聞いたような名前だってことがあるでしょう、ところが、何者だ、何があった、場所はどこだといったことはいつも思いだせないものですな」

「それでも、わたしどもは、メアリ・ジョーダンというのは何者なのか、ぜひとも知りたかったんです」

「それというのも、メアリ・ジョーダンの死が自然死ではなかったから。そうだな、これは、むしろあなたの専門分野でしょう。それにしても、まったく妙な話だ。メアリ・ジョーダンについて何かわかったことはあるのですか？」

「それが、まるでないんです。地元の人たちも大して憶えていないようだし、その女について話を聞かせてくれる人もいそうにないんですよ。せいぜい、いままでいうオペア・ガールだか家庭教師か何かだったと教えてくれた人がいたくらいのもので。誰も憶えていないんです。マムゼルかフロウラインだったという話なんですが、まるでお手あげなんですよ」

「それで、彼女が死んだのは――死因はなんだったんですか？」――

「誰かが偶然に、ジギタリスの葉をホウレンソウと一緒に庭から摘んできて、それを食べたんですな。しかし、どうでしょう、そのくらいでは死なないんじゃないでしょうか」

「そう、そのくらいでは死にゃしないな。しかし、致死量のジギタリン・アルカロイドをコーヒーのなかか、あるいは食前のカクテルのなかに入れておいて、それをメアリ・ジョーダンがかならず飲むようにしむければ――ジギタリスの葉のせいだ、不慮の事故だということになったろうな。ところが、アレグザンダー・パーカーとかなんとかいう小学生は、そんなことではごまかされなかった。その子はほかの考えを持っていたということになりますな？　ほかにわかったことはないのですか、ベレズフォード？　いつごろのことです？　第二次大戦か第一次大戦か、それとももっと前か？」

「前です。代々伝わっている噂によると、彼女はドイツのスパイだったそうなんですが」

「その事件なら憶えている――たいへんな騒ぎを巻きおこしたものだ。一九一四年以前にイギリスで働いていたドイツ人は、みんなスパイだといわれたものですがね。事件に加担したイギリス人の将校は、日ごろから『非の打ちどころのない』といわれていた男だった。この非の打ちどころのない人間というのに対して、わたしは昔から充分用心することにしているんですよ。ずいぶん古い話だ。最近ではもう、記事にもならんようだな。つまり、事件の記録資料が公開された場合に時おり見られるような、大衆向きの面白い記事にはならんということですよ」

「ええ、もっとも、そういった記事はみんな大ざっぱなものですがね」

「うん、そうでしょうな、もういまとなっては。そして、まるで判で押したように、当時盗まれた潜水艦の機密に関するものばかりなんですよ。いや、飛行機に関する記事もあったな。こっちの事件の記事もたくさんありましたよ。つまり、そういうものがいわば大衆受けしたんですな。しかし、いいかな、もっと別の事情がたくさんあるんだよ。政治的な面もあった。わが国有数の政治家たちが大勢登場してな。そうだ、人から、『うん、あの男は本物の廉潔の士だ』といわれるような連中ですよ。公職にある者の場合、本物の廉潔さというのは、非の打ちどころのないというのに劣らず危険なものだ。本物の廉潔さが聞いて呆れる」とロビンソン氏はいった。「それにつけても、第二次大戦のころを思いだすな。世評とは裏腹に、廉潔さなど薬にしたくもない人間がいるものです。ある男がこの近くに住んでいた。海岸のほうにも、別に小さな家を持っていたんだ。そして、信奉者を大勢育てて、ヒットラーを称《たた》えた。わが国の唯一の勝ち目はヒットラーと手を結ぶことにあるといってな。確かにそいつは、はためには、あっぱれ高潔の士に見えたものだ。立派な意見を持っていた。貧困や不自由や不正——そういうものの絶滅を声高に叫んでおった。さよう、ファシズムではないといいながら、ファシストの提灯《ちょうちん》持ちをしていたのですよ。スペインの場合も同じだ。フランコをはじめとする一派と組んだのだ、それがそもそものはじまりだったのですよ。それから、むろん、熱弁をぶちまくったムッソリーニがいる。戦争の直前には、つねに多くの遠因があるものだ。表面には出ないで、誰もまったく知らなかったようなことが」

「あなたは何もかも知っていらっしゃるように見えますがね、失礼ですが。こんなことを申しあげるのは不謹慎かもしれません。しかし、なんでも知っているらしい方にめぐりあえると、実際、興奮するものですよ」

「まあ、わたしは、いわば、ちょくちょく嘴を突っこんでいたからね。遠因に、あるいは背景になった問題にたずさわっていたのですよ。耳を働かすと、たくさんのことがわかるものでしてな。かつて渦中の人物で、多くのことを知っているといった古い友人なんかからも、たくさんのことが聞けるものです。あなたもまず、そういう人を探すつもりなんでしょうな？」

「まったくおっしゃるとおりです。じつは、わたしも昔の友人たちに会ってみました。彼らは彼らでまた別の古い友人に会ったりしていますからね、友人が知っていること、自分が知っていることなどどたくさんあるんですよ。それまでは繋ぎあわせて考えなかった話でも、またあらためて聞いてみると、時によっては非常に興味ぶかい話があるものですね」

「なるほど、あなたの狙いはわかった——あなたの目指すところとでもいうかな。よりによってあなたがこんな事件にぶつかるとは面白いものですな」

「厄介なのは、自分でもよくわからないということなんです——つまり、たぶん、わたしどもはくだらないことに足を突っこもうとしているのかもしれません。せっかく家も買ったというのに。前々からほしいと思っていたような家なんです。好きなように手を入れましてね、これから庭をひとつ、なんとか恰好をつけようと思っているんですよ。ところが、つまり、わたしが言いたいのは、わたしはもう二度と事件のなんのといったことに縛られたくないんです。わたしたちとしては、まったくの好奇心にすぎないんですよ。昔、なにごとかがあった。そうなればそれについて考えたり、理由を知りたがったりするのは人情ですからね。目的もなにもないんですよ。そんなことをしても、誰のためになるってわけでもありませんからね」

「わかっていますよ。あなたはただ知りたいだけだ。人間というものはそういうふうにできているんですよ。そのために、人間は探究し、月にまで行き、海中の発見物をめぐって騒いだり、北海で天然ガスを発見したり、林や森からではなく海から供給される酸素を発見したりするのです。人間はつねに、たくさんのものを発見している。すべて好奇心のなせるわざですよ。人間から好奇心を奪ったら、亀と変わらんのじゃないかな。まったく気楽なものですよ、亀の生活っていうのは。冬いっぱい眠って過ごし、わたしの知っているかぎりでは草だけ食べて、夏はまた活動する。面白い生活じゃないかもしれんが、しかし、じつに平和な生活だ。一方——」

「一方、人間はむしろマングースに似ていると言えるかもしれませんな」

「ほう、きみはキプリングを読んでるんですな。いや、これは愉快だ。このごろは、キプリングは真価を充分認められていない。すばらしいんだがな。いま読んでもすばらしい。短篇なんか、まったくみごとなものだ。キプリングが充分理解されているとは思えなくてね」

「わたしはばかな真似をして、笑い者になりたいとは思いません。自分と関係のないことに巻きこまれたくはないんです。もういまでは、おそらく誰にも関係のないことなんかに」

「さて、そいつはわからんぞ」

「つまり、ほんとうは」とトミーはいった。たいへんな重要人物の邪魔をしているという後ろめたい意識に、彼はもうすっかり圧倒されていた。「つまり、わたしとしては、正確に言えば、真相を究明するつもりなどないんです」

「正確にいえば、奥さんを満足させるために真相を究明せざるをえないというんでしょう。うん、奥さんのことは聞いている。残念ながら、まだお目にかかったことはないが。すばらしい人だそうですな？」

「まあ、そんなもんですかね」

「いい話だ。好ましいものですよ、いくつになっても持ちつ持たれつして結婚生活を楽しんでいる夫婦というのは」

「実際、わたしは亀に似ているんでしょう。つまり、そうなんですよ、わたしども夫婦は。二人とも年をとって、もうくたびれてしまったんですな。この年にしては非常に頑健だとはいっても、いまさらごたごたにかかりあいたいとは思いません。余計なおせっかいをするつもりはないんです。ただほんの——」

「わかってる、わかってる、弁解ばかりせんでよろしい。あなたは知りたいんだ。マングースのように知りたがっているんだ。そして、ベレズフォード夫人も。そのうえ、奥さんについて聞いていることや噂などからみて、いずれ奥さんはなんとかして知るでしょうな」

「家内のほうがわたしよりもその可能性があるとお考えになりますか？」

「そうですな、思うに、あなたは奥さんほど真相究明に熱をいれてはいないようだ。しかし、知ることができるという点では、奥さんにひけをとらんでしょう。というのは、あなたには情報源を見つけるつてがあるからですよ。これほど昔のこととなると、情報源を見つけるのも楽じゃありませんからな」

「それで、やむにやまれず、こうしてお邪魔しているわけなのですが。もっとも、自分ではこんなことはできなかったでしょう。マトン－チョップがいてはじめてできたことなんです。マトン－チョップというのは――」

「その男なら知っていますよ。一時、羊肉《マトン・チョップ》型の頬ひげをはやして得意になっていてね。それで、そんな渾名がついたんですよ。いいやつだ。現役だったころは、いい仕事をしたものです。うん。あの男は、わたしがこういったことに興味を持っているのを知っているので、あなたに行ってみろと言ったんですよ。わたしはずいぶん早くからはじめたから。穿鑿《せんさく》したり、究明したりとかいうことをね」

「そして、いまでは、最高の地位についていらっしゃるんですね」

「おや、誰がそんなことをいったんです? たわけた話だ」

「たわけているとは思いませんが」

「まあ、最高の地位にとびつく者もいれば、最高の地位を押しつけられる者もいる。わたしの場合は、多かれ少なかれ、後者にあてはまるといっていいでしょう。もとはといえば、きわめて重要な仕事を二つ三つ押しつけられてしまったんですよ」

「それは例の——フランクフルトの件ですね?」

「ほほう、もう噂がお耳に入っていますか? いや、その件は忘れてもらいたいんですがね。あまり知られてはまずいんで。といったって、なにも今後あなたの質問を断わるというんじゃありませんよ。たぶん、わたしならあなたの質問にすこしはお答えできるでしょう。たとえ、わたしの答えが、何年か前に何ごとかが起こった、そして、それは、もし明らかにされれば、現在でも——おそらく——興味ぶかい結果を生むかもしれないし、また現在でも、なお行なわれているかもしれないことについて、いや、確かな事実かもしれないことについて、いくらかなりと情報をもたらす結果になるかもしれない、そんな類いのものであってもです。何者であろうと、何ごとであろうと、まんざらありえない話ではないと思いますな。もっとも、あなたにどれほどの助言をしてやれるかはわかりませんがね。これは過去について考え、人の話を聞き、自分にできることを見つけなければならない問題なのです。何かわたしの興味をひきそうなことがわかったら、電話するなりなんなりしてください。ひとつ、合い言葉をつくっておきましょう。お互いにもう一度興奮を味わい、ほんとうに中心人物になったような気分を味わうためにね。『クラブ‐アップルのゼリー』、こんなのはどうですかな？　うん、家内がクラブ‐アップルのゼリーをつくったからひと壜いらないか、とでも言うんですな。それで通じますよ」

「つまり——わたしがメアリ・ジョーダンのことで何か探りだすだろうとお考えなんですね。このままそんなことをつづけたところで、いったいなんになるでしょう。なんのかんのいっても、彼女は死んでしまったんですから」

「そのとおり。彼女は死んでしまった。しかし——いいかな、人から聞いた話のせいで、ある人物について誤った考えを持つことがあるものですよ。あるいは何か読んだもののせいで」

「世間の人はメアリ・ジョーダンについて誤った考えを持っているとおっしゃるんですね。つまり、彼女は重要な人物ではなかったということですか？」

「いや、きわめて重要な人物だったはずです」ロビンソン氏は腕時計をのぞいた。「そろそろ引きとってもらわなくてはならん。もう十分もすると、来客があるんでね。うんざりするほど退屈なやつだが、政界の要人でね。なにぶん、近ごろは世間がご存じのとおりですからね。政府、政府、どこへ行っても政府と顔をつきあわす羽目になるんですよ。職場でも、家庭でも、スーパーマーケットでも、テレビでも。私生活。これなんですよ、現在、国民がますます求めているのは。そこで、あなたと奥さんがとりかかった、このちょっとした遊びのことだが、あなたたちは私生活を楽しめる立場にあるのだから、ひとつ、この私生活という背景から調べてみてはどうかな。あるいは何かわからないともかぎらない。何か面白そうなものがね。見込みは五分五分だ。

わたしとしては、これ以上のことは話せない。おそらくは、わたししか知らないこともあるんだが、それは、いずれ、ことによったら話してやれるかもしれない。しかし、もうすでにすんだことばかりだし、話したって実際の役には立ちやしませんよ。

一つだけ教えてあげよう、これはあなたの調査のさい、役に立つかもしれん。これはあなたも読んだことがあるでしょう、そら、なんとかいう海軍中佐の裁判ですよ——名前はもう忘れてしまったが——諜報活動を行なったかどで裁判にかけられ、刑を宣告されたんだが、それだけの理由は充分にあったのだ。そいつは売国奴だった、それだけでたくさんです。しかし、メアリ・ジョーダンは——」

「ええ？」

「あなたはメアリ・ジョーダンのことを知りたがっておる。よろしい、あなたが考えるさいのいわば参考までに、一つのことを教えてあげよう。メアリ・ジョーダンは——そう、それをスパイ活動と呼んでもかまわんが、しかし、彼女はドイツのスパイではなかった。敵国のスパイではなかったのだ。いいかな、きみ《マイ・ボーイ》、よく聞いておくんですよ。わたしはあなたを〝マイ・ボーイ〟と呼びつづけるわけにはいかないのだから」

ロビンソン氏は机ごしに身をのりだし、声を低めていった。

「メアリ・ジョーダンはわれわれの一員だったのです」

第三部

1 メアリ・ジョーダン

「でも、それじゃ、なにもかも事情が変わってしまうわ」とタペンスはいった。

「そうだ」とトミーがいった。「そうなんだよ。まったく――まったくショックだった」

「その人、なんであなたに話してくれたのかしら？」

「わからん。わたしも――その、あれこれ考えてはみたんだがね」

「その人――どんな感じの人なの、トミー？　まだちゃんと話してくださってないけど」

「そうだな、黄色いんだよ。黄色くて大きくて肥っていて、ごくごくふつうの人なんだが、同時に、こういってわかるかな、ちっともふつうじゃないんだ。彼は――うん、わたしの友だちがいったとおりだ。彼は大物の一人なんだよ」

「なんだか、ポップ・シンガーのことでも話しているみたいに聞こえるわね」

「うん、こういう言い方にも慣れてしまうものだよ」

「ええ、それにしてもなぜかしら？　きっと話したくないはずのことを話してくれたわけでしょう」

「ずいぶん昔のことだからね。もうすんでしまったことなんだ。いまでは大したことじゃないんだろう。つまり、このごろ公開されるものなんかを見るとね。非公式の発表とか。うん、もう秘密にしておく必要もないんだよ。真相を公にしてもかまわないんだ。誰が何を書いたとか誰が何を言ったとか、騒ぎの一部始終とか、いままで誰も知らなかったことのために何かが極秘扱いにされたいきさつとか」

「なんだかめちゃくちゃに混乱しそうだわ、そんなふうにいわれると。それに、それじゃ何もかも狂ってしまうわ、そうでしょう？」

「どういうことだい、何もかも狂ってしまうって？」

「わたしたちのいままでの見方のことをいってるのよ。わたしがいいたいのは――わたし、何をいいたいのかしら？」

「しっかりしてくれよ。自分のいいたいことぐらいわからんでどうする」

「つまり、さっきいったとおりよ。全部まちがいなんだわ。つまりね。『黒い矢』のなかでこれを見つけて、そのときは話ははっきりしていたのよ。誰かが、たぶん、あのアレグザンダーという男の子が『黒い矢』のなかにそれを書き残した。それによると、誰かが——わたしたちのなかの誰かよ、少なくともそれだけは書いてあるわ——そういうふうに書いてあるけど、でも、アレグザンダーが言おうとしたのは——つまり、家族か、この家にいた人のうち誰かがメアリ・ジョーダンの死をお膳立てしたんだけど、このメアリ・ジョーダンというのが何者かわからなくて、わたしたち、やきもきさせられたのよ」

「確かに、それ以来やきもきさせられっぱなしだ」

「でも、あなたはわたしほどじゃないわ。わたしはずいぶんやきもきさせられてるのよ。メアリのことが、ほんとうのところ、まだなんにもわからないんですもの。せいぜい——」

「わかったのは、彼女がどうやらドイツのスパイだったらしいということだけだというんだろう？　それだけはわかったんだろう？」

「ええ、世間ではそういわれているし、わたしもほんとうなんだろうと思ったのよ。それがいまになって——」

「そのとおり、それがいまになって、ほんとうじゃないとわかったんだ。ドイツのスパイどころか、その反対だったんだよ」

「イギリスのスパイだった」

「イギリスの諜報活動か保安活動か、当時はどういうふうに呼んでいたにしろ、ともかくそっちの方面に関係していたんだ。そして、なんらかの資格を与えられて、何かを突きとめるためにこの村に来た。目的は——その——いや、名前はなんといったっけ？ わたしももうすこし人の名前を忘れずにいられるといいんだがね。例の海軍だか陸軍だかの将校のことだよ。潜水艦の機密とか、そんなようなものを売り渡した男だ。そう、その当時はこの村にもドイツのスパイの手先が相当入りこんでいて、『NかMか』のころと同じように、せっせと工作していたんだよ」

「そうらしいわね、ええ」

「そうだとすると、おそらく、それを突きとめるために、メアリはこの村へ送りこまれたんだ」

「ええ」

「だから、『わたしたち』というのは、わたしたちが考えているような意味じゃなかったんだよ。『わたしたち』というのは、つまり——この界隈の人間のことだったんだ。

それも、この家に関係のあった人間か、特定のときだけこの家にいた人間だ。そして、メアリは死に、その死は自然死ではなかった。なぜなら、何者かがメアリのやっていることを感づいたんだ。そして、それをアレグザンダーは探りだしたんだよ」

「メアリは、たぶんドイツのスパイのふりをしていたんでしょうね。例の海軍中佐と親しくなって――名前はまあどうでもいいけど」

「思いだせないんなら、X海軍中佐としておけばいい」

「ええ、ええ、そうしますよ。X海軍中佐。メアリは彼とだんだん親しくなったんだわ」

「それにまた、敵のスパイもこのへんに住んでいたんだよ。大きな組織の首領だ。波止場の近くだったと思うが、そこに小さな家を持っていた。そして、宣伝文書《プロパガンダ》をやたらと書いては、わが国として最上の方法は、ドイツと手を結ぶことだとか協力することだとか――そんなことを叫んでいたんだよ」

「ほんとうにごたごたしてるわね。こういうことって――計画とか秘密文書とか、陰謀とか諜報活動とか――まったくごたごたしてるわ。でも、ともかく、わたしたちはいままで見当はずれなところばかり突っついていたようね」

「そうともかぎらんぞ。わたしはそうは思わないな」

「そうは思わないって、なぜ？」

「なぜかって、もし、メアリ・ジョーダンが何かを突きとめにこの村へ来たのなら、そして、ほんとに何かを突きとめたのなら、おそらく彼らは――X海軍中佐とかほかの連中のことだが――ほかの連中もくわわっていたにちがいないからね――彼らはメアリが何か突きとめたときに――」

「だめよ。頭をごちゃごちゃにさせないでちょうだい。そんなふうにいわれると、ほんとうにごちゃごちゃになってしまうわ。ええ、まったく。さあ、つづけて」

「わかったよ。そこで、彼らはメアリがいろんなことを突きとめたことを突きとめたときに、そう、メアリを――」

「黙らせるより仕方がなかった」

「いまのいい方は、フィリップス・オッペンハイムばりだね。そういえば、オッペンハイムがはやったのは確か一九一四年以前だったな」

「ともかく、彼らは、メアリが突きとめたことを報告しないうちに、彼女を黙らせる必要があったのよ」

「そのうえ、もうすこし事情があったにちがいないね。おそらく、メアリは何か重要なものを手に入れたんだよ。文書か書類か。何者かに送られるか渡されるかした手紙とか」

「ええ。あなたの言う意味はわかるわ。たくさんのいろいろな人たちに話を聞いてみなきゃならないわね。でも、メアリが野菜をまちがえたのがもとで死んだのなら、いったいどうしてアレグザンダーが『わたしたち』といったのかよくわからないわ。『わたしたち』というのは、おそらく、アレグザンダーの家族のことじゃないはずなのに」

「こういうことだったのじゃないかな。実際には、この家にいた人間でなくてもよかったんだよ。紛らわしい毒草を摘んで、みんな一緒くたにして台所に持ちこんでおくなんて、ありがちなことだからね。それも、ほんとうに――つまり、ほんとうはちがうんだが――人を殺すほどの量じゃなくていいんだ。その食事をとった人たちが、食後、すこし気分が悪くなる程度でいいんだよ。医者が呼ばれる。医者は食べ物を検査させて、その結果、誰かが野菜をまちがえたんだと考える。わざとやったとは、まさか思わないだろう」

「でも、それじゃ、その食事をとった人は、みんな死んだんじゃないかしら。死なないまでも、気分が悪くなったんじゃないかしら」

「そうとはかぎらないさ。ある人物を――メアリ・ジョーダンを殺す必要があった。そこで彼女に致死量の毒を盛ることにしたと考えてみたらどうだい。そう、昼食か夕食か、ともかく、食事前のカクテルか、食後のコーヒーか何かのなかにね——ジギタリンかアコナイトか、それともキツネノテブクロからとった毒を——」

「アコナイトはトリカブトからとれるのよ」

「きみが物識《ものし》りだってことはよくわかってるよ。要するに、明らかにまちがいによってみんなが軽い中毒にかかればいいんだ。みんなが少し気分が悪くなる——しかし、死ぬのは一人だ。わかるだろう、夕食か昼食か——ともかく食事のあと、ほとんどの人が気分が悪くなって、調べてみたところ、まちがいによるものだということがわかったとしたら、どうだい、こりゃよくありがちなことだよ。そう、毒キノコをマッシュルームとまちがえて食べてしまうとか、ベラドンナの実は果物に似てるから、子供がまちがえて食べたりするだろう。まさにまちがいなんだよ、そして、気分が悪くなる、だが、ふつうはみんなそろって死にはしないものだ。せいぜい一人だよ。そして、その死亡者は、なんの毒だったにしろ、人一倍過敏だったのだと診断されるだろう。というわけで、メアリだけが死に、ほかのものは助かったということになったのだ。そう、確かにまちがいによるものだということで片がついたんだよ。誰も調べもしなかったし、いわんや、ほかに原因があるなんて、疑ってもみなかっただろう——」

「メアリもほかの人たちと同じように、ちょっと気分が悪くなっただけかもしれないわね。そして、翌日の朝のお茶に致死量の毒を盛られたのかもしれないわ」

「きみのことだから、タペンス、きっといろんな考えを持ってるんだろうね」

「ええ、こういうことならね。でもほかのことはどうなの？　誰が、何が、なぜといったようなことは？『わたしたち』って誰のことかしら——いまでは『彼らのうちの一人』といったほうがいいわね——機会があったのは誰かしら？　この村に滞在していた人かしら、たぶん、誰かの友だちとか？　誰かが、友だちからの、たぶん贋《にせ》の手紙を持ってきたのよ。この村のマリ・ウィルソン氏かウィルソン夫人とか誰とかに、『わたしのお友だちをよろしく。彼女はお宅のきれいなお庭をぜひ拝見したいと言っているのです』とでもいうようなのを。そのくらい、わけなくできることだもの」

「うん、そうだろうな」

「そうだとすると、今日も昨日もわたしの身に起こったことを説明してくれるものが、いまでもこの家にありそうだわ」

「昨日、きみの身に何が起こったんだ、タペンス？」

「昨日、あのいまいましい車つきの木馬に乗って丘を降りてみたら、途中で車がはずれたの。わたし、チリマツの茂みのなかに転げ落ちて、もうちょっとで——ええ、たいへんな災難にあうところだったわ。あのとんまなアイザック爺さんったら、大丈夫かどうか調べておいてくれればいいのに。自分では、たしかに調べたと言ってるんですけどね。わたしが乗る前は、どこもなんともなかったんですって」

「ところが、そうじゃなかったんだな?」

「ええ。あとでアイザックは、誰かがいたずらしたんだろうっていってましたわ。車をいじるか何かしたんで、はずれたんだろうって」

「タペンス、この家でわたしたちの身に何か起こったのは、これでもう二度目か三度目じゃないかね? そら、わたしも、こないだ書庫で、頭の上にものが落っこちるところだったことがあったろう?」

「つまり、誰かがわたしたちを片づけようとしているというの? でも、そうなると、つまり——」

「となると、つまり何かがあるということだ。何かがここにあるんだよ——この家のなかに」

二人は顔を見あわせた。ここは一番よく考えてみなければならないところだ。三度、タペンスは口を開きかけたが、そのたびに思いなおし、またむずかしい顔をして考えつづけた。ようやく、トミーが口をきった。

「あの男はなんと思ったんだろう? トルーラヴについて、なんといったんだ? アイザック爺さんのことだがね」

「こんなことになると思っていたとか、なにしろ、ひどく腐っていたからとか」

「しかし、誰かがいたずらしたんだといったんだろう？」

「ええ、きっぱりと。『うん、子供たちがちょっとさわっていましたよ。車を面白半分にはずしてみたりしてね。うん、腕白ぼうずどもがね』って。わたしはその子供たちを見かけたわけじゃないんだけど。子供たちは見つけられっこないと知っているんですよ。わたしが家を出るのを待っているらしいの。

それで、わたしはアイザックに、これはただのいたずらだと思うかってきいてみたのよ」

「アイザックはなんといった？」

「なんともいえないって」

「いたずらだったと考えられなくもないがね。たしかに、子供はよくそんないたずらをするものだからね」

「あなたが考えてるのは、わたしが木馬を相手にばかな真似をしているうちに、車がはずれて、ばらばらに壊れるように、わざとやっておいたんだと――いいえ、そんなこと、ばかげてるわ、トミー」

「いや、ばかげているように聞こえるが、じつはばかげたものじゃないという場合がなきにしもあらずだよ。ことの起こった場所や状況や理由によりけりなんだ」

「この場合、いったいどんな〝理由〟があるのかわからないわ」

「見当はつくんじゃないか――一番ありそうなことぐらい」

「一番ありそうなことってどういう意味？」

「誰かがわたしたちをこの家から追いだそうとしているらしいってことだよ」

「いったいどうして？　この家がほしいんなら、いくらいくらで買いとりたいと申し出ればいいはずよ」

「そう、それでいいはずなんだがね」

「わからないわ――わたしたちの知っているかぎりでは、この家をほしがっている人なんていないのに。この家を見にきたときだって、ほかには誰もいなかったわ。世間では、この家を、これといって理由はないけど、ただ時代遅れだし、ずいぶん手を入れる必要があるから、わりあい安く売りに出されたんだというふうに見ていたらしいわ」

「わたしだって、誰かがわたしたちを始末したいと望んでいるとは信じられないよ。いくらきみがそこらじゅうを嗅ぎまわったり、いろんな人にきいてまわったり、本から何かを写しとったりしているからといってね」

「では、わたしが誰かにとってほじくりかえしてもらいたくないことを、ほじくりかえしているというの？」

「まあ、そんなところだな。つまり、わたしたちが急にこの家に住むのはご免だという気になって、家を売りに出して出ていけば、それで文句なしなんだよ。彼らとしてはそれで満足なんだ。まさか彼らだって――」

「〝彼ら〟って、誰のことをいっているの？」

「それがさっぱりわからないときている。〝彼ら〟についてはあとでじっくり考えることにしよう。それまではただの〝彼ら〟だ。〝わたしたち〟と〝彼ら〟があるんだ。これは頭のなかで区別しておかなきゃだめだよ」

「アイザックのことは？」

「アイザックのことはって、何をいいたいんだい？」

「わからないのよ。ちょっと思ったんだけど、アイザックもこれに一枚かんでいたのかしら？」

「あの男はたいへんな年だ、長いことこの村に住んでいるし、事件のこともいくらかは知っている。もし、誰かが五ポンド紙幣か何か握らせたら、アイザックはトルーラヴの車に細工をすると思うかい？」

「いいえ。あの人にはそんな才覚はないもの」

「これには才覚なんていらないさ。五ポンドもらって、ねじ釘をはずすか、どこかの木をちょっと折るかして——その、こんど、きみが木馬に乗って丘を駆けおりたら、ひどい目にあうようにしておく才覚さえあればたくさんなんだ」

「あなたの考えていることはばかげていると思うわ」

「きみがずっと考えていたことだって、いまじゃもう、ばかげたことになっちまったんだぜ」

「そうね、でも、ぴったりと合ったのよ。わたしたちが聞いた話とぴったり合ったのに」

「まあ、わたしの捜索というか調査というか、まあ、なんと呼ぼうとかまわんが、その結果からみると、正確なことはまださっぱりわかっていないようなんだよ」

「つまり、わたしがいまいったとおり、これで話はひっくりかえったのよ。メアリ・ジョーダンが敵のスパイではなくて、イギリスのスパイだったことがわかったからには。メアリは目的があってこの村にいたのよ。そして、たぶん、目的を達したんでしょうね」

「そうだとすると、この新たにくわわった知識を頭において、ひとつきちんと整理してみよう。メアリがこの村に来た目的は何かを突きとめることだった」

「たぶん、X海軍中佐についての何かを。この人の名前を突きとめなきゃだめよ。いつまでもX海軍中佐のままじゃ、まるっきり無駄骨を折ってるような気がするわ」

「うん、うん。だが、こういうことはじつにむずかしいんだ」

「メアリは何かを突きとめて報告したんだわ。そして、その手紙を、たぶん何者かが開いてみたのよ」

「なんの手紙を？」

「誰だかしらないけど、メアリが〝連絡者〟に送った手紙よ」

「なるほど」

「連絡者は彼女のお父さんとかお祖父さんとか、そういった人だったと思わない？」

「そうじゃないだろう。そういうやり方をとったとは思えないな。ジョーダンという名前にしたって、彼女が自分でつけたのかもしれないし、上部のほうで、これならどこから見たって過去とは結びつかないから、申しぶんのない名前だと考えたのかもしれない。彼女がドイツ人との混血で、それまで敵のためでなく、イギリスのために働いていて、そこから派遣されたのだったら、なおさらのことだ」

「敵のためでなく、イギリスのために、外国でね」とタペンスは同意した。「それでここには何者として来たのか？　わからないわ。それを突きとめるには、もう一度振り出しにもどらなきゃならないわ……ともかく、メアリはこの村に来て、何かを突きとめて、それを誰かに伝えたか、あるいは伝えなかったのよ。わたしがいいたいのは、彼女は手紙なんか書かなかったのではないかってことなの。ロンドンへ行って、じかに話したのかもしれないわ。たとえば、リージェント・パークで落ちあうとかして」

「ふつうは、そんなことはしないんじゃないかな？　つまり、仲間にくわわっている大使館の人間とリージェント・パークで落ちあって——」

「ときには樹の洞に物を隠しておくんでしょう。ほんとうにそんなことをすると思う？　そんなこと、ありそうもないことだわ。恋をしている人がラヴレターを入れておくとでもいうんなら、まだしもありそうな話だけど」

「何を入れておくにしろ、いかにもラヴレターらしいことが書いてあって、実際には暗号文が隠されているというふうにね」

「それはいい考えだわ。ただ、わたし、考えるんだけど——ああ、こんなに古い昔のことですもの。何を突きとめるにしろ、どうしていいか、ほんとにお手あげだわ。わかってくればわかってくるほど、せっかくわかったことが役に立たなくなるなんて。でも、わたしたち、これでやめやしないんでしょう、トミー？」

「絶対に後には引けないね」とトミーは言って、溜め息をついた。

「やめられたらいいと思っているの？」

「まあ、そんなところだ。うん。わたしの見たところでは――」

「でも、あなたがあきらめたとは思えないわ。ほんとうよ、それに、わたしをあきらめさせるのは大仕事よ、わたしはいつまでも考えつづけ、このことばかり気にかけているわ。そして、食べ物も喉を通らなくなるにちがいないわ」

「だいじなことは、つまり――ある意味では、わたしたちにはことのはじまりはわかっていると思うんだよ。諜報活動だ。敵がある目的を頭において行なった諜報活動だ。そして、目的の一部は達成された。そして、一部は、おそらく、完全には達成されなかったのだろう。それにしても、わからないのは――ただその――わからないのはだ、誰がそれにくわわっていたのかということなんだ。敵側にだよ。つまり、おそらくわが国の防衛担当者のあいだに、きっとそういう人間がいたんだよ。忠実な公僕になりすましていた売国奴が」

「ええ、そいつを突きとめるのね。いかにもありそうなことだわ」

「そして、メアリ・ジョーダンの任務は、そういう人間と接触することだったんだ」

「X海軍中佐と？」

「きっとそうだよ、うん。あるいはX海軍中佐の友人と接触して、事実を突きとめることだったんだ。そして、それにとりかかるためには、まずこの村へ来る必要があったんだ」

「つまり、それはパーキンソン一家も——またパーキンソン一家のことにもどってしまったようね、どこらへんまでわかったのかもまだわからないというのに——それに一枚かんでいたってことなの？　パーキンソン一家は敵の一味だったってことなの？」

「まさかそんなことはないだろう」

「それじゃ、いったいどういうことなのかしら」

「この家が事件と何か関係があったんじゃないかな」

「この家が？　でも、この家には、それ以来ずっと、また別の人たちが住んでいたんじゃないの？」

「そのとおりだ。だが、その人たちは——そうだな、きみのような人たちじゃなかったんだよ、タペンス」

「どういう意味なの、わたしのようなって？」

「古い本をほしがったり、それを調べてみたり、何かを見つけたり。まさに正真正銘のマングースだよ、まったく。いままでの人たちは、ただここに住んでいたというだけで、上の部屋にしても、たぶん召使いの部屋だったろうし、誰ものぞいてもみなかっただろう。うん、何かがこの家に隠されているかもしれないよ。おそらくメアリ・ジョーダンが隠したんだな。誰かが受け取りに来るなり、あるいはメアリが何かの口実でロンドンにでも行くなりすれば、すぐに渡せるといった場所に。歯医者に行くと言ったっていい。あるいは、昔の友だちに会いにいくとか。造作ないことだよ。メアリは手に入れたもの、あるいは情報をこの家に隠した。それがいまでもそのままこの家に隠されている、まさか、そんなばかな話はないかい？

うん、まさかそんなことはないだろう。だが、わからんぞ。わたしたちがそれを見つけるかもしれない、あるいは、もう見つけたのではないかと誰かが考えて、わたしたちをこの家から追いだそうとしている、あるいは、ずっと前から自分たちも探してはみたものの、結局、家ではなく別の場所に隠してあるのだと考えていたものを、わたしたちが見つけたと思って、それを取りかえそうとしているんだよ」

「まあ、トミー、それでいいよ、ほんとうに面白くなってきたわね」

「これはわたしたちの考えにすぎないんだよ」

「そんなしらけるようなことをいわないでよ。わたし、なかも外も調べてみるわ――」

「何をしようというんだい、野菜畑でも掘りかえすつもりかい？」

「いいえ。食器棚とか地下室とか、そんなものよ。何が出るかお楽しみ。ああ、トミー!」

「おいおい、タペンス! せっかく愉快で安らかな老後を楽しみにしているというのに」

「恩給暮らしに平和はなしっていうでしょう」とタペンスはうきうきと言った。「いい考えが浮かんだわ」

「なんだって?」

「恩給暮らしのお年寄りに話を聞いてみなきゃ。この人たちのこと、いまのいままで思いつかなかったのよ」

「頼むから、自分のことを気をつけてくれ。このぶんでは、家にいて、きみを見張っていたほうがよさそうだな。ところが、明日はロンドンでもうすこし調査をしなきゃならないんだよ」

「わたしも、この村でもうすこし調査してみるつもりよ」

2　タペンスによる調査

「ほんとうに」とタペンスはいった。「お邪魔じゃございませんでしょうね、こんなふうにお伺いいたしまして？　お電話してからのほうがよろしいかと思いましたの、お出かけだったり、お忙しかったりするといけませんから。でも、これといった用じゃございませんので、ご都合がわるければすぐに失礼すればいいと思いまして。お邪魔でしたら、どうぞ、そうおっしゃってくださいまし。わたくしのほうはちっともかまいませんから」

「まあ、わたしもお目にかかれて嬉しいんですよ、ベレズフォードさん」グリフィン夫人は言った。

彼女は椅子のなかで三インチばかりからだを動かし、背中のもたれ具合をもっと楽にすると、明らかに満足そうな表情でタペンスのなんとなく勢いこんだ顔を見た。

「村に新しい方が引っ越していらっしゃいますのは、ほんとうに嬉しいものですよ。ご近所の人といえばもう同じ顔ばかり、新しくみえた方なら、ええ、こういってよろしければ、新しくみえたご夫婦なら、大歓迎なんですよ。そりゃもう大歓迎ですわ！　ほんとうに、いつかお二人で夕食にでもおいでください。ご主人は何時ごろお帰りになるか存じませんけど。たいていの日は、ロンドンにお出かけになりますんでしょう？」

「そうなんですの。ご親切にありがとうございます。家の手入れがいちおうすみましたら、奥さまにも見にきていただきとうございますわ。いつも、もうすみそうなものだと思っているんですけど、なかなかそうはいきませんの」

「家って、まあそんなものですよ」

通いのメイド、アイザック爺さん、郵便局のグエンダや、その他もろもろからなる情報源から聞いたところによると、グリフィン夫人は九十四歳だった。背中のリューマチの痛みを和らげてくれるので、つとめて保っている真っすぐな姿勢は、しゃんとした身のこなしとあいまって、年よりもずっと若々しい雰囲気を彼女に与えていた。顔は皺を刻んでいるものの、レースのスカーフを巻いた、白髪も豊かな頭を見ていると、タペンスは幼いころ会った何人かの大叔母をかすかに思いだした。グリフィン夫人は遠近両用の眼鏡をかけ、補聴器を用意していて、これをときどき使わなくてはならないようだったが、タペンスの見たかぎりではめったに使わなかった。まだまだ頭はしっかりしていて、百歳はおろか百十歳まででも生きていられそうだった。

「このごろはいかがですか？」とグリフィン夫人はたずねた。「もう電気屋に出入りされずにすみますでしょう。ドロシーから聞きました。ほら、ロジャーズのおかみさんですよ。以前はわたしのところで奉公をしておりましてね、いまでも週に二回、掃除にきてもらっているんですよ」

「ええ、おかげさまで電気屋のほうはすみました。電気屋があけた穴に、しょっちゅう落っこちかけたものですけど。じつは、こうして伺いましたのも、ばかげた話かもしれませんが、ちょっと不思議に思ったことがございまして——奥さまも、ばかげた話だとお思いになるかもしれませんけど。わたくし、このところ整理にとりかかってますの、ええ、いくつもの古い本棚とかそんなものですわ。家を買うとき、本も一緒に引き取りましてね、ほとんどがずっと昔の子供の本ばかりですけど、わたくしが、昔、大好きだった本もありましてね」

「ええ、よくわかりますよ。昔、よく読んだ本を読みなおせるなんて、さぞ楽しみなことでしょうね。『ゼンダ城の虜』とか。わたしの祖母も、確か『ゼンダ城の虜』をよく読んでいたものですよ。自分でも一度読みましたわ。ほんとうに面白かったこと。ロマンチックでね、ええ。子供がはじめて読ませてもらえるロマンチックな本でしょう。そうなんですよ、小説を読むことはあまり勧められておりませんでしたのでね。母も祖母も朝のうちから小説のようなものを読むことは許してくれませんでしたよ。物語本と当時はいっていたものですけどね。ええ、歴史とか、そういった真面目な本ならいいんですけど、小説はただ楽しむだけのものだというので、午後にならなきゃ読ませてもらえなかったもんですよ」

「そうでございましょうね。もう一度読んでみたい本がずいぶん見つかりましたわ。モールズワース夫人のとか」

「『つづれ織りの部屋』でしょう?」とグリフィン夫人は打てば響くようにいった。

「ええ。『つづれ織りの部屋』をよく読んだものですわ」

「そうですね、わたしは『四つの風吹く農場』が昔から一番好きなんですよ」

「ええ、それもございましたわ。ほかにもいろいろと。いろんな作者のがたくさん。ともかく、やっと一番下の棚にとりかかったんですけど、昔、どうかしたんでしょうね。ええ、相当ひどくぶつけたとか。本棚を移すときにでも。底に穴があいていて、そこから古いものがたくさん出てきましたの。破れた本が大部分なんですけど、なかにこんなものがありましたのよ」

タペンスは包装紙で簡単にくるんだものを取りだした。

「バースデイ・ブックなんですの。昔風の。このなかに奥さまのお名前があるんですよ。結婚前のお名前は——以前、うかがったおぼえがございますけど——ウィニフレッド・モリスンでしたわね？」

「ええ。そのとおりですよ」

「そのお名前がこのバースデイ・ブックに書いてありますの。それで、これをお目にかけたら面白く思っていただけるのではないかと思いましてね。昔のお友だちの名前もたくさん出ているかと思いますし、ほかにも奥さまがごらんになれば、面白いことや名前が出ているかもしれませんわ」

「まあ、それはどうもご親切に。ぜひ拝見したいですね。ええ、こういう昔のものって、年をとってから読んでみるとほんとうに面白いものですよ。よく思いついてくださいましたね」

「いくらか色がさめて、破れたり傷んだりしていますけど」と言いながら、タペンスは包みをひらいた。

「おやおや」とグリフィン夫人はいった。「ええ。昔はみんなバースデイ・ブックを持ってましたよ。わたしがまだ子供だったころを境に、あまりそんなこともなくなりましたけどね。これあたりが最後じゃないでしょうか。わたしが通っていた小学校では、女の子はみんなバースデイ・ブックを持っていたものでね。お友だち同士、バースデイ・ブックに名前を書きっこしたりしたもんですよ」

グリフィン夫人はタペンスからバースデイ・ブックを受けとると、ページをめくりはじめた。

「あらあら」と彼女は呟くようにいった。「昔を思いだすわ。ええ。ええ、ほんとうに。ヘレン・ギルバート——そう、もちろんあの子だわ。それから、デイジー・シャフィールド。シャフィールドね、ええ。そう、思いだした。この子は歯にあれをはめさせられていたんですよ。歯列矯正器とかいってましたけど。でも、いつも、はずしているんですよ。とっても我慢できないって言ってね。イーディ・クロウン、マーガレット・ディクスン、そうそう。みんなだいたい字が上手ですね。いまの子供たちより上手ですよ。わたしの甥の手紙なんか、ほんとうに読めやしません。このごろの子供の書く字ときたら、まるで象形文字。たいていの言葉が、考えなきゃわからないんですからね。モリー・ショート。そう、この子はどもる癖があったわ——ほんとうに昔を思いだしますよ」

「もう、たくさんはいらっしゃらないでしょうね、あの、つまり——」気のきかないことをいい出しそうな気がして、タペンスは言葉をきった。

「ほとんどの人が、もう死んでしまったと思っていらっしゃるんでしょう。そうね、そのとおりですよ。ほとんどの人はね。でもみんながみんなじゃありません。ええ。昔の友だち仲間といいますか、その人たちがまだずいぶんたくさん元気で生きていますよ。この村にはおりませんけど。昔、知り合いだった女の子も、結婚すると、ほとんどがよそへ行ってしまいましたからね。軍人のご主人と一緒に外国へ行ったり、ぜんぜん別の町へ移ったり。わたしの一番古くからの友だちが二人もノーサンバーランドで暮らしているんですよ。ええ、ええ、ほんとうに面白いものですね」

「もうそのころは、パーキンソン姓の方はいらっしゃらなかったんでしょうね？　名前が見あたりませんもの」

「そうです。パーキンソン一家がいたのは、もっと前ですからね。あなたはパーキンソン一家のことで知りたいことがおありなんですね、そうでしょう？」

「ええ、そうですの。まったくの好奇心からなんですけど。ただ——じつは、妙なことから、アレグザンダー・パーキンソンという男の子に興味を持ちましてね、先日、教会の墓地を歩いていましたら、この子がまだほんの子供のころに死んだことや、お墓もそこにあることなどがわかって、いっそうこの子のことを考えるようになったんです」

「子供のころに死んだんですよ。ええ。そんなに小さくて死んだので、誰でもかわいそうだと思うようですね。とても頭のいい子で、家族も楽しみにしていたんですよ——はなばなしい将来を。病気なんかじゃなかったんです、確かピクニックに持っていった食べ物がいけなかったんですよ。ヘンダースンさんがそういっていました。この人なら、パーキンソン一家のいろんなことを憶えていますよ」

「そうそう、ヘンダースン夫人ですか？」タペンスは顔をあげた。

「そうそう、あなたはご存じないでしょうね。この人は、ほら、老人ホームに入っていましてね。〝牧場のほとり《メドゥサイド》園〟というところです。ここから——そうですね、十二マイルから十五マイルほども離れているでしょうか。会いにいらしてごらんなさい。あの人なら、あなたがお住まいのあの家のことをなんでも話してくれますよ。当時は、あの家は〝燕の巣荘〟と呼ばれていたものですけど、いまではまた別の名前になっているんでしたね？」

「〝月桂樹荘〟ですわ」

「ヘンダースンさんはわたしよりも年上ですけど、大勢の家族の末っ子だったんですよ。一時、家庭教師をしていました。その後、〝燕の巣荘〟つまりいまの〝月桂樹荘〟の持ち主のベディングフィールド夫人の看護婦兼付添人になったんです。昔のことを話すのが大好きでしてね。ぜひ、会いにいらっしゃるといいわ」

「あの、その方、いやがりはなさいませんでしょうか——」

「いえいえ、いやがったりはしませんよ。会いにいらしてごらんなさい。わたしから勧められたとおっしゃいな。わたしのことも姉のローズマリーのことも、あの人は憶えていますから。わたしもたまに会いにいってあげてるんですよ。ここ何年かは、あまり歩きまわれないのでご無沙汰していますけど。それから、なんでしたらヘンリ夫人にも会ってごらんになるといいでしょう。この人はいま――さて、なんていいましたっけね？――そう、〝林檎の木園〟、あそこに入っています。おもに年金暮らしの年寄りが入るところなんですよ。格が同じというわけにはまいりませんけどね。でも、なかなか手堅くやっていますし、それにまあ、噂話のさかんなことといったら！　お客さんでもあれば、みんなきっと大喜びするでしょう。ええ、退屈を紛らしてくれるものならなんでもいいんですよ」

3　トミーとタペンス、メモを比べあう

「疲れているようだね、タペンス」とトミーがいった。夕食後、居間に移り、タペンスが椅子に坐りこんで、大きな溜め息を何度も洩らしたあと、欠伸《あくび》をしたところだった。

「疲れているかって？　もうくたくたよ」

「何をしていたんだい？　庭で何かしていたんじゃないだろうな」

「肉体的過労ってわけじゃないの」とタペンスはそっけなくいった。「あなたと同じことをしていただけ。頭を使っての調査」

「そいつもひどく疲れるものだよ、たしかに。とくにどのへんを調査したんだい？　おとといのグリフィン夫人からは大した話は聞きだせなかったんだろう？」

「いろんなことを聞きだしたわ。最初に推薦してくれた人は大したことなかったけど。でも、すくなくとも、ある意味では聞きだしたわ」

タペンスはハンドバッグを開けると、大きな手帳にてこずったあげく、やっと引っ張

りだした。

「いろんなことをいちおうメモしておいたのよ。たとえば、例の陶器の献立表なんかも持っていったわ」

「ほう。それで、何かわかったかい?」

「そう、お料理の話が山ほど出たわ。この人が手はじめよ。ほかにも誰かの名前が出たけど、もう忘れてしまったわ」

「もっと名前を憶えるようにしたほうがいいね」

「でも、名前は、その人のいうことや話すことほどメモしてないのよ。あの陶器の献立表には、みんなすっかり感激してね。それというのも、その日はなにか特別のパーティで、みんなこころおきなく楽しんで、すばらしいご馳走を食べたらしいの――そんなご馳走はそれまでなかったことで、みんな、この日はじめてロブスターのサラダを食べたらしいわ。お金持ちの流行を追う家ではロブスターのサラダは骨つき肉のあとに出るものだと、話には聞いていたそうだけど、でも、その人たちのところではそうじゃなかったのよ」

「ほう、それじゃ、あまり役に立たなかったな」

「いいえ、ある意味では役に立ったわ。というのは、みんな、その夜のことはいつまでも憶えているっていうのよ。それで、なぜ、その夜のことならいつまでも憶えているのかきいてみたら、国勢調査があったからだそうなの」

「なんだって――国勢調査？」

「ええ。国勢調査ってどんなものか、もちろん、ご存じでしょう、トミー？　そうよ、イギリスでもつい去年あったばかりだもの。いえ、あれは一昨年《おととし》だったかしら？　ええ――口頭でいわせたり、みんなに署名させたり、項目ごとに記入させたりするのよ。ある日の夜、ある家の屋根の下で眠った人みんなに。ほら、こんなことをね。十一月十五日の夜、あなたの家には誰と誰がいたか？　そして、本人が記入するか、でなきゃ、一人一人自分の名前を書くかしなきゃならないのよ。どっちだか忘れたけど。ともかく、この村でも、その日に国勢調査があって、自分の家に誰がいたか報告しなきゃならなかったんだけど、そんなことといっても、もちろん、そのパーティに呼ばれていた人なんかもたくさんいたわけですからね。それで、そのことが話題になったの。まったく不当な、ばかげたことだって、みなさんいっていたわ。ともかく、いまどき、こんなことが行なわれているなんてじつに恥さらしな話だと思うって。だって、子供がいるとか、結婚しているとか、結婚していないけど子供がいるとか、そんなことまで報告しなきゃならないのよ。たくさんのとっても答えにくい項目に記入しなきゃならないんだもの、誰だっていい気持ちはしないわよ。もう、このごろではそうでもないでしょうけど。それで、国勢調査のこととなると、みんなすっかり興奮してしまってね。興奮したといっても、昔の国勢調査のことでじゃないわよ。昔は、そんなもの誰も気にしませんでしたからね。とりたてていうほどのことじゃなかったのよ」

「その国勢調査の正確な日付けがわかれば、あるいは役に立つかもしれんな」

「そんなこと、調べられるのかしら？」

「できるとも。適当な人さえ見つければ、わけなく調べられるよ」

「それから、この人たちはメアリ・ジョーダンが人の噂になったことを憶えていたわ。なんと感じのいい娘のように見えたか、どれほどみんなに好かれていたかって、みんな口をそろえていうのよ。だから、夢にも信じられなかったって——わかるでしょう、こういうことを人がどんなふうにいうものか。そのあと、こういったわ。そうですよ、なにしろ半分ドイツ人だったんだから、雇うときにもっと注意すればよかったんじゃないかって」

タペンスは空《から》になったコーヒー・カップをおくとあらためて椅子に腰を落ち着けた。

「有望な話でもあったかい？」とトミーがいった。

「いえ、そういうわけじゃないけど」とタペンスはいった。「でも、もしかすると有望かもしれないわ。ともかく、お年寄りたちは事件のことを話してくれたし、そのことをちゃんと知ってましたからね。ほとんどの人は、昔、もっと年上の身内なんかから聞いてるのよ。どこかに何かを隠したとか見つけたとかいう話を。陶器の花瓶のなかに遺書が隠されていたっていう話もあったし。オックスフォードとケンブリッジの話もあったけど、オックスフォードかケンブリッジのなかに何かが隠されていたなんてことを、いったいどうして知ったのかしら。とても考えられないことよ」

「たぶん、誰かに大学生の甥がいたんだろう。その甥が何かをオックスフォードかケンブリッジに持っていっちまったんだよ」

「かもしれないわね、あんまりありそうにもないけれど」

「メアリ・ジョーダンのことを話してくれた人がいたのかい？」

「また聞きばっかりなのよ——メアリがドイツのスパイだったことをちゃんとはっきり知っているっていうんじゃなくて、お祖母さんとか、大叔母、姉、母親のいとこから聞いたとか、事件のことを知っている、遠縁のおじさんの友だちの海軍軍人から聞いたという話ばかりなの」

「みんなはメアリがどうして死んだのか話してくれたかい？」

「例のキツネノテブクロとホウレンソウの挿話《エピソード》と結びつけて考えているわ。メアリのほかは、みんな命に別状はなかったんですって」

「面白いものだな。同工異曲というところだ」

「意見が多すぎるんじゃないかしら。ベシィという人がこんなことをいったのよ。『ええ。祖母から聞いただけだし、もちろん、祖母にしたって事件があったころはまだ子供でしたからね、細かいところはまちがえてるんじゃないかと思いますよ。祖母はふだんからそうでしたもの』って。わかるでしょう、トミー、みんながいっぺんに話すので、何が混乱してしまうのよ。スパイのことや、ピクニックに行って中毒したことや、何ややかやと、ありとあらゆる話を聞かされたわ。でも、正確な日付けはわからずじまい。それりゃそうよ、お祖母さんの話の正確な日付けなんか誰にもわかりゃしないもの。お祖母さんが、『そのころ、わたしはまだ十六だったけど、ほんとうにこわくてね』といったって、ほんとうは当時何歳《いくつ》だったのか、もういまでは、たぶん誰にもわかりゃしないわ。お祖母さんは自分では九十歳だっていうかもしれないけど、人間って、八十にもなると、年より多くいいたがるものだし、これがせいぜい七十歳くらいだと、こんどはまだ五十二だといったりしますからね」

「『メアリ・ジョーダンの死は』」とトミーが、この言葉を引き合いに出すときの重々しい口調でいった。『自然死ではない』彼は感づいていたんだ。それを彼は警察に話したんだろうか」

「アレグザンダーのことをいってるの？」

「うん——そして、おそらく、あまり多くのことを話したために、彼は死ななければならなかったのだ」

「何かにつけて、話がアレグザンダーにもどってくるのね」

「アレグザンダーが死んだ日は、お墓からわかっている。しかし、メアリ・ジョーダンは——死んだ日も原因もまだわかっていない。

だが、結局はわかるさ。いままでにわかった名前や日付けやなにかをリストにしてみるんだよ。意外なものだ。あちこちで聞いた半端なひと言ふた言から、意外なことが調べられるものだよ」

「あなたには役に立つ友だちがいっぱいいるらしいのね」とタペンスは羨ましそうにいった。

「きみにだって、いるだろう」

「それが、いないのよ」

「いや、いるさ。きみだって、いろんな人を動員してるじゃないか。バースデイ・ブックを持って、どこかのお婆さんに会いにいくし。お次は、年金暮らしの老人のホームだかなんだかにいる大勢の人にあたってみたんだから、その人たちの大叔母さんやら、曾祖母《ひいおばあ》さんやら、遠縁のおじさんやら、名付け親やら、諜報活動なんかの話を聞かせてくれた海軍の老提督やら、そんな人たちの時代の出来事を、きみはもうすっかり知っているはずだよ。すこしでも日付けの見当がついて、すこしでも調査がはかどりさえすれば、ことによると――うん、そうだ――何かつかめるかもしれんぞ」

「さっき話に出た大学生っていうのは何者かしら――オックスフォードとケンブリッジに何かを隠したとか言われている人は」

「スパイ活動とはあまり関係なさそうだな」

「ええ、確かにそうね」

「それから、医者とか年寄りの牧師。こういう人たちのことを問い合わせてみてもいいが、それで何か糸口がつかめるかどうかはわからないな。前途遼遠だ。まだまだ先は長いよ。いったいどうなることか――また誰かが妙な真似をしなかったかい、タペンス？」

「ここ二日のあいだに、誰かがわたしの命を狙わなかったかということ？　いえ、そんなことはなかったわ。誰もわたしをピクニックに誘わなかったし、車のブレーキはなんともないし、植木鉢をしまっておく小屋に除草剤の罎があるけど、まだ蓋を開けたあとさえないようだし」

「いつかきみがサンドイッチでもこしらえるときすぐ取りだせるように、アイザックがしまっているんだよ」

「まあ、それはあんまりよ。アイザックの悪口なんかいわないでちょうだい。あの人とは、とっても仲よくなりかけているところだから。さて、なんだったかしら――それで思いだしたんだけど――」

「それで何を思いだしたんだい？」

「どうしても思いだせない」とタペンスは眼をぱちぱちさせながら言った。「あなたがアイザックのことをいったとき、何か思いだしたんだけど」

「やれやれ」トミーは溜め息をついた。

「あるお婆さんがね、毎晩、いつも何かをミトンのなかにしまっておいたんですって。イヤリングだったと思うわ。その人ったら、みんなが自分を毒殺しようとしていると思っていたのよ。それから、これはまた別の人が憶えていた話だけど、誰かが慈善箱だかなんだかに何かをしまっておいたそうよ。ほら、浮浪児たちのためにお金を入れておく陶器の箱があるでしょう、上にラベルが貼ってあって。でも、この場合は、浮浪児のためなんかじゃなかったらしいわ。その人はそのなかに五ポンド札を入れておいたの。つまり、いつも不時に備えて貯金していたんですよ。そして、いっぱいになると取りだして、また箱を買って、もとの箱は壊してしまうの」

「そうして、その五ポンド札は使っちまったんだろう」

「そうね。わたしのいとこのエムリンがよくいってたものだけど」とタペンスはいった。「『浮浪児と慈善家からお金を盗もうって人はいやしないわ。慈善箱を盗むために割ったりすれば、見つかるにきまってるでしょう？』って」

「きみ、上の部屋で本を調べているうちに、見るからに面白くなさそうな説話集でも見つけたんじゃないのかい？」

「いいえ。どうして？」

「なに、そういう本なら隠し場所としてお誂《あつら》え向きだと思っただけだよ。そら、あるだろう、神学の本で、死ぬほど退屈なのが。なかをくりぬいた、昔の難解な本とかね」

「そんなものはなかったわ。あれば気がついたはずですもの」

「読んでみたのかい？」

「いえ、もちろん、読みゃしなかったわ」

「そらごらん。読まなかったというからには、見もしないで放りだしたんだろう」

『成功の栄冠』この本だけは憶えているわ。これが二冊あったの。ねえ、わたしたちの努力にも成功の栄冠が輝くといいわね」

「とても見込みなさそうだ。誰がメアリ・ジョーダンを殺したか？　いずれ、こんな本をわたしたちは書くことになるんじゃないかな？」

「犯人を突きとめたらの話ですよ」とタペンスは憂鬱《ゆううつ》そうな声でいった。

4　マチルドの手術の可能性

「午後は何をするつもりだい、タペンス？　このままつづけて、名前や日付けや事柄のリスト作りを手伝ってもらえるかい？」

「遠慮させていただくわ。もう、うんざりですもの。いちいち書くとなると、ほんとうにくたびれるものね。わたし、ときどき、まちがえてやしないかしら？」

「そうだ、きみならやりかねないな。二つ三つ、まちがえているよ」

「あなたも、せめてわたし並みにまちがえてくだされぱいいのに。ときどき、ひどく癪にさわることがあるわ」

「手伝ってくれないのなら、何をするつもりだい？」

「ひと眠りしてさっぱりするのも悪くないわね。いえ、ほんとうに骨休めする気はないわ。マチルドのお腹の中身を出してみようと思うの」

「いまなんと言った、タペンス？」

「マチルドのお腹の中身を出してみようと思うっていったのよ」

「いったいどうしたんだい？　いやに乱暴なことを思いつめているようだが」

「マチルドですよ——KKにいるでしょう」

「どういうことだい、KKにいるって？」

「がらくたが突っこんであるところよ。ほら、あの揺り木馬ですよ、お腹に穴のあいた」

「そうか。それで——マチルドのお腹のなかを調べてみるというんだね？」

「そうなのよ。あなたも手伝ってくれない？」

「ごめんこうむるよ」

「おそれいりますけど、手伝っていただけません？」

「そこまでいわれては」とトミーは深い溜め息をつきながらいった。「いやでも引き受けざるをえないな。ともかく、このリスト作りよりはましだろう。アイザックもいるのかい？」

「いいえ。今日は午後から休みなの。どっちにしても、アイザックにはいてもらいたくないのよ。あの人から聞きだせることはもうみんな聞きだしてしまったからね」

「あの男はずいぶんいろんなことを知ってるんだな」とトミーは考え深げにいった。

「このまえ、それがわかったよ。昔のことをあれこれ話してくれたんでね。自分では憶えていないようなことまで」

「あの人、もう八十ちかくよ。まちがいないわ」

「ああ、それは知っているが、もっとずっと昔のことまで話してくれたんだよ」

「人間って、日ごろから、いろんなことを聞くだけは聞きますからね。その聞いたことがそのとおりかどうか、わかりゃしないわ。ともかく、マチルドのお腹の中身を出してみましょう。まず、着替えをしたほうがよさそうね。KKのなかはすごい埃で、蜘蛛の巣だらけだし、どうせマチルドのなかをひっかきまわさなきゃならないんですからね」

「そのへんにアイザックがいるなら、マチルドをあおむけにしてもらえば、もっと簡単にお腹にとりかかれるんだがね」

「ほんとうに、あなた、生まれかわるまえは外科医だったんじゃないかしら」

「うん、これは外科医の仕事にちょっと似ているな。そのままにしておけばマチルドの命取りになりかねない異物を、これからひとつ取り除いてやろうというんだからね。ところで、マチルドを化粧直ししてやったらどうだろう。そうしておけば、デボラの子供たちがこんど泊まりにきたとき、乗りたがるよ、きっと」

「まあ、もういまだって、孫たちは玩具や贈り物をどっさり持ってるじゃないの」

「そんなことはどうでもいいんだ。子供というのは、高価な贈り物をとくに好むってわけではないんだよ。古い紐とか、布で作った人形とか、炉端用の敷物の切れ端をまるめて、靴の黒いボタンの眼をつけただけのものをペットのクマさんだとか言って、そんなもので遊びたがるのだ。玩具について、子供は子供なりの考えを持っているんだよ」

「さあ、行きましょうよ。いざ、マチルドのところへ。手術教室へ」

マチルドをあおむけにして、必要な手術をするのに適した姿勢をとらせるのは楽な仕事ではなかった。マチルドはたっぷり重量があった。そのうえ、そこらじゅうにいろんな鋲が打ってあって、この鋲がまた、その時その場であべこべについていたり、先がとびだしたりしているという始末だった。タペンスは手の血をふきとり、トミーはプルオーヴァーを引っかけたとたんに、いささか派手な鉤ざきをこしらえて悪態をついた。

「このいまいましい木馬め」

「ずっとまえに、焚火の薪になっておけばよかったのよ」

ちょうどこのとき、アイザック爺さんがひょっこり姿を現わし、仲間にくわわった。

「おやおや！」と爺さんはいささか意外そうにいった。「いったい、二人で何をしてるのかね？　こんな古い馬をどうしようっていうんです？　わしもすこし手伝いましょうか？　どうすりゃいいんですかい――外へ出すのかね？」

「そこまでしなくてもいいのよ。この穴に手を入れてなかのものを取りだせるよう、あおむけにしたいの」

「つまり、こいつの中身を取りだすってことですかい？　なんでまた、そんなことを考えなすったことやら」

「いいの、ただ取りだしてみたいのよ」

「こんなところに何が見つかると思ってるんだね？」

「がらくたばっかりだろうな」とトミーがいった。「だが、結構じゃないか」と彼はいささか頼りない声でつづけた。「それで、すこしでも整理がつくのならね。ひょっとして、ほかのものをここにしまっておこうという気になるかもしれんからな。そら——ゲームの道具、クローケのセットなんかを。そういうものをだよ」

「昔はクルーキーの芝生があったよ。もうずっと昔だが。フォークナーの奥さんが住んでいたころだよ。うん。いまの薔薇園のあたりでね。いや、ちゃんとした広さじゃなかったけどな」

「それはいつごろのことだい？」

「クルーキーの芝生のことかね？　わしも憶えていないずっと昔の話だよ、うん。昔の出来事を話して聞かせたがる人ってのが、いつでもいるもんでね——昔、何が隠されたとか、誰がなぜ隠したんだとか。大袈裟な話を並べたてるけど、なかには嘘も入ってるんだよ。ほんとうのこともあるにはあるだろうがね」

「あなたはすごく頭が働くのね、アイザック」とタペンスがいった。「昔から、なんでも知っているみたい。クローケの芝生のことなんか、どうして知っているの？」

「なに、クルーキーの道具を入れる箱がここにおいてあったんだよ。ながいことここにおきっぱなしなんでさ。道具はもうあんまり残っちゃいないでしょうがね」

タペンスはマチルドを放ったらかして、ＫＫの隅の、細長い木箱がおいてあるほうへ歩いていった。歳月の重みで堅く閉まった蓋を、いささか手こずったあげく、開けてみると、色褪せた赤と青の球と、反りかえった打球槌《づち》が一本出てきた。あとは、おもに蜘蛛の巣ばかりだった。

「フォークナーの奥さんのころのでしょうな、おおかた。フォークナーの奥さんは競技大会に出たこともあるって話ですぜ」

「ウィンブルドンの？」とタペンスは疑わしそうにいった。

「いや、ウィンブルドンじゃないよ。そうじゃなかったと思うな。うん。地方のだよ。この村でも、昔は競技大会がよく開かれたもんでさ。わしも写真屋で写真を見たことがあるがね――」

「写真屋？」

「そう。村のね。ダランスですよ。ダランスはご存じでしょう？」

「ダランスね？」とタペンスは曖昧にいった。「ああ、フィルムとかそんなものを売っている人ね、そうでしょう？」

「そうだよ。いや、じつは、いま店をやっているのはダランス爺さんじゃないんですよ。孫なんです、いや、ひょっとしたら曾孫《ひまご》かもしれんな。葉書きをおもに売ってるんだよ、それとクリスマス・カードとかバースデイ・カードとかいったものを。昔は、写真を撮るほうもやってたんだがね。いまじゃ一切合財しまいこんじまったよ。こないだ、ある人が店に来てね。曾祖母《ひいばあ》さんの写真がほしいって言うんだよ。一枚持っていたけど、破るだか焼くだか失くすだかしたんで、店に原板が残ってないかってね。原板が見つかったとは思えないがね。でも、あの店には古いアルバムがどこかにどっさりしまいこんであるはずだよ」

「アルバムがね」とタペンスは考えこんだ様子でいった。

「ほかにお手伝いすることはないかね？」

「そうね、じゃ、ジェーンだったっけ、この仕事をちょっと手伝ってくれないか」

「ジェーンじゃなくて、マチルド。マチルダでもないんだよ、マチルダでいいはずだと思うんだがね。どういうわけだか、昔っからマチルドっていう名前だったんだよ。フランス風の呼び方かね」

「フランス風か、アメリカ風だな」とトミーが考えこんでいった。「マチルド。ルイーズ。そういったところだ」

「ものを隠す場所としてはお誂え向きじゃなくて」と、タペンスがマチルドの腹のなかに腕を突っこみながら言った。そして、古ぼけたゴムのボールを取りだした。そのボールはかつては赤と黄色だったのだが、いまでは大きな裂け目が口をあけていた。

「子供たちが入れたんでしょう。子供って、いつもこういうところに物を入れるものよ」

「昔っからそうですよ、穴さえ見るとね」とアイザックがいった。「けど、しょっちゅうここに手紙を入れておいた若い男がいたって話ですよ。ポストの代わりに使ったんだね」

「手紙を？　誰に出したの？」

「どこかの若いご婦人でしょう。だが、これはわしの知らないころの話なんですよ」と、アイザックは例によって例のごとく答えた。

「何かあると、いつだって、アイザックの知らない、ずっと昔の話なのね」とタペンスはいったが、それはさすがにアイザックがマチルドの姿勢を適当に直し、温床を閉めなくてはならないから、ともっともらしい理由をつけて立ちさったあとだった。

トミーは上着をぬいだ。

「信じられないわ」とタペンスが掻き傷のついた埃まみれの腕をマチルドのお腹の大きな傷口から抜きながら、少し息をはずませていった。「こんなものなかに、こんなにたくさん詰めこんだなんて。それにまた、よくも詰めこむ気になったものね。おまけに、それ以来、誰もこのなかを掃除しなかったなんて」

「だが、なぜ、このなかを掃除しなきゃならないんだい？　なんでそんな気を起こすんだい？」

「それもそうね。でも、わたしたちなら手をつけるわ」

「もっとましなことを考えつけないからというだけさ。もっとも、こんなことをしたって何かになるとは思えんがね。おっと！」

「どうかしたの？」

「いや、何かで引っ掻いたんだよ」

トミーは腕をちょっと引いて体勢をたてなおすと、あらためて内部を探った。編んだスカーフが出てきた。一時は明らかに蛾の生命を支え、その後、さらに低い社会生活を営む連中に払い下げられたものらしい。

「あまりいただけないね」とトミーがいった。

タペンスは彼をすこし押しのけ、腕を突っこんで、マチルドに寄りかかって内部を手探りした。

「鋲に気をつけろよ」

「これ、何かしら？」

タペンスはそれを出してみた。玩具のバスか馬車の車輪らしい。

「これじゃ、時間のむだだわ」

「たしかにね」

「どうせなら、いっそのこと、すっかりむだにしたほうがましですよ。あら、いやだ、腕に蜘蛛が三つもついている。またすぐにこんどは芋虫が出てくるにきまってるわ。わたし、芋虫が大の苦手なのに」

「マチルドのなかにはミミズはいないだろう。土のなかにいるようなミミズは、ということだがね。連中にとっては、マチルドは下宿には向いてないんじゃないかな？」

「そうね、どっちみち、だんだん空っぽになっていくようよ。おやおや、これはなんでしょう？　ああ、針さしみたい。ずいぶん妙なものが出てくるものねえ。まだ針がついたままよ、みんな錆びついてるけど」

「裁縫のきらいな子の仕業だな」

「ええ、そうらしいわね」

「さっき本のようなものが手に触ったぜ」

「まあ。ええ、それは役に立つかもしれませんよ。マチルドのどこらへん？」

「盲腸か肝臓のあたりだ」とトミーは本職の医者のような調子で言った。「右のわき腹のほうだ。ひとつ、手術だと思って、やってみよう！」

「お願いします、先生。何だかしらないけど、それは取りだしたほうがいいと思うわ」

それは、本とは名ばかりの、古色蒼然たるものだった。ページが変色し、綴じがゆるんでばらばらになりかけている。

「フランス語の教則本らしいな。『子供用《プール・レ・ザンファン》・小さな家庭教師《ル・プチ・プレセプトゥール》』」

「ええ、わたしも同じことを考えていたの。子供がフランス語の勉強をやりたくなくて、わざと本を失くしたのよ。マチルドのなかに投げこんでね。親切なマチルドのなかに」

「マチルドがちゃんと立っていたとすると、お腹の穴にものを入れるのはとても難しかったはずだがね」

「子供なら平気よ。その子は背丈も何もちょうどよかったんでしょう。膝をついて、下にもぐりこめばすんだのよ。おや、なんだかすべすべするものがあるわ。動物の皮みたいな手触り」

「よしてくれ、気持ちのわるい。兎の死んだのかなんかじゃないのかい？」

「いいえ、毛皮のようなものじゃないわ。あまりすてきなものでもなさそうだけど。あら、また鋲が出てる。鋲に引っかかってるらしいわ。糸だか紐だかがついているのよ。妙だわ、それがぼろぼろになっていないのは？」

タペンスは探りあてたものを慎重に取りだした。

「お札入れよ。そうだわ。以前は上等な革だったのね。とってもきれいな革だったのよ」

「なかを見てみよう、何か入ってないか」

「何か入っているわ」とタペンスはいって、それから期待をこめて「五ポンド札がごっそり出てくるんじゃないかしら」とつけくわえた。

「もう使いものにならんだろう。紙って腐るものじゃないのかい？」

「さあ、どうかしら。妙なもので腐らないものがたくさんありますからね。五ポンド札は昔はとてもいい紙でできていたのよ。薄いけど、とても長持ちして」

「いや、もしかすると二十ポンド札かもしれん。家計の足しになるぞ」

「なんですって？　やっぱりアイザックの知らないころのお金でしょうね、でなければ、あの人が見つけたはずだもの。ええ、ひょっとしたら百ポンド札かもしれないわ。金貨もいいわね。昔はいつもお財布に金貨が入っていたものよ。マリア大叔母さんも金貨でいっぱいの大きなお財布を持っていたわ。わたしたち子供に、よくそれを見せてくれたものよ。フランス軍が入ってきたときのためのお金だっていっていたわ。フランス軍だったと思うけど。ともかく、非常の際とか危険とかに備えて用意してあるんだって。きれいな厚い金貨。いつも思ったものよ、すばらしいわ、大人になって金貨でいっぱいのお財布を持つようになったら、どんなにすてきだろうって」

「金貨でいっぱいのお財布を誰からもらうつもりだったんだい？」

「誰もくれるとは思ってなかったわ。大人になりさえすれば、当然の権利として自分のものになるんだっていうふうに考えていたのよ。ええ、マントを着るような、ほんとうの大人になればね――昔はそんなふうに呼んでいたのよ。マントの上に長い毛皮の衿巻きを巻いて、ボンネットをかぶって。そして、金貨のいっぱい詰まった大きなお財布を持っていて、学校の寮へもどるお気にいりの孫でもいれば、いつも金貨をご褒美にやったものよ」

「女の子の孫はどうなんだい？」

「女の子は金貨を持っていなかったと思うわ。でも、うちの孫はときどき五ポンド札を半分送ってくれたわ」

「五ポンド札を半分だって？　それじゃ、大して役に立たないな」

「いえ、役に立ちましたとも。あの子は五ポンド札を半分にちぎって、まず片方を送り、それからまた別の手紙で、あとの半分を送ってくれましたからね。ええ、そうすれば誰も盗もうなんて思わないだろうと考えたのよ」

「やれやれ、まったく人それぞれで、いろんな予防策があるもんだな」

「そうですとも。さて、これは何かしら？」

タペンスが革のケースのなかを探りながらいった。

「ちょっとＫＫから出て」とトミーがいった。「すこし外の空気を吸おうよ」

二人はＫＫを出た。外で見ると、戦利品の正体がいっそうはっきりした。厚ぼったい、上等の革の紙入れだった。年月のせいでごわごわしているが、どこも傷んではいなかった。

「マチルドのなかに入っていたので、湿気にやられずにすんだのね。ねえ、トミー、わたしがこれを何だと思っているかわかって？」

「わからんな。なんだい？　ともかく、お金じゃない。金貨じゃないことも確かだ」

「ええ、お金じゃないわ、手紙だと思うの。いまでも読めるかどうかわからないけど。ずいぶん古びて、色が薄くなってるから」

トミーは細心の注意を払いながら、皺くちゃの黄ばんだ便箋をできるだけほぐした。便箋の文字は非常に大きくて、もともとは濃いブルー・ブラックのインクで書かれたものだった。

「会合の場所が変わった」とトミーが読んだ。「ケン・ガーデンのピーター・パンの像のそば。二十五日、水曜日、午後三時三十分。ジョアナ」

「まちがいないわ」とタペンスがいった。「ついに、わたしたち、何かつかんだのかもしれないわ」

「つまり、ロンドンに行くことになっていた人物が、たぶん書類か計画書か何かを持って、ある特定の日にロンドンへ行き、何者かとケンジントン・ガーデンで会うように指示されたということだろう。そういうものをマチルドから取りだすなり、入れるなりしたのは何者だろうね？」

「子供ではないわね。きっと、この家に住んでいて、あちこち歩きまわっても見とがめられずにすむ人ですよ。海軍軍人のスパイから何かを受けとっては、ロンドンへ運んだのでしょう」

タペンスは古い革の紙入れを首に巻いていたスカーフでくるむと、トミーと二人で家へ引きかえした。

「あのなかには、ほかにも文書があるかもしれないけど」とタペンスはいった。「でも、大部分は脆《もろ》くなっていて、触ったら粉々になってしまうでしょうね。あら、これはなんでしょう？」

ホールのテーブルの上に、かさばった包みが置いてあった。アルバートが食堂から出てきた。

「それが届きました、奥さま。奥さまにといって、今朝、使いの人が届けてきたんです」

「まあ、なんでしょうね」タペンスは包みを取った。

トミーと彼女は居間に入った。タペンスは紐をほどき、包紙をはがした。

「アルバムのようなものよ、ええ。おや、手紙がついてる。まあ、グリフィン夫人からですよ」

親愛なるベレズフォード夫人。先日はバースデイ・ブックをお持ちいただき、ありがとうございました。見ているうちに、古い、いろいろな人たちのことが思いだされて、たいへん楽しゅうございました。ほんとうに早く忘れてしまうものです。人の苗字は忘れて名前しか思いだせないことはしょっちゅうありますし、ときには、その逆ということもございます。ほんのしばらく前に、たまたまこの古いアルバムを見つけました。ほんとうはわたくしのものではございません。祖母のものだったと思いますが、たくさんの写真が載っておりますうえ、祖母がパーキンソン家と知り合いだったこともあって、パーキンソン家の方の写真も一、二枚入っているかと存じます。あなたならご覧になりたいだろうと考えました。いまのお住まいの来歴や、過去に住んでいた方々について、たいへん興味をお持ちのようにお見うけしましたからです。わざわざ返していただくには及びません。わたくしにとっては、ほんとうになんの意味もないものなのです。昔から、どこの家にも叔母や祖母の持物がたくさん残っているものですが、わたくしも、先日、屋根裏部屋の古い箪笥の引き出しを調べておりましたところ、思いがけないことに、針さしが六つも見つかりました。古い古いものです。おそらく百年は経っているでしょう。わたくしの祖母ではなくて、そのまた祖母が、毎年クリスマスごとに、女中たちの一人一人に針さしを贈ったことがあるにちがいありません。これも祖母の祖母がセールのときに買っておいて、翌年役立てるつもりだったものの一部なのでしょう。もちろん、いまではまるで使いものになりません。昔から、どれほどたくさんのむだをしてきたことかと思うと、ときには悲しい気がいたします。

「アルバムだわ」とタペンスはいった。「ええ、これはひょっとすると面白いことになるかもしれないわね。さあ、ひとつ見てみましょう」

二人はソファに腰をおろした。アルバムは昔のごく典型的なものだった。ほとんどの写真はもう色褪せてしまっていたが、それでも、タペンスは自宅の庭と一致する背景を、ときどき見わけることができた。

「ほら、あのチリマツがあるわ。ええ――ほら、見て、その後ろにあるのはトルーラヴよ。ずいぶん昔の写真にちがいないわ、おかしな恰好のぼうやがトルーラヴにしがみついてる。ええ、あの藤の木もあるし、パンパス・グラスもあるわ。きっとティー・パーティか何かがあったのね。そうだわ、たくさんの人が庭のテーブルを囲んでいるもの。それぞれ、下に名前が書いてあるわ。メイベル。美人じゃないわね。さて、これは誰かしら？」

「チャールズだ。チャールズにエドマンド。チャールズとエドマンドはテニスをしたあとらしい。なんだか妙なラケットを持っているよ。それから、これは何者だかしらんが、ともかくウィリアムだ。それに、コウッ陸軍少佐」

「それから、ここにいるのが——まあ、トミー、これはメアリよ」

「そうだ。メアリ・ジョーダン。写真の下に苗字も名前も書いてある」

「きれいな人だったのね。とってもきれい。ひどく色が褪せて、古びているけど、でも——ああ、トミー、メアリ・ジョーダンに会えるなんて、ほんとうにすばらしいわ」

「この写真、誰が撮ったんだろう？」

「たぶん、アイザックがいった写真屋でしょう。この村の写真屋ですよ。その人、昔の写真を持っているかもしれないわ。いつか、ききにいってみたらどうかしら」

トミーはもうアルバムのほうはお留守にして、昼の便で届いた手紙を開いていた。

「何か面白いものがあって？」とタペンスがきいた。「三通来ているわね。二通は請求書よ、わかってます。これは——ええ、これはちょっとちがうわ。さっきから面白いものがあるかってきいてるんですよ」

「あるいはね。明日また、ロンドンまで行かなきゃならん」

「いつもの委員会の人たちとお会いになるの？」

「そういうわけじゃないんだがね。ある人物を訪問するんだよ。実際にはロンドンではなくて、ロンドンの郊外だな。ハロウのあたりだ」

「なんのご用？　まだ話してくださってないわね」

「パイクアウェイ陸軍大佐という人物を訪問するんだよ」

「ずいぶん妙な名前ね」

「うん、ちょっと珍しいね」

「前にも聞いたことがあったかしら？」

「一度、話に出たかもしれないな。年がら年じゅう、煙草の煙に包まれて暮らしている男だ。咳どめドロップを持っていないかい、タペンス？」

「咳どめドロップですって！　さあ、どうかしら。そうだわ、持ってるわ。去年の冬の、古いのが一箱あるわ。でも、あなた、咳なんかしていないのに――すくなくとも、わたしは気がつかなかったわ」

「咳なんかしてないよ、だが、パイクアウェイに会ったら出そうだね。わたしが憶えているかぎりでは、むせながら二息もしようものなら、あとはもうむせっぱなしだ。ぴったり閉まった窓という窓を見まわして、目顔で催促するんだがね、そんなことを匂わせたって、パイクアウェイはまるっきり鈍いんだよ」

「その人は、なぜ、あなたに会いたがっているの？」

「わからん。手紙ではロビンソンのことに触れているが」

「おや――あの黄色い人？　例の、まるまるした黄色い顔の、秘密に包まれた人物ね？」

「そのとおり」

「わたしたちがかかりあっている問題も、たぶん極秘なんでしょうね」

「そんな事件が実際にあったとはとても考えられないな――たとえ何かあったにしても――古い昔、アイザックさえ憶えていないころのことだよ」

「『新しい罪には過去の影あり』って言いますからね。あら、この諺《ことわざ》、こうだったかしら。はっきり憶えていないのよ。『新しい罪には過去の影あり』それとも『過去の罪は長い影を曳く』だったかしら？」

「そんなこと、わたしは憶えていないよ。どっちもちがうようだな」

「午後から、例の写真屋さんに会いにいってみるわ。あなたもいらっしゃらない？」

「いや、わたしはこれからひと泳ぎしてくるよ」

「泳ぐですって？　寒くて震えあがるわよ」

「かまわん。冷たい水でも浴びたい気分なんだ、蜘蛛の巣のあのいやな感じを洗い流して、せいせいしたいんだよ。まだ蜘蛛の巣のいろんな残りが、耳や首のまわりに絡みついているような気がする。足の指のあいだにまで、少し入りこんでいるようだよ」

「ほんとに、これはひどく汚ならしい事件のようだわ。ともかく、わたしはそのダレルさんとかダランスさんとかいう人に会ってみます。まだ開いていない手紙がもう一つあったわね、トミー」

「そうだ、まだ見てなかったな。うん、これは何かの役に立たんともかぎらんぞ」

「誰からなの？」

「わたしの調査員からだ」とトミーはちょっと勿体ぶった声でいった。「サマセット・ハウスをしょっちゅう訪ねては、死亡や結婚や出生について調べたり、新聞や国勢調査の申告書を参考にしたりという具合で、イギリスじゅうを駆けまわっているんだよ。なかなか有能な女性だ」

「有能で、しかも美人なの？」

「目立つほどの美人じゃないね」

「あら、よかった。ねえ、トミー、年をとると、なにかのはずみで、あなただって——あなただって美人の助手というものに、ちょっと危険な考えを持つようになるかもしれないわね」

「きみはせっかく誠実な夫を持っていながら、それがよくわかっていないね」

「わたしの友だちは、夫のことなんてわかるもんじゃないって、みんな口をそろえていうわ」

「きみは友だちの選び方をまちがえたんだよ」とトミーはいった。

5　パイクアウェイ陸軍大佐との会見

トミーは車でリージェント・パークを横ぎり、何年ぶりかで通る道路を次々に走りぬけていった。かつてベルサイズ・パークのそばのフラットに夫婦で住んでいたころ、ハムステッド・ヒースを散歩したことや、散歩を存分に楽しんだ愛犬のことなどが思いだされた。並みはずれてわがままな性質の犬だった。フラットから一歩外へ出ると、いつでもこの犬は道を左へ、つまりハムステッド・ヒースに通じるほうへ曲がりたがったものである。右の商店街のほうへ曲がらせようとするタペンスの、あるいはトミーの努力は、たいてい徒労に終わった。天性頑固なテリアのジェームズは、重量感のあるソーセージのような身体を舗道にぺったりとつけ、舌を出して、不適当な運動を飼い主に強いられてへとへとになっている犬がやりそうな、ありとあらゆる仕草をしてみせるのだった。通りがかりの人々は、ほとんど例外なく、ひと言いわずにはいられなかった。

「まあ、あのかわいい犬を見てごらんなさいよ。ほら、あの白い犬ですよ――なんとなくソーセージみたいじゃなくて？　はあはあいってるわ、かわいそうに。ご主人に、行きたいほうへ行かせてもらえないのよ。くたびれているみたいね、ええ、へとへとなんだわ」

トミーはタペンスから引き綱を受けとると、ジェームズを彼が行きたがっているのとは逆の方向に断固として引っ張った。

「まあ、そんな」とタペンスがいった。「抱いていけないの、トミー？」

「ジェームズを抱いていくだって？　重くて手に負えないよ」

ジェームズは抜け目なくソーセージのような身体をまわして、ふたたび期待する方を向いた。

「見てごらんなさい、かわいそうに、家に帰りたがっているのよ。そうなんでしょう、おまえ？」

ジェームズは断固として引き綱を引っ張った。

「ええ、いいわよ」とタペンスがいった。「買物は後まわしにしましょう。さあ、しようがないから、ジェームズを行きたいところへ行かせてやりましょうよ。こんなに目方があるんですもの、好きなようにさせるしかないわ」

ジェームズは顔をあげ、尻尾を振ってみせる。「意見がまったく一致しましたね」と、その揺れる尻尾はいっているようだった。「やっと肝心なところがわかったんですね。さあ、行きましょう。ハムステッド・ヒースへ」そして、これが毎度繰り返されるのである。

トミーは迷った。行く先の住所はわかっている。パイクアウェイ陸軍大佐と最後に会ったのはブルームズベリーだった。煙草の煙がもうもうと立ちこめた狭苦しい部屋。いま、住所をたずねあててみると、キーツの生誕地からほど遠くない、ヒースの原っぱに面した、これといった特徴のない小さな家だった。かくべつ芸術的にも、趣きがあるようにも見えなかった。

トミーはベルを鳴らした。尖った鼻と尖った顎がいまにもくっつきそうなところなど、魔女というものはこうもあろうかとトミーが想像している姿そのままの老婆が、戸口から敵意にみちた視線を浴びせた。

「パイクアウェイ大佐にお目にかかれますか？」

「さあ、どうでしょうかね」と魔女はいった。「どちらさんですか？」

「ベレズフォードと申します」

「ああ、そうそう。旦那さまがそんなことをいっていましたっけ」

「車を外に置いておいても大丈夫ですか？」

「ええ、しばらくなら大丈夫ですよ。この通りにはお巡りさんもあまり入ってきませんからね。ここらへんだけは黄色い線もないし。鍵はかけといたほうがいいですよ。わかったもんじゃありませんからね」

トミーはこういった習慣をそのまま受けいれ、それから老婆のあとについて家に入った。

「二階です」と老婆がいった。「それより上はありませんからね」

すでに階段の途中から、煙草の強い匂いがした。老婆がドアを軽く叩き、顔だけ部屋に突っこんでいった。「旦那さまが会いたいとおっしゃっていた方ですよ。お約束ずみだそうです」老婆はわきへどいて、ほとんど入ったとたんにむせかえる羽目になる、忘れもしない煙草の香りのなかにトミーを通した。煙と煙幕とニコチンの匂い、それ以外に自分ははたしてパイクアウェイ陸軍大佐のことを憶えているだろうか、とトミーは思った。非常な高齢の男が肘掛け椅子に深々と坐っていた――その肘掛け椅子も少々すりきれて、両方の腕木に穴があいている。トミーが入っていくと、男は重々しい顔をあげた。

「ドアを閉めてくれ、コープスさん」と男はいった。「冷たい空気が入ってきちゃかなわんじゃないか？」

そちらさんにすればそうだろう、しかし、どういう理由だかわからないが、煙で肺をやられ、そのうちに、おそらく死に見舞われるのは明らかに自分のほうなのだ、とトミーは思った。

「トーマス・ベレズフォード」とパイクアウェイ陸軍大佐は感慨ぶかげにいった。「いや、きみと会うのは何年ぶりかな？」

トミーはまだちゃんと計算していなかった。

「ずっと昔」とパイクアウェイ大佐は言った。「なんとかいう名前の男と一緒に来たことがあっただろう？　いや、いいんだ、名前なんて、どれも同じようなもんだよ。薔薇はほかの名前でもやはり甘く匂うものだ。これはジュリエットの台詞じゃなかったかね？　シェイクスピアは、ときどき作中人物に愚にもつかんことをいわせるな。むろん、無理もないんだ、詩人なんだから。『ロミオとジュリエット』は、わしの好みにあわんがね。ああいう、恋のための自殺というのは。いくらでも例がある。昔からあることだが、いまだに跡を絶たん。さあ、掛けたまえ、きみ《マイ・ボーイ》」

ここでも〝きみ《マイ・ボーイ》〟と呼ばれたのでトミーはいささか驚いたが、ありがたく勧めにしたがった。

「失礼します」と彼はいって、どうにか辛抱できそうな唯一の椅子の上の、山と積まれた本を片づけにかかった。

「いや、いや、床に落としちまってくれ。いま、ちょっと調べものをしていたんでな。いや、ともかく、きみに会えて嬉しいよ。少し老けたようだが、なかなか健康そうじゃないか。動脈血栓にやられたことは？」

「ありません」

「ほう！　そりゃなによりだ。心臓、血圧――そういったもので難儀しとる連中がじつに多いな。働きすぎだ。それなんだよ。そこらじゅう駆けまわっては、どんなに忙しいかとか、自分がいないと万事がはかどらんとか、自分がどれほど有力な人物かとか、そんなことを会う人ごとに話して聞かせるんだ。きみもそう思っとるのかね？　思っとるだろうな」

「いや、わたしは自分がそれほど有力な人間とは思っていませんよ。わたしは――ええ、このごろは、ひとつのんびりした生活を楽しもうと思っているんです」

「うん、そりゃ、すばらしい考えだ。ただ厄介なのは、のんびりしようと思っても、そうさせてくれん連中がまわりに大勢おることだよ。きみはまたなんで、いまのところに越したんだね？　名前が思いだせんが、なんというところだったかね？」

トミーは自宅の住所を言った。

「うん、そうそう、封筒にはちゃんとそう書いたんだ」

「ええ、お手紙は確かにいただきました」

「ロビンソンに会ったそうだな。あいつはあいかわらずばりばりやっておる。あいかわらず肥っているし、黄色いし、金持ちだし。いや、前よりもっと金持ちになっとるだろう。そういうこともすべて心得ている男だからな。金のこともという意味だよ。なんでロビンソンに会いに行ったんだね?」

「じつは、新しく家を買ったところ、この家にまつわる、ずいぶん古くからの謎を家内とわたしが見つけましてね、それで、ロビンソン氏ならその謎が解けるのではないかと友人が教えてくれたもんですから」

「そういや、思いだしたよ。奥さんにはまだお目にかかったことはないが、頭のいい人なんだろうね? あのときの活躍はみごとだったよ、そら——あれはなんの事件だったかな? 教理問答みたいな感じのやつなんだが。『NかMか』だ、そうじゃなかったかね?」

「そうです」

「で、こんどもまた、きみはそっちのほうの仕事にとりかかったんだな? あれこれ探ってみたり、怪しいと睨んだりだろう?」

「いや、ぜんぜんちがうんですよ。わたしたちが引っ越したのは、いままで住んでいたフラットにも飽きがきたからというだけなんです。それに、家賃がどんどんあがるもんですからね」

「汚ないやり方だよ。それがこのごろの家主のやり口だ。満足するってことを知らん。『蛭の二人娘』（旧約箴言三〇‐十五。飽くことを知らぬものの意）の話など持ちだしておってな——蛭の息子もたちの悪いことに変わりはないがね。よろしい、きみたちは、ただそこで暮らすために引っ越した。人は自分の園を切り開かねばならん《イル・フォー・キュルティヴェ・ソン・ジャルダン》」とパイクアウェイ大佐は、藪から棒にフランス語をはさんだ。「さびつきかけたフランス語のおさらいをしとるんだよ。わが国も今後はEECとうまくやっていかなきゃならんのだろう？　ところで、妙な動きがあるんだよ。陰のほうでな。表面を見ているぶんにはわからんが。そこで、きみたちは〝燕の巣荘〟に越したんだね。越したわけをぜひ知りたいもんだな」

「わたしたちが買った家は——その、いまでは〝月桂樹荘〟と呼ばれているんです」

「くだらん名前だな。もっとも、一時そういう名前が非常に流行ったものだ。おぼえがあるよ、わしがまだ子供だったころの話だが、近所の家はどこもここも、ヴィクトリア朝風の広い車道が建物までつづいておってな。どれも判で押したように、砂利が厚く敷きつめてあって、両側に月桂樹が並んでいた。艶のある緑色のや斑の入ったのが。見栄えがするだろうってわけだよ。きみの家も、以前住んでいた人がそう呼んでいたんで、そのまま通り名になっちまったんだろう。そうじゃないのかね？」

「だろうと思います。わたしたちの前の一家じゃありませんがね。前の一家はどこか気にいった外国の土地で暮らしていたことがあるので、〝カトマンズ〟だったかな、外国の名前で呼んでいましたよ」

「なるほど。〝燕の巣荘〟はずっと昔のころだな。うん、しかし、ときには昔にもどる必要があるんだよ。じつは、それをきみに話そうと思っていたんだ。昔にもどるということを」

「大佐はご存じだったんですか？」

「というと――〝燕の巣荘〟つまり、いまの〝月桂樹荘〟のことかね？　いや、行ったことはない。だが、あの家は、ある事件で一躍知られるようになったんだ。あの家は過去の一時期と結びついておるのだよ。わが国にとって、きわめて憂慮すべき時期と」

「大佐は、メアリ・ジョーダンという人物について、情報を入手できる立場にいらしたそうですね。そういう名前で通っていた人物について。ともかく、ロビンソン氏からそううかがったんですよ」

「どんな様子の女か知りたいのかね？　マントルピースのところへ行ってみたまえ。左のほうに写真があるから」

トミーは立ちあがってマントルピースのそばへ行くと、写真を取りあげた。いかにも昔風の写真だった。縁の広い帽子をかぶった若い女が、薔薇の花束を頭のあたりにかざしている。

「いま見ると、ばかげとるだろう?」とパイクアウェイ大佐がいった。「だが、さだめしきれいな娘だったろうな。それにしても、不運なことだ。若いうちに死んじまったんだよ。いたましい話だ、まったく」

「わたしはメアリのことを何も知らないんですよ」

「うん、そうだろう。もういまでは誰も知らんよ」

「地元では、メアリはドイツのスパイだという説があったんです。ロビンソン氏はそれはちがうとおっしゃいましたが」

「そう、それはちがう。メアリはわれわれの一員だったのだ。しかも、立派な仕事をしたものだよ。ところが、何者かに感づかれたのだ」

「それは、パーキンソンという一家が〝月桂樹荘〟に住んでいたころのことですね」

「そうかもしれん。細かい話は知らんがね。いまでは誰も知らないよ。わしにしたって、直接関係していたわけじゃないのだ。こういうことは、だんだんわかってくるものだよ。

そう、いざこざというものは昔からあるからね。どこの国にも。世界じゅうにいざこざがあるが、これはなにもいまにはじまったことじゃない。そうとも。百年前を振りかえってみたまえ、当時もいざこざはあったし、さらに百年前だってやはり同じことだよ。十字軍の昔にさかのぼってみてもわかるだろう、誰もがこぞって勇躍エルサレム解放の途についたかというと、いや、あべこべに、国内のいたるところで暴動が起こっていたのだ。ウォット・タイラーをはじめとする連中だよ。あれやこれやと、いざこざは昔からあるものだ」

「つまり、現在も特別ないざこざがあるということですか？」

「むろん、あるとも、実際、いつだっていざこざというものはあるんだよ」

「どういったいざこざですか？」

「いや、そいつはわからん。わしのような老いぼれのところにまで、話をきかせろの、ある人物について憶えていることを話してくれのといってくるんだがね。わしだって大して憶えてはいないが、それでも、一人二人の人物についてなら知っている。ときには、過去にさかのぼって調べてみることだよ。過去の出来事を知る必要があるのだ。かつて何者かが抱いていた秘密、彼らが胸にしまっておいた知識、彼らが隠した物、彼らが公表した偽りの出来事や、その真相などを。いままでにも、きみはいい仕事をしてきたし、奥さんと二人でやったこともあったな。こんども、ひとつやってみようと思っているのかね?」

「わからないんですよ。もし——その、わたしの手でなんとかできるでしょうか? わたしもそろそろ年ですからね」

「いや、わしの目から見ると、きみは同年輩の連中より頑健そうだ。いや、もっと若い連中よりも頑健そうだよ。それに、奥さんのことだが、あの人は昔から秘密を嗅ぎつけるのがお得意なんじゃなかったかね? うん、よく訓練された犬みたいにな」

トミーは微笑を抑えきれなかった。

「それにしても、これはいったいどういうことなんでしょうか? わたしは——できることなら、もちろん喜んでどんなことでもやるつもりです——できると大佐がお考えならばということですが。それにしても、わからないんですよ。誰も、なんにも話してくれないんでね」

「話しゃしないだろうな。わしが話すことも歓迎しないだろう。ロビンソンも大して話してくれなかったんじゃないかね。口がかたいんだよ、あのでぶの大男は。それなら、わしがひとつ話してやろう、そう、ありのままの事実というやつをな。きみも知ってるように、いまの世の中はこのとおりだ——まあ、いつの世も同じことだがね。暴力、いかさま、物質主義、若い連中の反抗、ヒットラー・ユーゲントのころのひどさにも劣らない暴力主義、目にあまる残酷趣味。なんだかんだあるだろう。わが国だけにかぎったことじゃない、どこの国にもあるいざこざの病根を突きとめようとしても、これは容易なことじゃないよ。あれはよいことだ、EECはね。あれこそ、わが国が前々から必要としていたもの、望んでいたものなのだ。しかし、ほんとうの共同市場でなくてはならん、そこのところが、はっきりと理解されなくてはいかんのだ。ヨーロッパ諸国の連合にならなくてはいかんのだよ。文明的な思想、文明的な信念と主義を持った文明諸国の連合になるべきなのだ。まず第一に、どこかまちがっているところがあったら、そのまちがっているところを知らなくてはならん。そして、そのへんのところで、あの黄色い鯨はいまだに我が物顔に振る舞っとるんだよ」

「ロビンソン氏のことですね？」

「そのとおり、ロビンソン氏のことだ。以前、ロビンソンに爵位を与えようという話があったんだが、あの男は断わったんだ。そのことからも、ロビンソンの腹は読めるというものだよ」

「つまり、おそらく——ロビンソン氏の目的は——金だということですね」

「そのとおりだ。物質主義だというのではないが、金というものについて、あの男は知っておるのだよ、金がどこからどこへ流れるのか、なぜそこへ流れるのか、そして、その裏に誰がいるのかも。銀行や大産業の裏にいる者、ある現象の責めを負うべき者をロビンソンは知っているはずだ。金への信仰、巨万の富をもたらす麻薬、世界じゅうに送られ取り引きされているこの麻薬の捌《さば》き手どもを。金といっても、大きな家やロールス・ロイスを二台買うための金なんてものじゃない、いっそう多くの金を生み、そして、古くからの信念をなしくずしにし、根こそぎにするような金だ。誠実さや公平な取り引きに対する信念をな。世間の人は一律平等なんか求めちゃいない、強者が弱者を助けることを求めておるのだ。富める者が貧しい者のために金を出すことを求めておるのだ。尊重するに足りる誠実さを、善を求めておるのだよ。金か！　現代では、いつも何かにつけて、金の問題に帰する。金がいかなる働きをしているのか、どこへ流れるのか、何を与えているのか、どの程度隠されているのか。かつて権力をほしいままにし、知力にも恵まれていた知名の人物がいた。彼らの権力と知力が巨万の富をもたらしたのだが、彼らの活動の一部は謎とされていた。われわれとしてはそれを突きとめざるを得なかった。彼らの秘密は何者に伝えられ引き継がれたか、そして、いまだにそれを管理しているのは何者であるかを突きとめるのだ。〝燕の巣荘〟は典型的な本部だったんだよ。わしに言わせれば、悪の本部だったんだ。ホロウキイでは、その後もまた別の出来事があった。きみはジョナサン・ケインのことを憶えているかね？」

「まるでおぼえのない名前ですな」

「ジョナサン・ケインは、一時期、尊敬をうけた人物だったと言われている――そして、のちにはファシストとして知られるようになったのだ。ヒットラーとその一党がどんなふうになるか、まだわからなかったころの話だ。当時は、ファシズムのようなものこそ、世界を改革する秀れた思想なのではないかと考えられていたのだよ。このジョナサン・ケインという男には信奉者がいた。それも大勢だ。若者や中年者の信奉者を大勢かかえていた。彼は計画を持ち、権力の源をおさえ、多くの人々の秘密を知っていた。彼に権力をもたらすような種類の知識を貯めこんでいたのだよ。お定まりの手だが、恐喝の種をどっさり仕込んであったのだ。われわれとしても、ジョナサン・ケインが知っていたこと、やったことを知りたいものだが、思うに、彼は自分の計画と信奉者を二つながら後世にのこしたと言えるのではないかな。彼の思想にかぶれた若い連中は、おそらくまだに同じ思想を支持しておるだろう。秘密があるんだよ、金になる秘密というのがいつの世にもあるのだ。わしも正確なところは知らんので、正確な話はできないがね。困るのは、誰も実際には知らんということなんだよ。人は誰でも、自分が経験したことについてはすべて知っていると思っている。戦争、混乱、平和、新しい政体。こういうことはすべて知っていると誰しも思っているのだが、しかし、それはどうかな？　細菌戦について、われわれは少しでも知っているかね？　毒ガスについて、あるいは大気汚染の原因について何もかも知っているかね？　化学者にも医学者にも、情報機関にも、海軍や空軍にもみなそれぞれの秘密があるんだ——あらゆる種類の秘密が。そして、それは現在の秘密ばかりではない、なかには過去の秘密もある。公開されるばかりになっていながら、結局、日の目を見ずに終わった秘密もある。時間が足りなかったのだ。しかし、その秘密は文書に残された。あるいは誰かの手に委ねられて、その人物から子供へ、そのまた子供へと次々に引き継がれていったかもしれない。あるいは、遺書なり書類なりに書きのこされて、時期が来たら発表するようにと弁護士のもとに預けられているかもしれない。

なかには、自分の手もとに何が転がりこんできたのかわからない人もいるし、本気にしないで灰にしてしまう人もいる。しかし、われわれとしては、もう少し究明に力を入れなければならんのだよ。こうしょっちゅう、事件が起こっていることを考えるとな。さまざまな国、さまざまな土地で、戦争のさなかで、ヴェトナムで、ゲリラ戦のなかで、ヨルダン、イスラエル、さらには戦火とは無縁の国々でも。スウェーデン、スイス——どこででもだ。こういった事件を見るにつけ、われわれはなんとか手がかりをつかみたいと考えている。そして、手がかりは過去にあるのではないかという考えが一部にあるんだ。そりゃ、過去にもどることはできん、医者のところへ行って、『わたしに催眠術をかけて、一九一四年の出来事を見せてください』というわけにゃいかんよ。いや、一九一八年、それとももっと前だったかな。一八九〇年だった。ある計画が準備されていた、とうとう熟しきらなかったがね。アイデアだ。遠い昔を振りかえってみたまえ。中世の人々は空を飛ぶことを考えていた。それについて、なにがしかのアイデアを持っていたんだよ。古代のエジプト人も何かのアイデアを持っていたようだ。その考えは発展しないままで終わった。しかし、それがまた受け継がれたなら、そして、それを発展させる手段と知力を持った人物の手に入るときがきたなら、そのときはどんなことでも起こりかねないのだ——善悪は別としてだよ。最近、われわれは感じているのだが、いままでに発明されたあるものは——たとえば細菌戦などだがね——見たところとは逆にきわめて重要な、秘密の発展段階を経てきたと考えんことには説明がつけにくいんだよ。それを発明した人物が、さらに手をくわえて、じつに驚くべき結果をもたらすようなものをつくりあげたのだ。人の性格を変え、善良な人間を悪魔に変えかねないようなものを。なんのためかといえば、理由はいつも同じだ。金のためだよ。金と、金で買えるもの、金で手にいれられるもののためだ。金の力で伸ばすことのできる権力のためだよ。

さあ、ベレズフォード、きみはこういったことをどう思うかね？」

「背筋が寒くなるような話ですな」

「そのとおりだ。しかし、きみはわしの話を戯言《ナンセンス》だと思うかね？　年寄りの妄想にすぎんと思うかね？」

「いいえ、そうは思いません。大佐は物事に通じていらっしゃる方です。昔からそうでしたよ」

「うん。だから、みんなはわしを頼りにしたんじゃないのかね？　煙で息が詰まるのなんのとぼやきながらも、わしを訪ねてきたものだ。あれは――そら、あのころだよ――例のフランクフルトの一味の事件のころだ――そう、われわれはあれをどうにか食い止めたんだ。事件の黒幕を突きとめて、それでやっと食い止めたのだよ。こんどの場合も、何者かが、といっても一人ではない――数人の人物が背後にいるはずだ。何者かはわかるまいが、たとい、それはわからんにしても、ことの経緯はおそらくわかるだろう」

「なるほど。だいたいのところはのみこめました」

「ほう？　ナンセンスだとは思わんのかね？　空想めいているとは思わんのかね？」

「いくら空想めいていても、事実ではないとはいえませんからね。すくなくとも、いままでのいくらか長い生涯のあいだに、わたしはそれがわかってきました。まさかと思うようなことが事実なんです。信じられないようなことが、あんがい事実なんですよ。しかし、ここのところをぜひわかっていただきたいんですが、わたしはその器ではないんです。科学的知識も皆無ですし。昔から、保安の方面ひと筋にやってきましたから」

「しかし、昔から、きみは真相を突きとめる腕をもった男だった。そうなんだよ、きみは。きみと――それにもう一人。きみの奥さんだ。そうだとも、きみの奥さんは鼻がきく。嗅ぎだすことが好きなんだよ。だから、きみも、ひとつ奥さんと一緒に調べてまわるがいい。そういうものなんだよ、こういう婦人というのは。ちゃんと秘密を探りあてちまう。若くて美人なら、デリラのように。年をとれば――うん、わしにも年寄りの大叔母がいたんだがね、この大叔母は秘密という秘密に鼻を突っこんで、みごと真相をあばいたものだよ。こんどの件には金銭的な面もある。それを知っているのがロビンソンだ。あの男は金のことを知っておる。金がどこへ流れるのか、なぜそこへ流れるのか、どこへおさまるのか、どこから出るのか、どんな役割をしているのか。何もかもだ。金のことを知りぬいとるんだよ。医者が脈をみるようなものだな。ロビンソンは金主の脈をみることができるんだよ。金を出す本家本元はどこかとか。誰が、なぜ、なんのために金を動かすのかとか。わしはこの件をきみに任せようと思う。それというのも、きみはちょうどお誂え向きの立場にあるからだ。きみは偶然にもお誂え向きの立場にあるし、それも、人が推測するような理由からではない。第一、見たまえ、きみたちは余生をすごすべき恰好の家を探しあてて、その家の秘密の部分をちょっとつついてみたり、噂話にも関心があるといった、ごく平凡な隠居暮らしの老夫婦にすぎないんだからね。いつか、何かの文章がきみたちに何かを教えてくれるだろう。わしがきみに望むのはそれだけだ。探してみたまえ。はたして、どんな伝え話なり物語なりに、古き良き昔が、あるいは悪しき昔が語られているのか突きとめてみたまえ」

「潜水艦の設計図だかなんだかにまつわる海軍の不祥事件が、いまだに取り沙汰されていますね。いまでも、そのことを話している人たちがいるんですよ。ところが、はっきり知っている人はいないようですね」

「うん、そうだな、そのへんからとりかかってみるといいだろう。だいたいその事件があったころだよ、ジョナサン・ケインがきみの村に住んでいたのは。海岸の近くに小さな家を持っていて、その界隈を中心に宣伝《プロパガンダ》活動を行なっていたのだ。弟子をかかえていた。彼らはすばらしい人物だと思っていたのだ、ジョナサン・ケインを。K－a－n－eだ。だが、わしなら、こうは書きたくないね。わしなら、C《カ》－a－i《イ》－n《ン》と書くよ。このほうがあの男の本質をついているというものだ。彼は破壊と破壊の手段を吹きこんだのだ。そして、イギリスを去った。イタリアを通って、さらに遠くの国まで足をのばしたという話だ。どこまでが噂にすぎんのかわからんが。ロシアにも行った、アイスランドにも、アメリカ大陸にも行った。どこへ行き、何をしたのか、誰が同行して、誰が彼の言葉に共鳴したのか、こういうことはいっさいわからん。しかし、われわれは、彼が、取るに足りないことだったにしても、何かを知っていたものと考えているのだ。近所の人々のあいだでは人気者で、昼の食事に呼んだり呼ばれたりしていたからね。さて、きみにひとついっておかなきゃならんことがある。用心したまえ。探りだすのは結構だが、二人とも、くれぐれも気をつけてくれ。気をつけてやってくれ——名前はなんといったかな？　プルーデンスだったかね？」

「プルーデンスと呼んだ人はいまだかつておりませんな。タペンスです」

「うん、そうだ。タペンスに気をつけてやってくれ、そして、きみの身に気をつけるよう、タペンスに伝えてくれ。食べる物、飲む物、行くところ、きみたちと親しくなろうとする人間にも、その理由にも気をつけることだ。少しは情報が入ってくるよ。奇妙な情報とか、役に立たない情報が。ひょっとすると意味のありそうな、昔の噂話とか。子孫か親戚らしい人物とか、昔、誰かと知り合いだった人物とか」

「できるだけやってみますよ。家内もわたしも。しかし、うまくいくとは思えませんな。二人とも年ですからね。事情がよくわかってもいませんし」

「いい考えが浮かぶということはあるだろう」

「ありますな。タペンスはある考えを持っています。わたしたちの家に何かが隠されているのではないかと考えているんですよ」

「あるいはそうかもしれん。以前、やはり同じことを考えた者がおったよ。いままでのところ、発見した者はいないし、もともと少しでも確信があって調べたわけじゃないんだがね。家も人も次々に替わるからな。家が売りに出され、別の一家が移ってきて、それからまた別の一家と入れかわるといった具合に、綿々と続いていくんだ。レストレンジ一家の次がモーティマー一家、その次がパーキンソン一家。パーキンソン一家からは大して得るところはないよ、男の子一人は別として」

「アレグザンダー・パーキンソンですね？」

「では、アレグザンダーのことを知っているんだな。どうして知ったのかね？」

「アレグザンダーは誰かが見つけてくれればいいと思ったんでしょう、ロバート・ルイス・スティーヴンスンの本のなかに伝言を残したんです。『メアリ・ジョーダンの死は自然死ではない』と。それをわたしたちが見つけたんですよ」

「人間だれでも、めいめいの運命がおのれの首を絞める――こんな諺がなかったかね？つづけたまえ、二人とも。〝運命の門〟をくぐりたまえ」

6 運命の門

ダランス氏の店は村へ行く途中にあった。曲がり角に面していて、ウィンドウに写真が飾ってある。結婚式の出席者一同の写真が二枚、絨毯の上で脚をばたばたさせている裸の赤ん坊の写真、恋人と腕を組んだ、ロひげのある若者の写真。どれもあまりいい出来栄えではなくて、すでに歳月の足跡を刻んでいる写真もあった。店のなかには葉書がたくさんそろえてある。バースデイ・カード。これは血縁関係ごとにまとめられて、特別の棚に入っている。夫へ、妻へ。赤ん坊向きのが一組か二組。ほかにも、安物の紙入れが少しばかり、それに文房具や花柄の封筒などもいくらか置いてある。『メモ用』のラベルを貼った花模様の箱には小型の便箋が入っている。

タペンスは、しばらくのあいだ、店のあちこちで、どこにでもありそうな商品を手にとってみたりしながら、客が持ってきた写真の出来栄えについて、批評してもらったり助言を求めたりといった具合のやりとりが終わるのを待っていた。

白くなりかけた髪と、どんよりした眼をした年輩の婦人が、もっと月並みな客の要求を捌いていた。口ひげを生やしかけた、長い亜麻色の髪の、長身の若い男が主任格らしい。たずねるような眼をタペンスに向けながら、カウンターに沿って歩いてきた。

「何かお求めですか？」

「そうなんですよ。アルバムのことをおたずねしたいの。写真のアルバムです」

「ああ、写真を貼るようなのですね？　はい、一冊か二冊はございますが、このごろではあまり手に入らないんですよ。もちろん、みなさんがほとんどスライドのほうをお好みになるからなんですが」

「ええ、そうでしょうね。でも、わたし、集めているんです。昔風のアルバムを。ほら、こういうのよ」

タペンスは先日受けとったアルバムを、手品師のように取りだしてみせた。

「おや、これはずいぶん昔のでしょうね？」とダランス氏はいった。「うん、これはまた、五十年以上も前のものですよ。当時は、もちろん、こういうのがたくさん使われていたんじゃないでしょうか？　どこの家にもアルバムがあったもんですよ」

「バースデイ・ブックもありましたね」

「バースデイ・ブック——そうだ、なんとなく憶えていますよ。祖母が持っていました。

人の名前がたくさん書いてありましたよ。うちの店ではいまでもバースデイ・カードは置いてあるんですけど、このごろは大して売れませんね。それよりもヴァレンタイン・カードですよ、それに、もちろん、『クリスマス、おめでとう』といったようなのですね」

「わたしも、こちらのお店に昔風のアルバムがあるとは思わなかったんです。ええ、いまじゃ誰もほしがらないようなものですからね。でも、集めている者にすれば興味があります。変わった種類のを揃えてみたいんです」

「ええ、このごろは、どなたも何かしら集めていますね、たしかに。ちょっと信じられないようなものまで集めている人がいますよ。それにしても、これほど古いアルバムはうちの店にはないようです。でも、まあ探してみましょう」

ダランス氏はカウンターの後ろにまわり、壁際の引き出しを開けた。

「いろんなものが詰めこんであるんですよ。いつだったかな、整理してみようと思ったこともあるんですが、いったい売れるかどうかわからなかったものですからね。そりゃこの村でも結婚式はたくさんあります。でも、結婚した当初だけなんですよ。結婚したてのころは、みなさん、おみえになりますがね、昔の結婚式のことでみえる方なんていやしません」

「つまり、『うちの祖母はこの村で結婚したんです。祖母の結婚式の写真がないかしら?』といってくるような人はいないわけね」

「そんな人はついぞおりませんよ。ときには妙なものを探しにくる人もいますからね。でも、わかりませんよ。ときには妙なものを探しにくる人もいますからね。赤ん坊の原板が残ってないかっていう人が、たまにはいるんですよ。ご存じのとおり、母親というのはそんなもんですよ。子供の、生まれたばかりのころの写真がほしいんですよ。どっちみち、たいてい、とても見られたものじゃない写真なんですがね。ときには、お巡りがくることもあります。そうなんです、身元を確認するんですよ。子供のころ、この村に住んでいた男とか。どんな様子の男か――いや、どんな様子の男だったかとか、警察が探している、殺人とか詐欺をはたらいたお尋ね者にまちがいなさそうかとか、そういったことを調べたいんですよ。こういうのは、ときには、いい気晴らしになりますがね」とダランスは満足そうにほほえみながら言った。

「犯罪にとても興味をお持ちのようね」とタペンスはいった。

「そりゃ、こういう事件の記事が、毎日、目に入りますからね。この男が半年ほど前に妻を殺害したと推定される理由は何かとか、なにやかやと。興味津々というところですね。つまり、その奥さんはまだ生きているんだっていう説もあるんですよ。そうかと思うと、いや、夫の手でどこかに埋められたまま、まだ死体が見つからないんだという説もあるし。そんな調子なんですよ。まあ、こういうとき、その男の写真があれば、なにかの足しになるのかもしれませんね」

「ええ、なります」とタペンスはいった。

こうしてダランス氏と親しくなりかけてはいるものの、役に立つ話は聞きだせそうもないという気がした。

「もしかして、お宅に写真が残っていないかしら――たしかメアリ・ジョーダンといったと思うんですけど、そんな名前の人の写真が。でも、ずっと昔のことですからね。およそ――ええ、六十年は前でしょう。この村で亡くなったんですよ」

「そうすると、まだわたしが生まれるずっと前の話ですね。父は写真をたくさんしまっておいたんですが。そうなんです、父は――俗にいう〝貯め込み屋〟だったんですよ。どんなものでも、捨てるのを惜しがったものです。父は知っている人のことなら憶えていましたよ、ことに、いわくのある人物のことならなおさらです。メアリ・ジョーダン。なにか記憶にあるような気もしますな。海軍と関係のあることじゃありませんか、潜水艦と？　スパイだという噂だったんでしょう？　半分外国人だったんですよ。母親がロシア人か、ドイツ人か――もしかすると日本人かなんかだったかもしれません」

「ええ。ただちょっと、メアリの写真がないかしらと思っただけなんですけど」

「さあ、ないでしょうね。いつか暇なときに探してみましょう。何か出てきたら、お報せしますよ。たしか奥さまは作家でしたね？」とダランスは期待をこめて言った。

「ええ、それが本職というわけではないんだけど、ちょっとした本を出してみようと思ってるんです。百年前から現在までのことを時代ごとに振りかえってみて。ほら、昔から犯罪とか冒険とか、好奇心をそそる、いろんな出来事がありましたからね。それに、もちろん、古い写真というものはとても興味ぶかいし、挿絵にすると本がひき立つんです」

「ええ、わたしにできることでしたら、なんでもお手伝いさせていただきますよ。面白いでしょうね、奥さまがしてらっしゃることは。ご自分でも面白いでしょう」

「以前、パーキンソンという一家がいたんですけど。昔、わたしの家に住んでいたんです」

「おや、奥さまはあの丘の上のお宅にお住まいなんですか？　〝月桂樹荘〟だったか〝カトマンズ荘〟だったか――前の名前は忘れましたが。昔は〝燕の巣荘〟と呼ばれていたこともあったそうですね？　なぜだか知りませんが」

「屋根に燕の巣がいっぱいあったんじゃないかしら。いまでもあります」

「そうかもしれませんね。それにしても、家の名前にしてはおかしな名前ですね」

タペンスは、そこから何か得るものがあるとは大して思えないものの、ともかく満足すべき親交を結んだことを感じ、葉書きと、文房具のなかから花模様のノートをすこし買って、ダランス氏と別れた。そして、自宅の門を入り、車道を家へと歩いていったが、途中で思いなおして建物の裏手へ続く細い道に曲がり、もう一度ＫＫを調べにいった。ドアの近くまできた。そこでふと足をとめ、それからまた歩きだした。一見、服でも束ねたようなものがドアのそばに転がっていた。この前、マチルドから取りだしたまま、調べようとも思わなかったのだろう。

彼女は足を速め、小走りに近寄っていった。ドアのすぐそばまで行ったとき、とつぜん立ちどまった。古着の包みではない。服はたしかに古く、そしてまた、それを着けている身体もやはり老いていた。タペンスはかがみこみ、また立ちあがり、ドアに手をついてからだを支えた。

「アイザック！　アイザック。かわいそうに。まちがいない——ええ、まちがいないわ、死んでいる」

思わず後ずさりしながら叫んだとき、家のほうから誰かが小道を歩いてきた。

「おお、アルバート、アルバート。たいへんなことが起こったのよ。アイザックが、アイザック爺さんが。倒れてるの、死んでるんですよ、きっと——きっと殺されたんだわ」

7　検死審問

医学的証拠が提出された。門の近くを通りかかった二人の人物が証言をした。アイザックの家族が彼の健康状態について証言し、彼に恨みを持つ理由がありそうな人間は（以前、彼に無断立入りを咎められたことのある、二十そこそこの若者が一人二人いた）すべて警察当局に協力を求められ、潔白を主張した。一番最後に彼を雇ったプルーデンス・ベレズフォード夫人と夫のトーマス・ベレズフォード氏をはじめ、彼を雇ったことのある人が一人二人陳述した。供述も法定の手続きもすべて終わり、陪審員の判定が下された。単独もしくは複数の、不明の人物による謀殺。

タペンスは審問から解放された。トミーは彼女をいたわりながら、審問廷の外で待っている少数の人々のあいだを通りぬけた。

「立派だったよ、タペンス」と、庭の門から建物へと向かいながら、トミーはいった。「ほんとうに立派だった。ほかの人たちよりずっと立派だったよ。とても明確だったし、声もちゃんと聞きとれた。検死官も、きみにはたいへん満足していたようだ」

「誰がわたしにたいへん満足してくれたって、なんにもなりゃしないわ」とタペンスはいった。「たまらないのよ、アイザック爺さんがあんなふうに頭を殴られて殺されたなんて」

「アイザックに恨みを持つ者の仕業だろうな」

「でも、どうして？」

「わからん」

「ええ、わたしにもわからないわ。でも、ちょっと考えたんだけど、これはわたしたちと関係があるんじゃないかしら」

「きみがいいたいのは――いったい何をいいたいんだい、タペンス？」

「あなただって、わかっていらっしゃるんでしょう。ここよ――ここなんですよ。わたしたちの家。わたしたちのすてきな新しい家。それに、庭やなんかも。見たところ――わたしたちが住むのにぴったりのところじゃなくて？　いままでは、そう思っていたわ」

「わたしはいまでもそう思っているよ」

「ええ、あなたはわたしより明るい見方をしていらっしゃるようね。わたしはいやな気がするのよ、何か——何かこのへんには、不吉な影が射しているんじゃないかって。過去から尾を曳いている影が」

「二度といわないでくれよ」

「二度といわないでって、なんのこと？」

「そら、例の二語だよ」

タペンスは声を落とした。トミーに身を寄せて、ほとんどささやくように言った。

「メアリ・ジョーダン？」

「それだ。そのことだったんだよ」

「わたしもそのことが心にわだかまっていたのよ。でも、わたしがいいたいのは、それがいったい現在とどういう関係があるのかしら？　いまさら過去がどうだっていうの？　なんの関係もないはずよ——いまとなっては」

「過去は現在とはなんの関係もないはずだ——そういいたいのかい？　ところが、あるんだ。ちゃんとあるんだよ、思いもよらないような妙なところでね。まさかと思うようなところで」

「過去に原因のあることが、たくさん起こっているという意味？」

「そのとおりだ。長い鎖のようなもんだな。きみも持っているだろう、隙間があって、ところどころにビーズがついているといった、あんなようなものだよ」

「ジェーン・フィンの事件とか、ああいうようなのね。わたしたちがまだ若くて、冒険がしたくて、そして、望みどおり冒険する羽目になったジェーン・フィンの事件のようなことでしょう」

「そして、わたしたちは数多くの冒険をしたものだ。ときどき、昔の冒険を振りかえってみると、よくも二人とも生きて抜けだせたものだと思うよ」

「それから——ほかにもあったわね。ほら、二人で手を組んで、私立探偵の真似をしていたころよ」

「うん、あれは愉快だったな。憶えているかい——」

「いいえ、思いだしたくもないわ。過去にもどって考えるのはご免よ、せいぜい——ほら、よくいうでしょう、足がかりというのなら別だけどね。ほんとうに。でも、ともく、あれは練習にはなったんじゃなくて？　そのあと、また一つあったわね」

「そうだ、ブレンキンソップ夫人だろう、え？」

タペンスは笑った。

「ええ。ブレンキンソップ夫人よ。あの部屋に入っていって、あなたがいるのを見たときのことは忘れられないわ」

「よくもあんな図々しい真似ができたもんだね、タペンス。衣裳部屋だかなんだかに入りこんで、わたしと、なんとかいうあの男の話を立ち聞きするとはね。そして、そのあとが――」

「そして、そのあとがブレンキンソップ夫人」タペンスはまた笑った。「NかMか、があがあガチョウさん」

「しかし、まさか――」トミーは口ごもった――「まさか、こういうことが、こんどの件のいわゆる足がかりだというんじゃあるまいね？」

「そう、ある意味では足がかりだわ。ロビンソン氏にしたって、こういった昔のことを頭においていなければ、あなたにあんなことをいうはずがないもの。それに、わたしだって、あなたのお仲間の一人なんですからね」

「きみはたしかにわたしの仲間の一人だったがね」

「でも、いまでは、これですっかり事情が変わってしまったわ。ええ、これで。アイザックよ。彼が殺されたことで。頭を殴られて。うちの庭で」

「まさか、そのことが関係があるとは――」

「疑いを持たずにはいられないわ。それをわたしはいってるの。もうこれからは、ただの犯罪事件を調べるようなわけにはいかないわ。過去のことを、過去に誰が、どういう原因で死んだのかというようなことを突きとめなくては。個人的な問題になってきたんだもの。まったく個人的な問題だと思うわ。アイザック爺さんが死んだことをいってるのよ」

「アイザックもあの年だったからね、年のせいだったのかもしれないよ」

「そうは思えないわ、今朝の医学的証拠を聞いたところではね。アイザックを殺そうと思ったのは何者かしら？　いったいなんのために？」

「もし、アイザックの死がわたしたちと関係があるのなら、なぜわたしたちを殺そうとしなかったんだ？」

「いずれ、わたしたちも殺すつもりじゃないかしら。たぶん、アイザックはわたしたちに話すことがあったのよ。たぶん、話そうとしていたんでしょう。もしかすると、話すぞといって誰かを脅迫したのかもしれないわ。たとえば、例の娘か、パーキンソン家の一人について知っていることを。でなかったら——でなかったら、一九一四年の大戦当時のスパイ活動のこととか。売り渡された機密のこととか。だから、ええ、アイザックの口を封じる必要があったのよ。わたしたちがここへ引っ越してこなかったら、そして、あれこれきいてみたり、探りだしたいなんて思ったりしなかったら、起こらずにすんだことなのに」

「そんなに興奮するなよ」

「興奮するわよ。もう、わたし、面白半分でやってるんじゃありません。これは面白いどころじゃないわ。これから、わたしたちはいままでとはちがうことをやるのよ、トミー。殺人者を狩りだすんです。でも、誰を？　それは、もちろん、まだわからないけど、でも、突きとめてみせるわ。これは過去のことじゃなくて、いまのことなんだもの。たった――何日か前に起こったばかりなのよ、六日前だったかしら？　現在のことよ。それも、ここで。そして、わたしたちと、この家に関係があるのよ。これはどうしてもわたしたちが突きとめなきゃならないことだし、突きとめてみせるわ。方法や手段はわからないけど、ともかく手がかりを探して、どこまでも追いかけてみるのよ。地面に身をつけて臭跡を追っていく犬になったような気がするけど。わたしはここで臭跡を追ってみるから、あなたにもひとつ猟犬になっていただかなきゃ。あっちこっち駆けまわるほうは、あなたに任せるわ。いままでも、なさっているように。探りだすのよ。例の――なんといえばいいかしら――調査とやらをとことんまでやってみるのよ。事情を知っている人物が浮かんでくるにちがいないわ、直接知らなくても、人づてに聞いている人物が。人から聞いた話とか。噂とか。世間話とか」

「しかし、タペンス、どうしたって考えられんよ、わたしたちに見込みがあるなんて――

――」

「いいえ、ありますとも。どうやったらいいのか、どういうふうにすればいいのかわからないけど、でも、きっと見込みはあるわ。まちがいのない、しっかりした考えさえ持っていれば、自分が知ったものは邪悪なものなのだ、邪悪なものがアイザック爺さんの頭を叩き割ったんだ、という考えさえ持っていれば……」タペンスは言葉を切った。

「家の名前をまた変えてもいいな」とトミーがいった。

「どういうこと？　〝月桂樹荘〟をやめて、〝燕の巣荘〟にするの？」

頭上を鳥の群れが飛んでいった。タペンスは庭の門のほうを振りかえった。

「昔は〝燕の巣荘〟という名前がついていたんだったわね。あの引用句のあとのほうはどうだったかしら？　あなたの調査員が引用したのは。死の門だったかしら？」

「いや、運命の門だ」

「運命。まるで、アイザックの身にふりかかったことを説明しているようだわ。運命の門――わたしたちの庭の門――」

「そんなに気に病むんじゃないよ、タペンス」

「なぜ、いけないのかしら。せっかく、ちょっと考えが浮かんだのに」

トミーは面くらった顔でタペンスを見て、首を振った。

「〝燕の巣荘〟って、いい名前だわ、ほんとうに。というより、いい名前になるかもしれない。たぶん、いつかはそうなるわよ」

「きみは突拍子もないことを考えているんだね。タペンス」

「なおも鳥のごとく叫ぶものの声が。それで終わりだったわね。たぶん、こんどのことも、そんなふうに終わるわ」

家のすぐそばまで来ると、二人は玄関の階段に女が一人立っているのに気がついた。

「誰だろう」

「以前、見かけたことがあるわ。誰だか、すぐには思いだせないけど。そうだわ。アイザック爺さんの家族の人よ。ええ、アイザック爺さんの家族は一つの家にみんな一緒に住んでいるの。男の子が三人だか四人だかと、あの女の人と、もうひとり女の子。もちろん、わたしの思いちがいかもしれないけど」

階段の上の女が二人のほうに歩いてきた。

「ベレズフォードさんの奥さまでいらっしゃいますね」と彼女は小腰をかがめてタペンスを見ながらいった。

「そうですよ」

「あの――わたしのことはご存じないと思いますけど。アイザックのところの嫁でございます。アイザックの息子のスティーヴンの家内でございます。いえ、スティーヴンは――せんに事故で死にましたけど。トラックにやられましてね。大きいのがよく走っておりますでしょう、あれに。国道で事故にあったんですよ、国道一号線で。一号線か五号線です。いえ、五号線があったのはもっと昔ですわ。四号線だったかもしれません。ともかく、ええ、そういうことだったんですよ。あれからもう五年か六年にもなります。わたし、じつは――ちょっとお話ししたいと思いまして。奥さまと――奥さまとご主人さまに――」彼女はトミーを見た。「葬式にお花を贈ってくださいましたわね。アイザックはこちらのお庭で働かせていただいてましたんでしょう？」

「ええ」とタペンスはいった。「うちで働いてくれていたんですよ。あんなことになるなんて、ほんとうに恐ろしいことです」

「お礼を申し上げにうかがったんです。お花もとてもきれいでしたわ。とても立派で、みごとで。ほんとうに大きな花束でしたわ」

「せめてそのくらいのことはしたかったんです」とタペンスはいった。「アイザックはとても役に立ってくれましたからね。わたしたちがここに越してきたときも、ずいぶん役に立ってくれました。この家のことをあまり知らないもので、いろいろと教えてもらったんです。どこに何がしまってあるとか、何やかやと。それから、野菜や花のことと

「か、そういったことでも、ずいぶん知恵をかしてもらいましたわ」

「ええ、自分の仕事のことはちゃんとのみこんでいましたからね。あまり働き者じゃありませんでしたけど。なにしろ年が年だし、それに、腰を曲げるのをいやがったんですよ。腰痛がひどくて、だから働く気はあっても身体がおっつかなかったんですね」

「とても気持ちのいい、とても役に立つ人でしたよ」とタペンスはきっぱりといった。「それに、この村のことや村の人たちのいろんなことを知っていて、わたしたちに話してくれましたし」

「ええ、それはもう、いろんなことを知っておりました。身内の者が前々から大勢働いてましたから。みんな、この界隈に住んでいて、昔のことをたくさん知ってたんですよ。直接知ってたというんじゃないんですけど――ええ、話には聞いていたんですよ。まあ、奥さま、おひきとめしてしまって申しわけございません。ちょっとご挨拶して、お礼を申しあげようと存じましてね」

「それはどうもご丁寧に。おそれいります」

「お庭の仕事をする人を、またお探しにならなきゃなりませんわね」

「そういうことになるでしょうね。わたしたちの手ではどうにもなりませんから。あなたは――もしかして――」まずいときにまずいことをいっているような気がしてタペンンスはロごもった――「もしかして、うちで働いてくれそうな人をご存じないかしら」

「そうですね、すぐには思いあたりませんけど、心がけておきましょう。いないともかぎりませんから。ヘンリーをよこしましょうか――わたしの二番目の息子なんですよ――ひとまずヘンリーをよこしましょう、そして、そのうちにいい人がいたらお報《しら》せしますよ。それでは、これで失礼いたします」

「アイザックの名前はなんといったかな？　忘れちまった」とトミーが家に入りながらいった。「苗字のほうだよ」

「あら、アイザック・ボドリコットですよ」

「すると、いまの人もボドリコットだね？」

「そのとおりよ。男の子が何人かと女の子が一人いて、みんな一緒に住んでいるの。ほら、マーシュトン・ロードの途中にある、あの家ですよ。あの人はアイザックを殺した犯人を知っているのじゃないかしら？」

「まさか。そんなふうには見えなかったよ」

「あなただって、どんなふうに見えるかわかったもんじゃありませんよ。そういうことはなかなかわかりにくいものじゃないかしら？」

「あの人はただ、花のお礼をいいにきただけだよ。あの様子からしても――そら――復讐を考えているような人とは思えないね。それならそういったはずだよ」
「そうだともそうじゃないとも考えられるわ」とタペンスはいった。
そして、考えこんだ様子で、家のなかに入った。

8 伯父さんの思い出

次の日の朝、タペンスが、まだ満足とはいいかねる箇所をやりなおしにきた電気屋に説明していたところ、途中で邪魔が入った。

「玄関に男の子が来ております」とアルバートがいった。「奥さまとお話ししたいことがあるそうです」

「おや。名前は？」

「きいてみませんでした。外で待っております」

タペンスは庭仕事用の帽子を無造作にかぶると、階段を降りていった。

ドアの外に、十二、三歳の男の子が立っていた。気おくれした様子で、足をもじもじさせている。

「来てもよかったんでしょうか」と男の子はいった。

「ええと、あなた、ヘンリー・ボドリコットね、そうでしょう？」

「そうです。ぼくの――ぼくの伯父さんにあたるんじゃないかな。ほら、昨日、審問があったでしょう。ぼく、審問ってはじめてだったんです」

「面白かった？」といいそうになって、タペンスは危うく思いとどまった。ヘンリーは、人がいよいよこれからとっておきの話を披露しようというときの顔をしていた。

「とんでもない災難だったわね」とタペンスはいった。「ほんとにお気の毒で」

「でも、伯父さんはもう年寄りだったから」とヘンリーはいった。「もう長いことなかったんじゃないかと思います。秋になると、ときどき、ひどい咳をしてたし。みんな目が覚めて、眠れませんでした。ぼく、仕事がないかちょっとききにきたんです。ちゃんとわかってるんですよ――ほんとうは母さんが教えてくれたんだけど――そろそろレタスの間引きをしなきゃならないころだから、それを頼まれるかもしれないと思ったんです。場所は知ってます、アイザック伯父さんが働いているとき、なんどか遊びにきたことがあるから。なんだったら、いまから仕事にかかりますよ」

「まあ、それはありがたいわ。それではやってみせてちょうだい」

二人は庭を通って、目的の場所へ向かった。

「ほらね。これじゃちょっとかたまりすぎてるから、少し間引きして、ちょうどいいくらい隙間ができたら移しかえてやらなきゃいけないんですよ」

「わたし、レタスのことはまるっきり知らないのよ。花のことならすこしは知っているけど。エンドウマメとか芽キャベツとかレタスとかいった野菜は、どうしてもうまくできないの。あなたはまだ、ちゃんとした畑仕事を探しているわけじゃないんでしょう？」

「ええ、まだ学校に行ってるもんですから。新聞配達をやったり、夏のあいだ果物摘みをやったりしているだけです」

「そう。それじゃね、もし、いい人がいたら、報せてくれればありがたいわ」

「ええ、きっと報せます。それじゃ、さようなら」

「レタスをどんなふうにするのか、ちょっとやってみせてくれないかしら。覚えておきたいのよ」

タペンスはヘンリー・ボドリコットの巧みな手先を見守った。

「ほら、これでいいんですよ。すごいや、みごとですね、このレタス。〝ウェッブス・ワンダフル〟でしょう？　これは長いこと食べられるんですよ」

「〝トム・サムズ〟はもうおしまいね」

「そうです。小さめの、育ちのはやいやつでしょう？　とってもぱりぱりしていて、味がよくて」

「それじゃ、どうもありがとう」

タペンスは家へと歩きだした。スカーフを忘れたことに気がつき、また引き返した。帰ろうとしていたヘンリー・ボドリコットが立ちどまり、タペンスのほうに歩いてきた。

「ちょっと、スカーフを」とタペンスはいった。「いったい――あら、あの藪に引っかかっているわ」

ヘンリーはスカーフを渡すと、そのまま足をもじもじさせながらタペンスを見ていた。その様子がひどくどぎまぎしているので、いったいなにごとかとタペンスは思った。

「どうかしたの？」

ヘンリーは足をもじもじさせ、タペンスを見て、また足をもじもじさせ、鼻をほじり、左の耳をこすり、それからまた足踏みするように足を動かした。

「なんでもないんだけど――もしかしたらと思ったんです――その――もし、きいてもかまわなければ――」

「ええ、それで？」タペンスは立ちどまり、少年をいぶかしそうに見た。

ヘンリーは顔を真っ赤にして、あいかわらず足をもじもじさせている。

「その、そんなつもりじゃなかったんだけど――きくつもりはなくて、ちょっと思っただけなんだけど――その、みんなが話してるんです――噂してたんですよ……みんなが言っているのを聞いたんです……」

「ええ？」とタペンスは言った。ヘンリーはなんでびくびくしているのだろう。〝月桂樹荘〟の新しい住人、ベレズフォード夫婦の生活について、いったいどんな話を聞いたのだろう。「ええ、それでどんなことを聞いたの？」

「あの――奥《レディ》さんは、この前の戦争のとき、スパイだかなんだかを捕まえた人じゃないかっていうようなことです。奥さんと旦那さんと二人で。事件を調べて、正体を隠していたドイツのスパイを突きとめたんでしょう。そいつを突きとめて、いろいろな冒険をして、最後には事件をすっかり解決したんだ。奥さんたちは――なんていうのか知らないけど――秘密諜報部の人だったんでしょう。そして、そういう仕事をして、すばらしい活躍をしたんですってね。もちろん、ずっと前のことだけど、なんかの事件で活躍したんでしょう――童謡と関係のあることで」

「そのとおりよ。があがあガチョウさん、っていうのだったわ」

「があがあガチョウさん！　ぼく、憶えています。うん、ずっと前に聞いたんだ。どこをうろうろしているの？　っていうんだね」

「そうそう。上へ行ったり下へ行ったり、そして奥さんの部屋のなか。それから、ガチョウはお祈りをしないお爺さんを見つけて、お爺さんの左の脚をつかんで階段から落っことしてしまうのよ。そんなふうだったと思うけど、でも、あとのほうはまた別の童謡かもしれないわ」

「ほんとうですか！　そんな人がふつうの人と同じようにこの村に住んでいるなんてすばらしいな。でも、どうして童謡と事件と関係があったんですか？」

「そのなかに暗号が隠されていたのよ」

「誰かに読ませるためですか？」

「まあ、そういうことね。ともかく、なにもかもすっかりわかったのよ」

「ほんとうにすばらしいですね。友だちに話してやってもいいでしょう？　大の仲よしに。クラレンスっていうんです。おかしな名前だけど。それで、みんなにからかわれるんですよ。でも、いいやつなんです。奥さんみたいな人がほんとうにこの村に住んでるってことを知ったら、クラレンスのやつ、どんなにびっくりするだろうな」

彼は献身的なスパニエル犬を思わせる尊敬のまなざしでタペンスを見た。

「すばらしいや！」と彼はもう一度いった。

「いいえ、もうずいぶん昔のことなのよ。一九四〇年代ですからね」

「面白かったですか、それとも、とってもこわかったですか？」

「両方とも少しずつね。だいたい、こわかったけど」

「そうでしょうね、いくら奥さんでも。だけど、それにしちゃ変だな、またこの村で、同じようなことに乗りだすなんて。あいつは海軍の軍人だったんでしょう？　イギリスの海軍中佐になりすましていたけど、ほんとうはそうじゃなかったんだ。ドイツ人だったんですよ。すくなくとも、クラレンスはそういってましたよ」

「だいたい、そんなところですよ」

「だから、奥さんはこの村に来たんでしょう。だって、ほら、知ってるでしょう、昔、この村で変なことがあったんですよ——もうずっと昔だけど——それがやっぱり同じようなことだったんです。そいつも軍人で、潜水艦に乗っていたんですよ。潜水艦の設計図を売ったんです。でも、これはただ、みんなが話してるのを聞いただけなんですよ」

「あら、そう。でもね、わたしたちがここに越してきたのはそのためじゃないのよ。住み心地のよさそうな家だからというだけ。そういう事件の噂はわたしも聞いたことがあるけど、ほんとうは、いったいどういうことなのかわからないのよ」

「それじゃ、ぼくがそのうちに調べてきます。そりゃ誰だって、ほんとうにそのとおりかどうかわかるとはかぎらないし、どんなことだって、ちゃんとわかるとはかぎらないけど」

「クラレンスというお友だちは、どうして事件のことをそんなによく知っているの？」

「ほら、ミックから聞いたんですよ。ミックっていうのは、まだ鍛冶屋があったころ、しばらくこの村で暮らしていたんです。もうずっと前に死んじゃったけど、いろんな人から聞いた話をたくさん知ってました。アイザック伯父さんもずいぶん知ってましたよ。ときどき、ぼくたちにも話してくれたんです」

「じゃ、アイザックは事件のことをずいぶん知っていたのね？」

「そうなんです。だから、ほら、こないだ伯父さんが殴り殺されたとき、ぼくはそれが原因じゃないかと思ったんです。伯父さんは知りすぎていて——そして、それをみんな奥さんに話したんじゃないだろうか、だから殺されたんじゃないだろうかって。このごろは、そんなことをするんですよ。ほら、警察なんかの手がのびそうなことを知りすぎている人は、殺されてしまうんです」

「あなたはアイザック伯父さんが——事件のことをいろいろ知っていたと思う？」

「そうですね、人から聞いた話ならね。伯父さんはあっちこっちでいろんな話を聞いていたから。そうしょっちゅうじゃないけど、ぼくたちに聞かせてくれることもあったんです。ほら、夕方なんか、パイプで一服したあととか、ぼくとクラレンスや、もう一人の友だちのトム・ギリンガムの話をそばで聞いてるときとか。このトムっていうやつも、そういう話を知りたがるほうなんです。それで、アイザック伯父さんはこの事件のことや、ほかにもいろんなことを話してくれました。そりゃ、伯父さんの作り話なのか、それともほんとうのことなのか、それはわからないけど。でも、ぼくは、伯父さんは何かを見つけたか、何かがある場所を知っていたんだと思います。伯父さんは、ある人がこの場所を知ったら、面白いことになるだろうって言ってたんです」

「ほんとう？　まあ、それはわたしたちにとっても、たいへん面白いことですよ。伯父さんが話してくれたことや、ときどき、それとなくいったことを思いだしてちょうだい。ええ、ひょっとしたら、伯父さんを殺した犯人を突きとめる手がかりになるかもしれないのよ。だって、伯父さんは殺されたんですよ。事故じゃなかったのよ」

「最初は、うちの人もみんな、事故にちがいないと思ったんです。ほら、伯父さんは心臓かどっかが悪くて、ときどき倒れたり、眩暈《めまい》や発作を起こすこともありましたから。でも、いまになってみると――ほら、ぼく、審問に出ましたからね――はじめからそのつもりで殺したんじゃないかと思うんです」

「そのとおりよ、計画的に殺されたのよ」

「それで、そのわけはわからないんですか？」

タペンスはヘンリーを見つめた。彼女には、いまや自分とヘンリーが、同じ臭跡を追っている二匹の警察犬のように思えた。

「あれは計画的な犯行だったのよ。そして、あなたは親戚なんだからもちろんのことだし、わたしも、あんなむごいことをした犯人を知りたいと思っているんですよ。でも、あなたはもう何か知っているか、心当たりでもあるんじゃないの、ヘンリー」

「ちゃんとした心当たりなんてないんです。そりゃ、話に聞くことはあるから、ぼくも、アイザック伯父さんの話にときどき出てくる——出てきた人が、何かわけがあって伯父さんを殺したんだって思います。それは、伯父さんの話では、伯父さんがその人たちのことや、その人たちが知っていること、事件のことなんかをちょっとばかり知りすぎていたからなんですよ。でも、伯父さんの話に出てくる人って、いつもずっと前に死んだ人ばっかりだったから、ほんとうは思いだせっこないし、ちゃんとわかりっこないんです」

「でも、あなたはきっと役に立つわ、ヘンリー」

「一緒にやらせてくれるってことですか？　何か探りだすんなら、少しでもいいからやらせてもらえますか？」

「ええ、わかったことを誰にも話さないでいられればね。わたしにだけ話して、お友だちに話してまわったりしちゃいけません。そんなことをしたら、話がどんどん広まりますからね」

「わかっていますよ。そんなことをしたら、犯人が話を聞いて、奥さんと旦那さんを狙うかもしれないもの、そうでしょう?」

「かもしれないわね。ありがたくない話だけど」

「でも、それがふつうですよ。それじゃ、ね、いいですか、もし、何かわかったり耳に入ったりしたら、ちょっと仕事をするような顔をしてここに来ます。それでどうですか? そうすれば、わかったことを奥さんに話せるし、誰にも話を聞かれずにすみますよ——わかったことっていっても、いまのところはないけど。でも、友だちがいますからね」ヘンリーは急にきっとなり、ひとめでテレビの登場人物からの借り物とわかる態度をとってみせた。「わたしは事情を知っている。誰よりもよく知っている。彼らはわたしが聞いているとは思っていない、わたしが憶えているとは思っていない。だが、わたしでも時には知っていることもあるのだ——ほら、こんなふうにいうでしょう、それから、ほかに誰が知っているかってことをいって、それから——ええ、黙っていればいろんなことが耳に入ってくるんですよ。それに、この仕事はとても大切なことなんでしょう?」

「ええ、大切なことなのよ。でも、あたしたち、気をつけなきゃいけないよ、ヘンリー。わかってるわね?」

「わかっています。もちろん気をつけますよ。できるだけ気をつけます。アイザック伯父さんはね、ここのことをいろいろと知ってたんですよ」

「この家とか庭のことを？」

「そうです。ほら、噂を聞いていたんです。誰がどこに行くのを見られたとか、何をどうしたらしいとか、どこで誰と会ったとか。どこに何が隠してあったとか。そういうことを、ときどき話してくれました。もちろん、母さんはあまり聞こうとしなかったんです。ただのばか話だと思ってたんですよ。ジョニーも――ぼくの兄さんです――くだらないって考えてるし、話を聞こうともしませんでした。でも、ぼくはちゃんと聞いたし、クラレンスもそういうことに興味を持ってるんです。ほら、そういう映画やなんかが好きなんですよ。そのときも、『おい、チャック《チャック》、こりゃまるで映画みたいじゃないか』っていいました。それで、二人でそのことを話しあったんです」

「あなたはメアリ・ジョーダンという人の話を聞いたことなくて？」

「ありますとも。ドイツ人の女の人で、スパイだったんでしょう？　海軍の軍人から海軍の秘密を手にいれたんでしょう？」

「確かそんな話ですよ」とタペンスは言った。心のなかでメアリ・ジョーダンの霊に謝りながらも、この解釈はそのままにしておいたほうが安全だという気がしたのだ。

「とてもきれいな人だったんですってね？　とても美人だったんでしょう？」

「さあ、わたしは知らないのよ。メアリが死んだのは、たぶん、わたしが三つぐらいのころですからね」

「ああ、そりゃそうですね。でも、いまでも、ときどき、メアリの噂が耳に入ることがあるんですよ」

「ひどく興奮しているようだね、息を切らしてるじゃないか、タペンス」とトミーは庭仕事の服装に身をかため、裏のドアから少し息を弾ませながら入ってきた妻を見ていった。

「そうね」とタペンスはいった。「ある意味では」

「庭仕事をやりすぎたんじゃないだろうな？」

「そうじゃありません。ほんとはなんにもしなかったの。レタスのそばで話していただけ話の相手をしていただけ。それとも、話の相手をしていたんだい？」というのかしら——どっちでもいいけど——」

「誰の話の相手をしていたんだい？」

「男の子、男の子よ」

「庭仕事を手伝ってくれたのかい？」

「そういうわけでもないの。それはそれで、もちろんありがたいけど。ところが、そうじゃないの。ほんとうのところ、すばらしいって褒めてくれたのよ」

「うちの庭をかい？」

「いいえ、わたしを」

「きみを？」

「意外な顔をなさることはないわ、ええ、そんなに意外そうにいわなくたっていいでしょう。でも、ほんとうに、こういうご馳走《ボヌ・ブーシュ》って、ときどき、思いもよらないときにぶつかるものね」

「そんなものかな。それで、何がすばらしいんだい──きみの美貌かい、それとも、その庭仕事用の上っぱりかね？」

「わたしの過去」

「きみの過去だって！」

「そのとおりよ。その子は、わたしが、この前の大戦のころ、ドイツ人のスパイの正体をあばいた人だというんで、礼儀正しくわたしのことをレディといってね、それはもう興奮してるのよ。海軍の退役中佐、じつは真っ赤な偽者だったという」

「いやはや、またしても『NかMか』だ。やれやれ、こいつを忘れちまうことはできないのかね？」

「わたしはそれほどはっきりと、忘れたいと思ってはいないわ。なぜ、忘れる必要があって？　もし、わたしたちが昔もてはやされた女優なり男優だったら、当時を思いださせてくれるものをきっと大歓迎するわ」

「きみのいいたいことはわかるがね」

「それに、こんどのことにもとても役に立つんじゃないかと思うの」

「それが男の子だとしてだが、いくつといったっけ？」

「そうね、十か十二ぐらい。見た目はせいぜい十だけど、十二にはなってるでしょう。それに、その子にはクラレンスという友だちがいるの」

「それがこんどのこととどんな関係があるんだい？」

「いえ、いまのところは関係なんかないけどね、でも、その子とクラレンスは協力者になって、わたしたちと一緒に働いてくれるのよ。わからないことを調べたり、教えてくれたりするのよ」

「十か十二の子供にいったい何が教えられるっていうんだい、わたしたちの知りたいことを憶えているとでもいうのかい？　その子は何を話してくれたんだい？」

「だいたいどの言葉も短くて、話の中身も『ほら、知ってるでしょう』とか、『ほら、こうだったんです』とか、『ええ、だから、ほら』っていうのがほとんどだったわ。ともかく、はじめからしまいまで、『ほら』が一番目立ったわ」

「それで、いままで聞いたことのない話ばかりだったかい？」

「そうね、人から聞いた話を説明してくれたんだけど、なにぶん舌足らずなのよ」

「誰から聞いた話だい？」

「それが、じかに仕入れた知識っていうんじゃないし、また聞きの知識ともいえないのよ。三人目、四人目、五人目、六人目と、順送りに伝わってきたんじゃないかしら。なかには、クラレンスが人から聞いた話もあるし、クラレンスの友だちのアルジャノンが人から聞いたって話もあるのよ。アルジャノンの話というのは、もともとジミーがほかの子から聞いて――」

「よしてくれ、もうたくさんだ。それで、どんな話なんだい、その子供たちが聞いた話というのは？」

「それはもっとわかりにくいんだけど、なんとか見当はつくわ。その子供たちは世間の噂になった場所とか話を人から聞いていて、この面白い仕事を一緒にやらせてもらいたくてうずうずしているの。わたしたちが引っ越してきたのは、きっとそのためだというわけなのよ」

「というと？」

「重要なものを発見するため。この家に隠されているって、もっぱら噂になっているものを」

「隠されているとひと口に言うがね。そもそも、どうやって隠したんだ、どこへ、いつ？」

「その三つについては、それぞれ話がちがうんだけど、それにしても、つい興奮してくることはたしかよ、トミー」

そうかもしれない、とトミーは重々しくいった。

「アイザック爺さんのことにも結びついているようだわ。アイザックは、わたしたちが知りたいことをきっとどっさり知っていたのよ」

「それで、きみが思ってるのは、そのクラレンスと――その子の名前はなんとかいったね？」

「いま、思いだすわ。その子に話をしてくれた子とごっちゃになってしまったのよ。アルジャノンっていうような仰々しい名前の子やら、ジミー、ジョニー、マイクといった月並みな名前の子やらと」

「チャックだわ」とタペンスは急に思いだして言った。

「何を投《チャック》げるんだい？」

「いえ、そういうことじゃないの。それが名前なのよ、その男の子の。チャックっていうのが」

「妙ちきりんな名前だな」

「ほんとうはヘンリーなんだけど、友だちからはチャックと呼ばれているらしいわ」

「『ぽんとイタチが飛んでる《チャック・ゴーズ・ザ・ウィーズル》』って踊りがあったね」

「『ぴょんとイタチが飛んでる《ポップ・ゴーズ・ザ・ウィーズル》』よ」

「うん、そのほうが正しいことは知ってるよ。だが、『ぽんとイタチが飛んでる』でも、大した変わりはないさ」

「ああ、トミー、わたしがほんとうにいいたいのは、もうこうなったら、後にはひけないってことなのよ。あなたもそう思うでしょう？」

「うん」

「ええ、そうだろうと思ったわ。なんにもいわなくてもわかるのよ。わたしたち、もうあとにはひけません。そのわけをお話ししましょうか。一番大きな理由は、アイザックのことよ。アイザック。誰かがアイザックを殺した。それは彼が何かを知っていたからだわ。誰かの身を危険にさらしかねない何かを知っていたのよ。そこで、こんどは誰が狙われるか、それを探りださなきゃならないわ」

「アイザックのことだが、これは——ああいう事件の一つだとは考えられないかね。そこら、与太者の犯行とかなんとかいうだろう。そこらをほっつきあるいては、人を殺す連中がいるじゃないか。相手かまわずやるんだが、それでも、なるべくなら年寄りで、抵抗できない人を狙うんだよ」

「ええ、わたしはそれも含めていっているのよ。でも——そうだったとは思えないの。たしかに何かがあるのよ、隠されているといっていいかどうかわからないけど、何かがこの家にあるのよ。過去の出来事が明るみにでるようなものが。誰かがこの家に残したか置いておいたか、あるいは、誰かに頼んで、この家にしまっておいたものが。その頼まれた人はその後死んだか、あるいは頼まれたものをどこかに置いといたんでしょう。そして、それは、誰かにとっては発見されては困るものなのよ。アイザックはそれを知っていた。だから、彼らはアイザックがわたしたちに話しゃしないかと思ったのよ。いままではもう、わたしたちの噂がひろまってますからね。ええ、わたしたちは有名な対諜報活動だかなんだかの専門家だという噂が。そっちのほうで、わたしたちは有名になってるのよ。それに、アイザックのことは、ある意味では、ええ、メアリ・ジョーダンやなんやかやのことに結びついていますからね」

「メアリ・ジョーダンの死は自然死ではなかった」

「ええ、そして、アイザック爺さんも殺された。誰が、なぜ、あの人を殺したのか、突きとめなきゃならないわ。そうしないと――」

「用心しなきゃいかんよ、タペンス。もし、何者かが、アイザックが過去のことについて知っていることを口外するのを怖れて、それで彼を殺したのならば、そいつは、ある晩、きみを暗がりで待ちかまえていて、また同じことを繰り返すぐらいのことは平気でやるだろう。面倒なことになるなんて思やしない、世間では『ああ、またいつもの事件か』で片づけちまうだろうと、たかをくっているんだからね」

「そう、年寄りの女が頭を殴られて死んだりするとね。ええ、ほんとうだわ。白髪頭で、しかも、関節炎のせいで少しびっこをひいているから、そういう不幸な目にあうんですよ。もちろん、わたしなんか、誰にとっても絶好の的だわ。せいぜい気をつけなきゃ。小型ピストルでも身につけていたほうがいいかしら？」

「いかん、そりゃ絶対にいかん」

「どうして？　まちがいでも起こすと思っていらっしゃるの？」

「木の根につまずかないともかぎらないだろう。きみはしょっちゅう転んでばかりいるからね。そしてピストルで身を護るどころか、あべこべに自分を撃っちまうおそれがある」

「まあ、そんなばかなことをするなんて、本気で思っているんじゃないでしょうね？」

「思っているとも。たしかに、きみにはそのおそれが充分あるんだよ」

「飛び出しナイフを持ってあるいてもいいんだけど」

「わたしなら何も持ってあるかないがね。なにくわん顔をして、庭仕事の話でもしているよ。たとえば、そうだな、いまの家はどうも気にいらないので、ほかへ引っ越そうかと思っているとかね。どうだろう、こういうのは」

「誰にその話をすればいいの？」

「なに、誰でもいいんだよ。つぎつぎに伝わっていくだろう」

「いまにはじまったことじゃないけど、話ってつぎつぎに伝わっていくものね。この村だって話が伝わるには恰好のところなのよ。あなたもそういうことをいってあるくつもり、トミー？」

「まあ、だいたいそうだ。そうだな、いまの家が思っていたほど気にいらないとかなんとかね」

「でも、あなただって、このままつづけるつもりなんでしょう？」

「うん、もうここまで深入りしたからにはね」

「どこから手をつけるか、考えているの？」

「いまやっていることをこのままつづけてみるよ。きみのほうはどうなんだい、タペンス？　何か計画はあるのかね？」

「まだそこまではいかないの。二つ三つ考えてることはあるんだけど。もう少し聞きだせるでしょう——さっき、わたし、あの子の名前をなんていったかしら？」

「最初はヘンリーだ——あとで、クラレンスといったよ」

9 少年団

ロンドンへ出かけるトミーを見送ると、タペンスはなんということもなく家のなかを歩きながら、なんとかいい結果をもたらしてくれそうな方法をとつおいつ考えていた。しかし、今朝は、彼女の頭はすばらしい考えで満ち満ちているというほどでもないようだった。

人が出発点に返るときの漠然とした気分に促されて、彼女は書庫に行き、いろんな本の背表紙を見ながら、なんということもなく歩きまわった。子供の本。たくさんの子供の本。だが、実際にいって、これ以上先へは進めないのではないか？　もう、行けるところまでは行ってしまったのだ。もういまでは、この部屋の本は一冊残らず調べたといってほぼまちがいない。アレグザンダー・パーキンソンは、ついに新たな秘密を洩らしてくれなかった。

髪を指で梳《す》きながら、表紙のはがれかけた神学の本が並んでいる一番下の棚を、浮かない顔で蹴とばしていると、そこにアルバートが入ってきた。

「下で、誰かが奥さまにお目にかかりたいといっております」

「誰かって、どういう意味なの？　わたしの知ってる人？」

「わかりません。そうじゃないと思います。男の子です。大部分は。男の子と、これも生意気盛りの女の子が一人か二人。なにかの寄付でももらいにきたんでしょう」

「名前をいうか、なにかいうかしなかったの？」

「そういえば、一人おりましたな。クラレンスと名乗って、奥さまはご存じのはずだといってました」

「おや、クラレンスね」タペンスはちょっと考えた。

これは昨日の成果だろうか？　いずれにしろ、もうひと押ししても悪いことはあるまい。

「もう一人の子も来ているの？　昨日、わたしと畑で話していた子も？」

「わかりません。どの子も、見た目にはそっくりですからね。ええ、汚ないところといい、どこといい」

「おやおや。ともかく行ってみましょう」

一階に降りると、タペンスはいぶかしそうにアルバートを振り返った。

「はあ、家のなかに入れなかったんです。万一ということもございますからね。当節では何が失くなるかわかったもんじゃございませんよ。庭で待っております。金坑のそばでお待ちしていると言っておりました」

「なんのそばですって？」

「金坑です」

「まあ」

「どこらへんのことでしょうな？」

タペンスは指さした。

「薔薇園を通りすぎて、ダリアが植わっている道を右に行ったあたりよ。あそこのことよ、きっと。水が溜っているの。小川か堀割りか、でなかったら、もとは池で、金魚でも放してあったんじゃないかしら。ともかく、ゴムの長靴を出してちょうだい。それから、突き落とされたりするといけないから、防水コートを持っていったほうがよさそうだわ」

「わたしならいっそ着ていきますよ、奥さま。いまにも降りだしそうです」

「またなの。雨、雨。毎日、雨ばっかりね」

タペンスは外に出ると、自分を待っている、かなりな人数らしい代表団のほうへ、急ぎ足で歩いていった。幼い子から年長の子までとりまぜて総勢十人から十二人ほどだろうか、大部分は男の子で、端のほうに長い髪の女の子が二人いるが、みんな一様に興奮気味のようだ。タペンスが歩いていくと、一人の子がかん高い声でいった。

「そら、来たぞ！　あの人だ。さあ、誰が話すんだい？　おまえ、やれよ、ジョージ、おまえは話すのが得意なんだから。しょっちゅう、しゃべってばかりいるじゃないか」

「まあ、こんどはおまえはやめておけよ。おれが話すんだ」とクラレンスがいった。

「よせよ、クラレンス。おまえの声はよくとおらないんだ。話していると咳が出るじゃないか」

「おい、いいかい、これはおれが考えたことなんだぜ。おれが――」

「おはよう、みなさん」とタペンスが話に割ってはいった。「あなたたち、わたしに用があってきたんでしょう？　どんなことなの？」

「奥さんにお伝えしたいことがあるんです」とクラレンスがいった。「情報です。情報を集めているんでしょう？」

「時と場合によりけりだけどね。どんな情報なの？」

「その、このごろのことの情報じゃないんで。ずっと昔のことなんです」

「歴史的情報です」と、頭のよさではグループのリーダー格らしい女の子がいった。

「過去のことを調査してみると、すごく面白いんですよ」

「わかりますよ」とタペンスは、とんとわからないのを隠して言った。「ここはいったいなんなのかしら？」

「金坑です」

「あら、金があるの？」

タペンスはまわりを見まわした。

「ほんとうは、金魚の池なんです」と男の子の一人がいった。「昔、金魚が入ってたんですよ。日本かどっかからきた、尻尾のいっぱいある特別のなんです。ほんとうに、すごかったな。フォレスターのお婆さんがいたころです。いまから——そうだな、いまから十年前です」

「二十四年前よ」と、もう一人の女の子がいった。

「六十年前だよ」と誰かが小さな声でいった。「絶対に六十年前だ。金魚がたくさんいたんだよ。どっさり。すごく高い金魚だったんだって。死ぬのもときどきいたんだ。共食いしたり、ほら、お腹を上にして浮いてたりしたんだよ」

「ところで」とタペンスはいった。「金魚がどうしたの？　いまでは一匹もいないじゃないの」

「いいえ、金魚のことじゃないんです。情報なんです」と例の頭のよさそうな少女がいった。

一斉に声があがった。タペンスは手を振った。

「みんないっぺんに話しちゃだめよ。一度に一人か二人にしてちょうだい。それで、どういうことなの？」

「たぶん、奥さんも知っておいたほうがいいと思うけど、昔、物が隠された場所のことなんです。昔、隠された物で、とっても重要なものだって話です」

「それで、そういうことがどうしてわかったの？」

これに対して答えが一斉にかえってきた。一度に一人一人の答えを聞きとるのは、なかなか容易なことではなかった。

「ジェニーから聞いたんです」

「ジェニーの叔父さんのベンからだよ」と別の子がいった。

「ちがうよ、ハリーだよ。あれは……うん、ハリーだ。ハリーのいとこのトムだよ……ハリーよりずっと年下の。トムがお祖母さんから聞いて、お祖母さんはジョッシュから聞いたんだよ。うん。ジョッシュって誰だか知らないけど。お祖母さんの旦那さんじゃないかな……ちがうや、旦那さんじゃなくて叔父さんだ」

「おやおや」とタペンスはいった。

彼女は身ぶり手ぶりを交えてすったもんだしている一団を見まわし、一人を選びだした。

「クラレンス。あなたがクラレンスでしょう。あなたのことはお友だちから聞きましたよ。ええ、で、あなたはどんなこと知っているの、これはどういうことなの？」

「あの、突きとめたいことがあるんなら、ＰＰＣに行くといいですよ」

「どこへ行くんですって？」

「ＰＰＣです」

「ＰＰＣってなんなの？」

「知らないんですか？　話を聞いたことありませんか？　ＰＰＣって、〝年金生活者《ペンショナー》のパレス・クラブ〟のことなんです」

「あらあら、なんだかすごく立派そうね」

「ちっとも立派なんかじゃないよ」と九つぐらいの男の子がいった。「ぜんぜん立派じゃないや。年とった年金暮らしの人が集まって、話をしてるだけだもの。嘘の話ばっかりなんだよ、自分の知ってることを話してるんだっていう人もいるけど。ほら、この前の戦争のときのこととか、その後のこととか。うん、いろんなことを話してるんだよ」

「そのPPCはどこにあるの？」

「村のはずれのほうです。モートン・クロスへ行く途中ですよ。年金で暮らしている人は入場券をもらって、クラブへ行って、ビンゴやなんかをするんです。とっても面白いんですよ。なかには、すごい年の人もいます。耳が遠くて、目の悪い、どこもここも不自由だっていう人もいるし、それでも、みんな——その、みんな一緒に集まるのが好きなんですね」

「それはぜひ行ってみたいものね」とタペンスはいった。「ええ、絶対に行かなきゃ。そこに入れる時間はきまっているの？」

「いつでも好きな時間に入れるんじゃないかな。でも、午後のほうがよさそうですよ。そうだ。そのころだとお客が来るのを喜ぶんです。午後だとね。午後なら、友だちが来るっていえば——来てくれる友だちがいれば、お茶の時間に特別なものが出るんですよ。砂糖をまぶしたビスケットとか。ポテトチップが出ることもあるし。そういったものです。なんだい、フレッド？」

フレッドが一歩前に出た。そして、タペンスに向かって、いささか大袈裟なお辞儀をした。

「お伴させていただければたいへん嬉しいです。今日の三時半ごろではいかがでしょうか？」

「おい、無理するなよ」とクラレンスがいった。「そんなに気取ることないだろう」

「喜んで行きますよ」とタペンスはいった。彼女は水面に眼をやった。「もう金魚がいないなんて、どう考えても残念ね」

「尻尾が五つもあるやつを、奥さんに見せたかったな。すごかったもの。ずっと前、ここに犬が落っこったことがあるんですよ。ファゲットさんの奥さんの犬だったんです」

反論が起こった。「ちがうよ。ほかの人だ、ファゴットじゃなくて、フォリョーっていう人だよ——」

「フォリアットだよ。ただのfではじまるんだ。大文字じゃなくて」

「なにいってるんだい。ぜんぜん別の人だよ。フレンチさんさ。小文字のfを二つ使ってたんだよ」

「その犬は溺れてしまったの？」とタペンスがきいた。

「いいえ、溺れないですみました。まだ仔犬だったんですよ。それで親犬が気ちがいみたいになって飛んでいって、フレンチさんの服を引っ張ったんです。それから、イザベルさんが果樹園で林檎をもいでいたもんで、親犬はイザベルさんの服を引っ張ったんです。イザベルさんは親犬についていってみて、仔犬が溺れかけているのを見つけて、ここに飛びこんで助けあげたんですよ。びしょぬれになってしまいましてね。服ももうそれっきり着られなくなったし」

「おやおや」とタペンスはいった。「ほんとうに、ここではいろんなことが起こったらしいわね。いいわ、今日の午後、支度しておきましょう。二人か三人で迎えにきて、〝年金生活者のパレス・クラブ〟へ案内してちょうだい」

「三人だよ、誰にする？ 誰が行くんだい？」

たちまち、蜂の巣をつついたような騒ぎになった。

「おれがいく……いや、おれはだめだ……うん、ベティが……だめだ、ベティは行っちゃいけない。ベティはこないだ行ったもの。ほら、こないだ映画会に行ったじゃないか。こんどはだめだよ」

「まあ、それはみんなできめてちょうだい」とタペンスがいった。「そして、三時半に来てね」

「奥さんが面白いと思うといいんだけど」とクラレンスがいった。

「歴史的興味があるわ」と、例の頭のよさそうな少女がきっぱりといった。

「うるさいな、ジャネット！」とクラレンスは言った。そして、タペンスのほうに向きなおった。「いつだってこうなんです、ジャネットって。グラマー・スクールに通ってるんです、だからなんですよ。それを鼻にかけてるんだ、わかるでしょう？　総合中学じゃものたりないっていうんで、お父さんとお母さんが大騒ぎして、それで、いまではグラマー・スクールに通っているんです。だから、いつもこんなふうなんですよ」

昼食をすますと、タペンスは今朝の一件からなんらかの結果が期待できるだろうかと考えた。ほんとうに、午後から誰かが来て、ＰＰＣへ連れていってくれるのだろうか？　だいたい、ＰＰＣというのはほんとうに実在するのか、それとも、子供たちが考えだした通称のようなものにすぎないのか？　いずれにしても面白そうだ。タペンスはいつ誰が来てもいいようにして待っていた。

しかし、代表団は時間にはきわめて几帳面だった。三時半にベルが鳴った。タペンスは暖炉のそばの椅子から立ちあがり、手早く帽子をかぶった――たぶん雨になるだろうと考えて、ゴムびきの帽子にした――アルバートが玄関までついてきた。

「お一人でおいでになってはいけません」とアルバートがささやいた。

「ねえ、アルバート」とタペンスも小声でいった。「ほんとうに、この村にＰＰＣっていうところがあるの？」

「名刺かなんかのことかと思っておりましたが」と、社会のしきたりに関する完璧な知識を、日ごろから何かにつけて披露したがるアルバートはいった。「そう、別れ際だか会ったときだかよく知りませんが、そのときに相手の人に渡すものでございますよ」

「年金生活者と何か関係があるらしいのよ」

「ああ、そうです、そんなところがありますよ。ええ。二、三年前にできたばかりなんです。ほら、牧師館の前を通りすぎて右に曲がったところですよ。建物は不体裁ですが、お年寄りにとっては結構なところだし、会合に行ってみたけりゃ誰でも行っていいんです。娯楽もいろいろとあるし、ご婦人方がたくさん慰問にみえるんですよ。演奏会を開いたり、それから──その──まあ、そういったことですな。婦人協会のみなさんがね。でも、あそこはお年寄り専用ですからね。みんな、それはもうたいへんなお年で、ほとんどの人は耳が遠いんですよ」

「そう。ええ、そんなところらしいわね」

玄関のドアが開いた。ジャネットが知的卓越性を買われて一番前に立っていた。その後ろにクラレンス、そのまた後ろに、背の高い、やぶにらみの男の子がいた。この子はバートという名前らしい。

「こんにちは、ベレズフォードさん」とジャネットがいった。「ベレズフォードさんがおみえになるというんで、みなさんとっても喜んでますわ。傘をお持ちになったほうがいいんじゃないでしょうか、天気予報だと、今日の天気はあまりよくないそうですから」

「わたしもどうせそちらのほうに用がありますから」とアルバートがいった。「そのへんまで一緒にまいります」

たしかにアルバートがついていてくれれば、いつ何があっても心強い。それはもちろん結構なことだが、しかし、ジャネットやバートや、あるいはクラレンスが自分にとって危険な存在だとは考えられなかった。PPCまでは二十分ほどかかった。赤い建物に着くと、一行は門をくぐって玄関へ向かった。七十くらいの、がっしりした婦人が迎えてくれた。

「まあ、お客さまをお迎えできるなんて。よくいらしてくださいましたわね、ほんとうによ うこそ」彼女はタペンスの肩を軽く叩いた。「ええ、ジャネット、どうもありがとう。ほんとうに。さあ、こちらへどうぞ。ええ。あなたたちはなんなら帰ってもいいのよ」

「あら、まるでお話を聞かせてもらわないで帰るんじゃ、男の子たちだって、きっとがっかりすると思うわ」とジャネットが言った。

「あの、それがね、あまり大勢集まっていませんの。かえってそのほうがベレズフォードさんにはよろしいんじゃないでしょうか。あまり大勢じゃないほうが気が張らずにすみますものね。ジャネット、ちょっと台所へ行って、モリーに、もうお茶を出してもいいといってくれないかしら」

タペンスとしては、もともとお茶のお相伴《しょうばん》に来たわけではないものの、そうあけすけにいうわけにもいかなかった。たちまちお茶が運ばれてきた。お茶はひどく薄くて、ビスケットと、いやに魚くさい、辟易《へきえき》するようなペーストをはさんだサンドイッチが一緒に出た。一同は席についたが、みんなすこし気づまりな様子だった。

見たところ齢《よわい》百歳に近いのではないかと思われる顎ひげを生やした老人が、さっさとタペンスの隣りに腰をおろした。

「まず、わしからお話しするのが一番だと思いましてな、奥方さま《マイ・レディ》」と老人はいって、タペンスを一躍貴族にまつりあげた。「見たところ、このなかじゃ、わしが一番年長のようだし、いきおい昔の話を誰よりもたくさん聞いていますからな。この村にゃ、いわくつきの話がいろいろとあるんですよ。そりゃもう、いままでにはたくさんのことがありましたが、いくらなんでも全部いっぺんにお話しできやしません。だが、わしらはみんな——そう、わしらはみんな、昔のことならちっとは耳にはさんでますよ」

「たぶん」とタペンスは、自分にはまるで関心のない話題が持ちだされないうちにと、大急ぎで言った。「昔は、この村でも面白い出来事がずいぶんあったんでしょうね。この前の戦争のときほどではなくても、前の前の戦争や、それ以前のころは。そんな遠い昔のことまでは、みなさんも憶えていらっしゃらないと思いますけど。でも、もしかすると、ええ、身内のお年寄りの方から話を聞いていらっしゃるんじゃないでしょうか」

「いや、そのとおり」と老人がいった。「そのとおりですよ。わしも叔父のレンから話をたくさん聞いたもんです。いや、まったく大した男でしたよ、レン叔父ってのは。じつにいろんなことを知ってましてな。何が起こっているのか、ちゃんと知っとったんですよ。たとえば、この前の戦争がはじまる前、波止場の例の家で何が起こったかというようなことまでね。まったく、とんだ悪夢でしたな、あれは。そう、例のファキストとかいうのが――」

「ファシストですよ」と、使い古したレースのストールを首に巻いた、白髪の、堅苦しそうな老婦人がいった。

「そりゃ、いいたきゃファシストでもかまわんが、そんなことはどうだっていいじゃないかね？ うん、そう、そいつはその仲間だったんですよ。うん、例のイタリア人の同類だ。ムッソリーニとかなんとかいいましたな？ ともかく、そんな生臭い名前のやつだ。からす貝《マスル》だか、とり貝《コクル》だか。うん、それで、そいつはこの村にずいぶん害をまきちらしたんですよ。集会やなんかを開きましてな。モズリーってやつがそういうことに火をつけたんですよ」

「第一次大戦のころ、メアリ・ジョーダンという娘がいましたでしょう?」とタペンスは、こんなことをいって、はたして賢明かどうか危ぶみながらいった。

「うん、そうそう。とても美人だったって話だ。そう、海軍や陸軍の兵隊から秘密を手にいれたんですよ」

ひどく年をとった女がかぼそい声で歌った。

海軍陸軍の兵隊じゃないけれど、
あの人、あたしには過ぎた人。
海軍陸軍の兵隊じゃないけれど、
イギリス軍の砲兵隊。

彼女がここまで歌うと、例の老人が茶々を入れた。

ティペラリーへの道遠し。

遠いはるかな道、
ティペラリーへの道遠し、
それからあとは知らないよ。

「さあ、もうたくさんですよ、ベニー、ほんとうにもうたくさん」と、老人の妻か娘と思われる、いかにもしっかり者らしい婦人がいった。
また別の老婦人が震える声で歌った。

きれいな娘はみんな水兵が好き、
きれいな娘はみんな船乗りが好き、
きれいな娘はみんな水兵が好き、
苦労の種だと知ってるくせに。

「おお、やめてくれ、モーディー、そいつはもう聞きあきたよ。さあ、奥さんに話を聞かせてさしあげよう」とベン老人がいった。「話を聞かせてさしあげるんだ。この方は何かを聞きにいらしたんだ。昔、大騒動を引きおこした例の物の隠し場所のことで、話を聞きにいらしたんだよ、そうでしょう？　それとか、あの騒ぎのことをいろいろと」

「とても面白そうですわね」とタペンスはがぜん勇みたっていった。「ほんとうに何か隠されたんですの？」

「そうですとも、まだわしも知らない、ずっと前のことだが、話はすっかり聞いてますよ。うん。一九一四年より前だ。口から口へ話が伝わりましてな。事情とか、あんな大騒ぎになった理由とかは、誰もはっきりとは知りませんでしたがね」

「ボート・レースと関係のあることでしたよ」と一人の老婦人がいった。「ほら、オックスフォードとケンブリッジの。わたしも、いちど連れていってもらったことがあるんですよ。ロンドンの橋の下やなんかでボート・レースが開かれましてね、それを見に連れていってもらったんですよ。ええ、すばらしい日でした。オックスフォードが一艇身の差で勝ちましてね」

「どなたの話も、とんでもないでたらめですよ」と、鉄灰色の髪の、厳しい顔つきをした婦人がいった。「あなたたちはなんにも知らないんですよ、ええ。あの騒ぎがあったのはわたしが生まれるずっと前のころですけど、わたしのほうがみなさんよりよっぽどよく知ってますよ。わたしは大叔母のマチルダから聞いたんですからね。大叔母は、また、その叔母にあたるルーから聞いたんです。それでも、あれは、マチルダやルーのころより四十年は前のことですよ。たいへんな噂になりましてね、みんな、その品物を探してみたものです。金坑だと言う人もおりました。ええ、オーストラリアから持って帰った金塊ですよ。いえ、なんでもそんな国からですよ」

「じつにくだらん」と一人の老人がいった。この老人は、仲間の老人たちに対して誰彼の区別なく嫌悪の色を浮かべながらパイプをふかしていた。「金魚とごっちゃにしちまったんだよ、そうとも。それほどなんにも知らなかったんだな」

「なんだったにしろ、そうとう金目のものだったんですね、そうでなきゃ隠したりするはずがありませんからね」と、また誰かがいった。「ええ、政府の人が大勢来ました、それに、警察の人も。その人たちがほうぼう探してみたんですけど、結局、なんにも見つからなかったんですよ」

「あら、それは、ちゃんとした手がかりがなかったからですよ。手がかりはあるんですよ、ええ、手がかりのある場所さえ知ってさえいればね」また別の老婦人がしたり顔でうなずいてみせた。「いつだって手がかりはあるもんですよ」

「面白そうですわね」とタペンスはいった。「どこですの？　手がかりはどこにありますの？　この村のなかでしょうか、それとも村の外か、それとも――」

これはいささか拙劣な発言だった。すくなくとも六つの、それぞれちがう答えが一斉にかえってきたからである。

「荒れ地ですよ、タワー・ウエストの向こうの」と一人がいった。

「とんでもない、リトル・ケニーのはずれですよ。ええ、リトル・ケニーのすぐ近くです」

「いや、洞窟のなかだ。海岸通りの洞窟のなかだよ。ずっと先の、ボールディズ・ヘッドあたりの。そら、赤い岩があるだろう。あそこだ。あそこに、昔、密輸入者の地下道があったんだよ。うまいところを考えたもんだな。いまでもちゃんとあるって話だ」

「以前、昔のスペインかなんかの話を読んだことがありますよ。ずっと昔、無敵艦隊《アルマダ》のころですがね。スペインの船がそこで沈没したんですよ。金貨《ダブルーン》をいっぱい積んだまま」

10 タペンス襲われる

「おやおや！」と、その日の夜、トミーは帰宅するなりいった。「ひどく疲れた顔をしてるよ、タペンス。何をしていたんだい？　くたくたになってるじゃないか」

「ええ、くたくたなの」とタペンスはいった。「二度と回復できるかどうかわからないわ。やれやれ」

「いったい何をしていたんだ？　まさか、また上で本かなんかを探していたんじゃないだろうね？」

「いいえ、本なんて、もう二度と見たくないわ。本とはもう縁をきります」

「それじゃ、なんだい？　何をしていたんだい？」

「PPCってご存じ？」

「いや。すくなくとも、うん、なんだっけな、あれは――」

「ええ、アルバートは知ってるわ、でも、そういうんじゃないの。では、いますぐお話

しします けどね、その前にまず何かお飲みになったほうがいいわ。カクテルかウィスキーでも。わたしも少しいただきましょう」

彼女はトミーに午後のことをかいつまんで話した。トミーはまた「おやおや」を繰り返した。「えらい仕事に取り組んだもんだな、タペンス。それで面白い話でもあったかい?」

「どうかしら。六人もの人がいっぺんに話すと、それも、たいていの人はちゃんと話せなくて、そのうえ六人が六人ともちがった話をすると——ええ、聞いてるほうは何を言ってるのかさっぱりわからないものよ。それでも、どういうふうに取り組めばいいか少しは見当がついたわ」

「というと?」

「昔ここに隠されたものや、一九一四年の大戦当時か、もっと前のころとつながりのある秘密のことで、ここには言い伝えがたくさん残っているのよ」

「だが、それはもうわかっていることなんだろう? そういうことなら、もうあらましはわかっているんだよ」

「ええ。ともかく、昔からの伝え話がいまでもこの村にいくらか残っているの。そして、そういう話を、村の人たちはマリア叔母さんとかベン叔父さんから聞いて、それぞれ自己流に解釈しているの。マリア叔母さんだって、もともとはスティーヴン叔父さんとかルース叔母さんとか、なんとかお祖母さんから聞いたのよ。ずっと昔から語りつがれてきたのね。でも、もちろん、そのなかにはこちらが知りたい話だって、ないとはいえませんけどね」

「それがほかの話のなかに紛れこんでいるというのかい？」

「ええ、言葉どおり、干し草の山のなかの針みたいに」

「それで、干し草の山のなかの針をどうして見つけようっていうんだい？」

「見込みのありそうなのをいくつか選りだしてみるのよ。ほんとうに自分の耳で聞いたことを話してくれそうな人をね。この人たちとほかの人たちを、すくなくとも、しばらくのあいだ別々にしておくの。そして、この人たちがアガサ叔母さんやベティ叔母さんやらジェームズ叔父さんから聞いた話を、そのまま正確に話してもらうんです。それからまた別の人たちに当たってみれば、一人ぐらいは、もっと突っこんだヒントを与えてくれる人がいそうなものだわ。絶対に何かがあるわ、ええ、どこかしらに」

「そう、何かはあるんだ。しかし、それが何だかわからないときている」

「だから、それを調べているんじゃなくて？」

「そのとおりだが、つまり、探す前にまず、実際はどんなものなのか、せめて見当ぐらいつけておかなきゃ話にならんといってるんだよ」

「スペインの無敵艦隊の金塊では、まずなさそうね。密輸入者の洞窟に隠したとかいうものでもなさそうだし」

「ひょっとしたら、フランス産の極上のブランディかもしれんぞ」とトミーが期待をこめていった。

「ひょっとすればね。でも、わたしたちが探しているものは、まさかそんなものじゃないはずだわ、そうでしょう？」

「さあ、どうかな。わたしは、そのうちに、あんがいそんなものを探す気にならないともかぎらないよ。ともかく、そんなものなら探すのも楽しいんだがね。もちろん、手紙か何かかもしれない。恐喝の種になりそうな、六十年ほど前の恋文とかね。しかし、もういまでは笑いとばされるのが落ちだろうな」

「そうでしょうね。でも、わたしたちとしては、どうせそのうちになんとか見当をつけなきゃならないんだから。わたしたち、うまくいくかしら、トミー？」

「わからん。わたしは、今日、ちょっと役に立つことを仕入れたがね」

「まあ。どんなこと？」

「なに、国勢調査のことだよ」

「なんのことですって？」

「国勢調査だよ。昔、ある年、国勢調査があったらしいんだ——何年だかわかったよ——それによると、この家にはパーキンソン一家のほかにも相当大勢の人がいたんだよ」

「そんなことが、いったいどうしてわかったの？」

「コロドンさんが八方手をつくして調査してきたんだ」

「わたしはコロドンさんにだんだんやきもちを焼きたくなってきたわ」

「それにはおよばないよ。男まさりの女傑でね、わたしなんかにもたいへんな剣幕でがみがみいうし、お世辞にも悩殺的な美人とはいえんし」

「どっちにしても、おんなじことよ。それで、国勢調査がこんどのこととどんな関係があるの？」

「つまり、『犯人はわたしたちのなかにいる』というアレグザンダーの言葉は、当時この家にいた人物を指しているとも考えられるだろう。ということは、その人物の名前も、当然、国勢調査の申告書に記入されたはずだ。調査の当日、ひとつ屋根の下にいた人は全員名前を記入したんだから、おそらく国勢調査のファイルに記録が残っているはずだよ。だから、目当ての人物さえわかっていれば——といっても、いまのところ心当たりはないが、知人をとおして手をまわせばなんとかわかるよ——そうすれば、何人かにしぼれんこともあるまい」

「ええ、よくわかったわ、なかなかいい考えね。ねえ、お願い、ちょっと何かお腹に入れましょうよ。そうすれば、わたしもまた元気がでるんじゃないかと思うの。十六人もの声をいっぺんに聞きとろうとして、もうふらふらなのよ」

アルバートがほぼ満点にちかい食事をつくってくれた。彼の料理はそのときそのときで波がある。いまはちょうど絶頂期にあたっていて、それが今夜は、彼がチーズ・プディングと呼び、タペンスとトミーとしては、むしろチーズ・スフレと呼びたい一皿に遺憾なくあらわれていた。二人の命名法の誤りをアルバートは軽く非難した。

「チーズ・スフレというのはまた別のものなんでございますよ、卵の白身を泡だてたのをもっとたくさん入れるんです」

「いいのよ」とタペンスはいった。「チーズ・プディングだろうとチーズ・スフレだろうと、とてもおいしいことに変わりはないんだから」

トミーとタペンスは二人とも食べることに没頭し、調査の手順についてメモを比べあうのもそれっきりになってしまった。それでも、めいめい濃いコーヒーを二杯飲んでしまうと、タペンスは椅子の背にゆったりともたれ、大きな吐息をついてからいった。

「やっと人心地がついたわ。あなた、お食事の前にちゃんと手を洗わなかったんじゃなくて、トミー？」

「待ち遠しくて、手なんか洗っていられなかったんだよ。それに、きみが何をいいだすかわからなかったんでね。書庫へ行って、埃だらけの脚立にのっかって棚を調べろといわんともかぎらないし」

「そんなむごいことはいわないわ。さて、ちょっと待って。わたしたち、どこまで進んだのか確かめておきましょう」

「それはわたしたち二人のことかい、それともきみのことかい？」

「そうね、ほんとうはわたしのこと。なんのかんのといっても、わたしにはそれだけしかわからないんだもの。あなたは自分がどこまで進んだかということしかわかってないし、わたしも自分がどこまで進んだかってことしかわかってない。たぶん、そういうところなんでしょうね」

「いくらかは『たぶん』が残るがね」

「ちょっとハンドバッグをとってくださらない、それとも食堂においてきたかしら？」

「きみはいつもそうなんだ、だが、こんどはちがうね。きみの椅子の足もとにある。いや——反対側だ」

タペンスはハンドバッグをとりあげた。

「ほんとにすてきな贈り物だわ、このバッグ。本物のワニ皮よ。ただ、ときどき物を入れるのに苦労するけど」

「そして、入れた物を取りだすのにも苦労するようだね」

タペンスは奮戦している最中だった。

「お値段の張るバッグって、たいがい、なかの物を取りだすのがひと苦労なのよ」と彼女は息を切らしながらいった。「籠細工のが一番楽なんだけど。あれならいくらでもふくらむし、プディングをつくるときみたいにかきまわすこともできるからね。ああ！　やっと出たわ」

「なんだい、それは？　洗濯物の貼り札かなんかみたいだな」

「あら、手帳よ。ええ、もともと洗濯物のことを書いておいたんだけど。ほら、洗濯屋に注意してやらなきゃならないことがあるでしょう——枕カヴァーが裂けていたとかなんとか。でも、ほら、まだ三、四ページしか使ってなかったから、けっこう間にあうと思ったのよ。ええ、わたしたちが聞いたことをこれに書いておいたの。たいてい要領を得ない話ばかりだけど、ほら、こうして書いてあるのよ。そういえば、国勢調査のことも、あなたが最初におっしゃったときに書いてあるわ。そのときは、なんのことか、何をおっしゃりたいのかわからなかったんだけどね。でも、ともかく書いておいたのよ」

「うん、いい心がけだ」

「それから、ヘンダースン夫人とドゥドゥっていう人のことも書いてあるわ」

「ヘンダースン夫人というのは誰だったかね？」

「憶えていらっしゃらないでしょうね。いまさらお話しする必要もないけど、ほら、なんといったかしら、あのお婆さんよ、そう、グリフィン夫人の話にこの二人の名前が出てきたのよ。それから、これは伝言か覚え書だわ。オックスフォードとケンブリッジのことなの。それに、古い本のなかで、もう一つ偶然に見つけたもの」

「なんだい——オックスフォードとケンブリッジだって？　学生のことかい？」

「学生がいたのかどうかよく知らないけど、ボート・レースの賭けのことじゃないかと思うの」

「それなら、まあ、考えられるね。わたしたちには大して役に立ちそうもないが」

「さあ、わからないわ。それから、ヘンダースン夫人のこと、それから〝林檎の木園〟っていうところで暮らしている人のこと、それから、これは汚ない紙切れに書いてあったの。書庫の本のあいだにはさまっていたのよ。『カトリオナ』だったかしら、それとも『王座の影』だったかしら」

「それはフランス革命の話だ。子供のころ、読んだことがあるよ」

「でも、どのくらい役に立つのかわからないけど。いちおう、書きとめておいたの」

「どんなことだい？」

「鉛筆で書いてあって、三つの言葉らしいの。グリン、g－r－i－n。次がヘン、h－e－n。次がロー、最初は大文字でL－o」

「よし、わたしが考えてみせよう。笑い猫――これは笑う《グリン》にきまってる――ヘンはヘニー・ペニーだ、これも童話じゃなかったかな。それからローは――」

「ええ、話をはじめるときに、そういうんじゃなくて？」

「こはそもいかに《ロー・アンド・ビホールド》。しかし、これじゃ意味が通らんな」

タペンスが急いでいった。「ヘンリ夫人、〝林檎の木園〟――この人にはまだ会ってないわ、メドウサイドにいるんだけど」彼女は早口におさらいした。「さて、わたしたちはどこまで進んだのかしら？　グリフィン夫人、オックスフォードとケンブリッジ、ボート・レースの賭け、国勢調査、笑い猫、ヘニー・ペニー、これは雌鶏《ヘン》がドヴレフェルに行くお話よ――ハンス・アンデルセンか誰かの――それから、ロー。ローはつまり、そこへ着いたときに、思わず『ごらんよ《ロー》』って言ったんじゃないかしら。ドヴレフェルに着いたときに。

だいたいこんなところだと思うわ」とタペンスはつづけた。「オックスフォードとケンブリッジのボート・レースだか賭けだかのことも書いてあるけど」

「わたしたちはどこか間が抜けてるからね、そのぶんだけ分が悪いんだよ。しかし、間抜けは間抜けなりに粘っていれば、そのうちに、いわば、がらくたのあいだに隠れていた貴重な宝石が、ひょっこり出てこないともかぎらんのだ。書庫の本棚で例の重要な本を見つけたようにね」

「オックスフォードとケンブリッジ」とタペンスは考えこみながらいった。「何か思いだすわ。何かおぼえがあるんだけど。さて、いったいなんだったかしら？」

「マチルドかい？」

「いえ、マチルドじゃなくて、ほら――」

「トルーラヴだろう」とトミーがいった。そして、顔いっぱいに笑みを浮かべてみせた。

「まこと《トルー》の恋人《ラヴ》か。どこへ行けば、まことの恋人にめぐりあえるかな？」

「にやにやしないでよ、いやな方ね。あなた、寝ても覚めても、そればっかり考えているんでしょう。グリン‐ヘン‐ロー。意味が通らないわ。でも――なんか感じはわかるんだけど――そうだわ！」

「その、そうだわ、はどういう意味だい？」

「そうだわ、トミー、見当がついたわ。もちろん」

「何がもちろんなんだ？」

「ローよ。ロー。グリンから思いついたのよ。あなたが笑い猫みたいに笑ったからよ。グリン。ヘン、それからロー。そうにきまってる。ともかく、絶対にそうよ」

「いったい、なんのことをいってるんだい？」

「オックスフォードとケンブリッジのボート・レース」

「グリン‐ヘン‐ローから、どうしてオックスフォードとケンブリッジのボート・レースが出てくるんだい？」

「当ててごらんなさい、三回まで質問を許すわ」

「いや、はやばやとあきらめるよ。だいたい、意味が通るはずがないんだ」

「ちゃんと通るのよ」

「ボート・レースが？」

「いえ、ボート・レースとは関係ないの。色なのよ。色と色」

「いったい何がいいたいんだい、タペンス？」

「グリン‐ヘン‐ロー。わたしたち、いままであべこべに読んでいたのよ。ほんとうは逆に読めばいいのよ」

「どういうことだ？　O‐l、n‐e‐h——やっぱり意味が通らん。n‐i‐r‐gにいたっては手がつけられないよ。ニルグとでも読むのかな」

「そうじゃないの。三つの単語を拾いだせばいいのよ。ほら、アレグザンダーが本のなかでやったこととちょっと似てるわ——わたしたちが調べた最初の本のことよ。この三つの単語を逆から読んでごらんなさい。ロー‐ヘン‐グリンと」

トミーは眉を寄せた。

「まだわからないの？　ローエングリンよ、もちろん。白鳥よ。オペラですよ。ええ。ほら、ローエングリン、ワグナーの」

「しかし、白鳥と関係のあるものなんてありやしないじゃないか」

「ところが、あるのよ。こないだ見つけた二つの陶器。庭用のスツールよ。憶えているでしょう？　一つは濃い青、一つは薄い青で、たしかアイザック爺さんだったと思うけど、こういったんですよ、『これがオックスフォード、こっちがケンブリッジですよ』って」

「だが、オックスフォードのほうは割っちまったんだろう？」

「ええ。でも、ケンブリッジのほうはまだあそこにあるわ。薄い青のほう。これでわかったでしょう？　ローエングリンよ。何かがあの二羽の白鳥のどちらかに隠されてるのよ。トミー、わたしたちの次の仕事はケンブリッジを調べることよ。薄い青のほう、まだKKに入っているわ。これから行ってみましょうか？」

「なんだって――夜の十一時にかい――真っ平だよ」

「明日でもいいわ。明日はロンドンへいらっしゃらなくていいんでしょう？」

「うん、いいんだ」

「それでは、明日、調べてみましょう」


「この庭をどうしたもんでしょうな」とアルバートがいった。「わたしも、昔、しばらくのあいだ庭仕事をやったことはございますが、野菜のことはあまり存じませんので。ところで、奥さま、男の子が奥さまにお目にかかりたいといっております」

「そう、男の子がね」とタペンスはいった。「赤毛の子のこと？」

「いいえ。もう一人のほうです、背中まで伸びた、黄色い、もじゃもじゃの髪の子ですよ。なんだかおかしな名前でした。ホテルみたいで。そう、『ロイヤル・クラレンス』です。それが名前なんですよ。クラレンスです」

「クラレンスだけど、ロイヤル・クラレンスではないのよ」

「そうらしいですな。玄関で待っております。何かお手伝いできそうだといっておりますよ」

「そう。ときどき、アイザック爺さんの手伝いをしていたんでしょう」

クラレンスはヴェランダとも涼み廊下ともいえるところに置いてある古びた籐椅子に腰掛けていた。ポテトチップで遅い朝食をとっているところらしく、左の手に棒チョコを握っている。

「おはようございます、奥さん。何かお手伝いできないかと思って来たんですが」

「そりゃ、庭仕事なら手伝ってもらいたいわ。あなたは以前アイザックの手伝いをしていたんでしょう」

「ええ、ときどき。それほど腕がいいってわけじゃないけど。アイザックもそうだったっていうんじゃありませんよ。あの人については話がどっさりあるんです、昔はアイザックにもすばらしいときがあったっていう話が。アイザックを雇った人にも、そのころはすばらしいときだったんですね。ええ、昔はボリンゴさんのところの庭師頭だったんだってアイザックはいつも言ってました。ほら、河に沿ってずっと行ったところの、すごく大きな家。ええ、いまは小学校になってるんですよ。そこの庭師頭だったんだってアイザックは言ってました。でも、ぼくのお祖母さんは、そんなこと真っ赤な嘘だっていうんです」

「まあ、そんなことはどうだっていいのよ。じつはね、あの小さな温室のなかのものを、もうすこし外に出したいと思っていたところなの」

「あのガラスの小屋のことですか？　ＫＫのことでしょう？」

「そのとおりよ。不思議ね、あなたがあの名前をちゃんと知っているなんて」

「昔からＫＫって言われてるんですよ。みんな、そういっています。日本語だそうですよ。ほんとうかどうか知らないけど」

「さあ、行きましょう」

トミーとタペンスと犬のハンニバルは一列になって歩いていった。アルバートも朝食の後片づけという面白くもない仕事をうっちゃって、一番あとからついてきた。ハンニバルはとても嬉しそうに、あたり一帯の、脈のありそうな匂いを思う存分嗅ぎまわった。そして、ＫＫの前でふたたび一行と一緒になると、いかにも興味ぶかそうに匂いを嗅いでみせた。

「おや、ハンニバル」とタペンスがいった。「おまえも手伝ってくれるの？　何かわかったら教えてね」

「この犬、なんていう種類ですか？」とクラレンスがきいた。「昔、鼠を捕まえるのに使われた犬だって誰かがいってましたよ。ほんとうですか？」

「そのとおり」とトミーがいった。「マンチェスター・テリアといってね、昔ながらの黒と褐色のやつなんだよ」

ハンニバルは自分のことが話題になっているのを知ると、振り向いて、身体を震わせ、さかんに尻尾を振ってみせた。それから腰をおろしたが、その様子はいかにも得意そうだった。

「嚙みつくんでしょう?」とクラレンスがいった。「みんながそういってますよ」

「とてもいい番犬なのよ」とタペンスがいった。「もしものことがないようにって、いつもわたしのことに気をつけてくれるの」

「そのとおりだ。わたしがいないときは、代わりにハンニバルが気をつけてくれるからね」とトミーが言った。

「四日前にも、郵便屋がもうちょっとで嚙まれそうになったたっていってましたよ」とクラレンスが言った。

「犬というのは郵便屋にそんなことをしたがるものなのよ。あなた、KKの鍵のあるところを知ってる?」

「知ってます。物置きのなかに掛かってますよ。ほら、植木鉢の入っている物置きです」

クラレンスは鍵を取りにゆき、すぐにもどってきた。錆だらけだった鍵に、油がすこし塗ってあった。

「油が塗ってあります、きっとアイザックが塗ったんですね」とクラレンスがいった。

「ええ、それまでは、なかなかまわらなかったのよ」

ドアが開いた。

まわりに白鳥をあしらった陶器のスツール、ケンブリッジは、見た目にもなかなかきれいだった。季節がよくなったヴェランダに出すつもりで、アイザックが汚れを落としておいたのにちがいない。

「濃い青のもあるはずですけど」とクラレンスがいった。「オックスフォードとケンブリッジってアイザックは言ってました」

「ほんとう?」

「ええ。濃い青のがオックスフォード、薄い青のがケンブリッジなんです。そうだ、オックスフォードのほうは割れたんでしたね?」

「ええ、そうなの。なんだかボート・レースみたいじゃなくて?」

「そういえば、あの揺り木馬もどうかしたんでしょう?　KKのなかに汚ないものがいっぱい散らかっているもの」

「ええ」

「マチルダとかいう、へんてこな名前でしたね？」

「そう。マチルドは手術をうけたのよ」

これがクラレンスにはひどく面白かったらしい。彼は大声で笑いだした。

「ぼくの大叔母さんのエディスも手術をうけたんですよ。腹のなかのものを取りだしたんだけど、でも、また元気になりました」

クラレンスはちょっと失望したような口振りだった。

「こういうものは、なかを調べるといっても調べようがないわね」

「なに、濃い青いやつと同じように割っちまえばいいさ」

「そうするしかありませんね。どうです、このてっぺんのSの字みたいな隙間。そうだ、ここから物が入れられますよ。郵便箱みたいに」

「そうだ、入れられるな。面白い考えだ。なかなか面白いよ、クラレンス」とトミーがやさしく言った。

クラレンスは満足そうだった。

「底蓋をはずせばいいんですよ」と彼はいった。

「底蓋をはずすって、はずせるの？」とタペンスが言った。「誰に教えてもらったの？」

「アイザックがはずしているのを何度も見たことがありますよ。あおむけにして、まず底蓋をまわしてみるんです。なかなか動かないことがあるんですよ。蓋のまわりの隙間に油をすこし垂らして、それが染みこんだら蓋をまわすんです」

「なるほどね」

「あおむけにするのが一番楽ですよ」

「ここにあるものって、どれもこれもあおむけにしないとだめらしいわね。マチルドも、手術の前にまずあおむけにしなきゃならなかったし」

しばらくのあいだ、ケンブリッジは梃子《てこ》でも動きそうにもなかったが、そのうち、まったくだしぬけに底蓋がまわりだし、あとは蓋を充分まわしてはずすまでにいくらもかからなかった。

「きっと、屑みたいなものがいっぱい入ってますよ」とクラレンスがいった。

ハンニバルが手伝いにきた。彼は、どんなことであれ、眼の前で行なわれていることを手伝わなければ気のすまない犬だった。自分が手を、いや足を出さなければ何事も片がつかないと考えているのである。もっとも、彼の場合、もっぱら鼻を使って調査に協力するのだった。いまも彼は鼻面を押しあてんばかりにして低く唸り、それからすこし後ずさって坐りこんだ。

「これがあまりお気に召さないのね」とタペンスはいって、いささか気味の悪い内部をのぞきこんだ。

「あっ！」とクラレンスがいった。

「どうしたの？」

「引っかかったんです。横の釘に何かぶらさがってますよ。釘だかなんだかわからないけど。なんだろう、これ。おや！」

「ウッフ、ウッフ」とハンニバルがこれに声をあわせた。

「すぐ内側の釘に何か引っかかってるんです。うん、取れた。おっとつるつる滑るんですよ。そら、ようし。取れました」

クラレンスは黒っぽい防水布でくるんだものを取り出した。

ハンニバルが寄ってきて、タペンスの足もとに坐ると、唸り声をあげた。

「どうかしたの、ハンニバル？」

ハンニバルはまた唸った。タペンスはかがみこみ、頭と耳を撫でてやった。

「どうしたの、ハンニバル？　おまえ、オックスフォードが勝てばいいと思っていたんでしょう、でも、ほらね、ケンブリッジが勝ったのよ。あなた、憶えていて」とタペンスはトミーにいった。「昔、ハンニバルにテレビでボート・レースを見せてやったときのことを？」

「憶えているよ」とトミーがいった。「ゴール間近というときに、ハンニバルがひどく腹を立てて吠えだしたもんだから、さっぱり聞きとれなかったことがあったね」

「それでも画面を見ることはできたんだから、それでいいと思わなきゃ。でも、憶えていらっしゃるかしら、ハンニバルはケンブリッジに勝たせたくなかったんですよ」

「こいつはきっと、犬のオックスフォード大学で勉強したんだよ」

ハンニバルはタペンスのそばを離れてトミーのほうへ行くと、満足そうに尻尾を振ってみせた。

「あなたの言葉を聞いてほくほくしているのよ。きっとほんとうなんでしょう。わたしは、せいぜい犬の一般公開大学で勉強した程度じゃないかと思いますけどね」

「もっぱら何を勉強したんだい？」とトミーが笑いながらきいた。

「骨の処理法」

「いかにもハンニバルらしい勉強だね」

「ええ、そうなのよ。軽はずみなことだと思うけど、以前、アルバートがマトンの脚の骨をまるごとやったことがあるの。まず最初に、わたしはハンニバルがそれを客間のクッションの下に押しこんでいるのを見つけたのよ。それで、庭に追いだして、閉めだしをくわせてやったの。そして、窓から見ていたら、ハンニバルはわたしがグラジオラスを植えた花壇に入って、そこに骨を丁寧に埋めたものですよ。骨のことになると、それはもう始末がいいの。食べはしないのよ。まさかのときの用心に、ふだんから隠しておくんですよ」

「あとでまた掘りだすこともあるんですか？」とクラレンスが、犬学研究のこの点をさらに究明しようとした。

「あるでしょうね」とタペンスはいった。「骨がとても古くなって、いっそ埋めっぱなしにしておいたほうがましだったっていうような時分もあるけど」

「うちの犬はドッグ・ビスケットが好きじゃないんです」とクラレンスがいった。

「それだけ食べ残すんでしょう」とタペンスがいった。「お肉をまっ先に食べて」

「でも、スポンジ・ケーキは好きなんです」

ハンニバルはケンブリッジのなかから掘りだされたばかりの戦利品の匂いを嗅いでいた。それから、とつぜん、さっと振り向いて吠えはじめた。

「見てきてちょうだい、外に誰かいるんじゃないかしら。ひょっとしたら庭師かもしれないわ。こないだ、ヘリングさんの奥さんだったと思うけど、昔は優秀な庭師で、いまでも手間仕事をしている年寄りを知っているって教えてくれたから」

トミーがドアを開けて出ていった。ハンニバルもついていった。

「誰もいないよ」

ハンニバルが吠えた。まず唸り声からはじまり、それから吠え声がだんだん大きくなっていった。

「あのパンパス・グラスのこんもりした茂みに人か何かがいると思っているんだよ」とトミーがいった。「誰かがこいつの骨を掘りだしているのかもしれんぞ。それとも兎がいるのかな。兎が相手だと、ハンニバルはまるっきりだらしがないんだ。やいやいけしかけてやらなきゃ、追いかけようとしないんだから。兎には、やさしい気持ちを持っているとみえるね。鳩とか大きな鳥なら追いかけるんだ。さいわい、捕まえたためしはないがね」

ハンニバルはパンパス・グラスのまわりで匂いを嗅ぎながら、まず唸り声を洩らし、それから大声で吠えはじめた。そして、ときどきトミーのほうを振りかえった。

「猫でもいるんだろう」とトミーがいった。「知ってるだろう、近くに猫がいると、ハンニバルはあのとおりなんだよ。しょっちゅうここに入りこんでくる例の大きな黒い猫と、もう一匹の小さいのがいるんだ。〝チビネコ〟と呼んでいるやつだよ」

「あの猫、いつも家のなかまで入ってくるのよ」とタペンスがいった。「ほんのちょっとの隙間から入ってくるらしいわ。さあ、およし、ハンニバル。こっちにおいで」

ハンニバルはその声を聞いて振りかえった。猛りたった、すさまじい表情をしている。タペンスをちらりと見やり、ちょっともどってきかけたが、またパンパス・グラスの茂みに注意をもどして、ふたたび猛然と吠えだした。

「何か気になるものがいるんだな」とトミーがいった。「おいで、ハンニバル」

ハンニバルは全身を震わせ、首を振り、トミーを見つめ、タペンスを見つめていたと思うと、大声で吠えながら、いきなりパンパス・グラスの茂みにとびかかった。

とつぜん、物音が響いた。鋭い銃声が二回。

「まあ、兎を撃ってるんだわ」とタペンスは叫んだ。

「帰ってこい。KKのなかに入るんだ、タペンス」

何かがトミーの耳もとを飛びすぎた。ハンニバルはいままでは全身の神経をぴりぴりさして、パンパス・グラスのまわりをぐるぐる駆けまわっていた。トミーはそのあとを追って走りだした。

「誰かを追いかけているんだ」とトミーはいった。「誰かが丘を逃げていく。ハンニバルのやつ、気がくるったように駆けていくよ」

「誰なの——どういうことなの？」

「大丈夫か、タペンス？」

「それほど大丈夫でもないわ。何かが——何かがここに当たったのよ、肩のすぐ下に。これは——これはどういうことなの？」

「誰かがわたしたちを狙って撃ったんだ。あのパンパス・グラスの茂みに隠れていたやつが」

「わたしたちの行動を見張っていたのね。そうなんでしょう、たぶん？」

「アイルランドの連中じゃないかな」とクラレンスが意気ごんでいった。「ＩＲＡですよ。ほら。ここを爆弾で吹っ飛ばすつもりだったんですよ」

「これはべつに政治的な意味のあることじゃないと思うわ」とタペンスがいった。

「うちへ入ろう」とトミーがいった。「さあ、急いで。おいで、クラレンス、きみも来たほうがいいよ」

「あの犬、嚙みつきゃしませんか？」とクラレンスは不安そうにいった。

「大丈夫だ。いまのところ、ハンニバルは忙しいからね」

一行が角を曲がって庭の門を入ったとき、とつぜん、ハンニバルが姿を現わした。息を切らしながら、彼は丘を駆けあがってきた。そして、犬が話すときの方法でトミーに話しかけた。トミーのそばによると、全身をもじもじさせ、トミーの膝に前脚をかけ、ズボンの裾をくわえて、いま来た方向にトミーを引っ張っていこうとするのだ。

「いまのやつを一緒に追いかけようといってるんだよ」

「およしなさい。ライフルだかピストルだかなんだか知らないけど、ともかく、飛び道具を持った人間がいるとすれば、なにもむざむざ撃たれに行くことはないわ。あなたの年じゃね。あなたにもしものことがあったら、誰がわたしの面倒をみてくれるの？　さあ、うちへ入りましょう」

三人は急いで家のなかに入った。トミーはホールへ行き、電話をかけた。

「何をしていらっしゃるの？」とタペンスがいった。

「警察に電話してるんだ。こんなことを見過ごすわけにはいかないよ。いまのうちに連絡しておけば、犯人が見つかるかもしれん」

「わたし、この肩をどうにかしなきゃ。一番いいジャンパーが血でだいなしになってしまうわ」

「ジャンパーなんかどうだっていいよ」

ちょうどこのとき、アルバートが応急手当てに必要なひと揃いを持って入ってきた。

「これはどうしたことですか？　どこかの不届きなやつが、まさか奥さまの命を狙ったんじゃありますまいな？　この国ではこんどはいったい何が起こりますことやら」

「病院へ行ったほうがいいんじゃないかね？」

「いえ、ほんとうに大丈夫よ。バンドエイドの大きいのでも貼ってもらいましょう。それよりまず安息香チンキでも塗ってちょうだい」

「ヨードチンキもございますよ」

「ヨードチンキはやめて。ひりひりするから。それに、このごろ、病院では、ヨードチンキはかえって害になるっていってるそうよ」

「安息香チンキというのは、吸入器から吸いこむのだと思っておりましたが」とアルバートがいった。

「それも一つの使い方よ、でも、ちょっと引っかいたとか、すりむいたとか、子供が切り傷をこしらえたときにつけるとてもよく効くのよ。あれをちゃんとしまっておいてくださった？」

「あれってなんだい、なんのことを言ってるんだ、タペンス？」

「さっき、ケンブリッジ-ローエングリンから取りだしたでしょう。あれのことよ。釘に引っかかっていたもの。あれは、たぶん、重要なものよ。さっきの連中はわたしたちを見ていたのよ。それに、もしあの連中がわたしたちを殺して——あれを奪うつもりだったとすれば——ええ、きっと重要なものにちがいないわ！」

11　ハンニバル行動を開始

警察の一室でトミーは警部と向きあっていた。ノリス警部は何度もゆっくりとうなずいてみせた。

「運よく決着がつくといいんですがね、ベレズフォードさん。クロスフィールド医師が奥さんの治療をしているそうですな」

「そうです、たいしたことはないんですがね。弾丸がかすっただけなんですが、出血がひどくてね。でも、あのぶんなら大丈夫でしょう。それほどのことはないとクロスフィールド先生もいっていましたから」

「しかし、奥さんももうお若くはないんでしょう」

「七十を過ぎてるんですよ。家内もわたしも、だんだん老いこんできます」

「ええ、ええ。そりゃそうでしょうな。お二人がこの村に越していらっしゃって以来、奥さんのことは地元の噂でずいぶんうかがっていますよ。奥さんは、村じゅうで、たいへん人気がありましてね。いろいろとご活躍なさったことを、村の連中も話に聞いているんですよ。それに、あなたのご活躍のことも」

「いや、とんでもない」

「過去の経歴はどこまでもついてまわるものですよ。良かれ悪しかれ」とノリス警部は穏やかな声でいった。「前科者なら、その経歴は一生ついてまわるし、かつて英雄だったなら、やはりその経歴が一生ついてまわるのです。これだけははっきり申しあげておきます。こんどの事件は警察としても全力をつくして解決につとめるつもりです。犯人の人相はおわかりにならんでしょうね？」

「わかりませんな。わたしが見たときは、うちの犬に追われながら逃げていくところでした。それほど年寄りじゃありませんな。身軽に駆けていきましたからね」

「扱いにくい年ごろなんですよ、十四、十五前後というのは」

「それよりは年上でした」

「電話とか手紙とかで金を要求されるといったことはありませんでしたか？　いまの家から出るように要求されたというようなことでも？」

「いや、ありません」

「それで、こちらへ移っていらっしゃってから――どのくらいになりますか？」

トミーはそれに答えた。

「なるほど。まだいくらも経っていませんね。あなたは平日はほとんどロンドンへお出かけになるんでしょう」

「そうです――詳しいことをお知りになりたければ――」

「いや、いや。詳しいことは結構ですよ。ただ一つだけ申しあげたいのは――その、あまりしょっちゅうお出かけにならないように。なんとかして、ご自宅から離れずに、奥さんの身辺に気を配ってさしあげることがおできになるなら……」

「いずれにせよ、前々からそうしようと思っていたんですよ。これでいい口実ができましたから、ロンドンでの、なんだかんだといった会合にしょっちゅう顔を出さんでもすむでしょう」

「われわれも万全の警戒を怠らないつもりですが、もし、この犯人を捕えたなら……」

「あなたは――こういうことは、おききしてはいけないんでしょうが――犯人の心当たりでもおありですか？　名前とか理由をご存じありませんか？」

「そう、このへんの一部の連中については、相当多くのことがわかっています。往々にして、警察は連中が思っている以上に知っているものですよ。ときには、どの程度知っているかを伏せておくこともあります。最終的に犯人を突きとめるには、それが一番利口な方法ですからね。そうすれば、そういうやつらと手を組んでいる者や、金で動かしている者、それに、その犯行がはたして連中だけの頭から生まれたのかといったことまでわかりますからね。しかし、思うに——こんどの犯人は、いわば、われわれ地方警察の守備内の人間ではなさそうですな」

「なぜ、そうお考えなのですか?」

「いや、なぜってこともないんですが。まあ、話が伝わってきますからね。ほうぼうの署から情報が入るんですよ」

トミーと警部の眼がかちあった。五分ほどというもの、どちらも口をきかなかった。ただ相手をじっと見ているだけだった。

「そうですか」とトミーがいった。「なるほど——わかりました。ええ。わかったような気もします」

「ひとつ申しあげてよければ」とノリス警部がいった。

「はあ?」とトミーはいささか疑わしそうな表情でいった。

「お宅の庭のことなんですがね。少し手を入れる必要がありますな」

「庭師が殺されたんですよ、おそらくご存じかと思いますが」

「ええ、すべて知っています。アイザック・ボドリコットでしたね? 面白い爺さんでした。若いころの活躍について、時には大風呂敷を広げたりしましてね。しかし、有名な人物で、信用のおける男でしたよ」

「なぜ殺されたのか、誰に殺されたのか、わたしには見当もつかないんです。まだ誰も見当をつけるなり、突きとめるなりはしていないようですな」

「警察はまだ突きとめていないとおっしゃるんでしょう。まあ、こういったことは少々時間のかかるものでしてね。検死が行なわれて、検死官が『不明の人物による謀殺』と結論を出しても、それでいっぺんに犯人がわかるというものじゃないんですよ。だいたい、それはほんの序の口にすぎないんです。ところで、さきほど申しあげようとしたことですが、いずれ、ある男が、ちょっとした庭仕事をやる者をお探しではないかといって、お宅にうかがうと思います。週に二、三日なら来られるといって。いや、もっと来られるかもしれません。身元保証としては、ソロモン氏のところで働いたことがあると申しあげるでしょう。この名前はご記憶があると思いますが、いかがですか？」

「ソロモン氏ですか」

ノリス警部の眼に、一瞬、いたずらっぽそうな光がまたたいたようだった。

「そう、もう故人です、もちろん。ソロモン氏のことですがね。しかし、ほんとうに、かつてはこの村に住んでいた人物で、日雇いの庭師を何人か雇っていたんですよ。お宅にうかがう男の名前は、わたしにもはっきりしません。よく憶えていないといったほうがいいでしょう。おそらく、いくつかの名前の一つですよ――クリスピンあたりでしょうかな。年は三十から五十のあいだ。ソロモン氏のところで働いていた男です。しかし、誰かが訪ねてきて、日雇いで庭仕事を引き受けるという。しかし、ソロモン氏の名前は出てこない、そういう場合は、わたしならそいつを雇うのは見合わせますね。ひと言ご注意申しあげておくまでですが」

「なるほど。そうか。わかりました。すくなくとも要点はわかったようです」

「そこが肝要なんですよ。さすがに呑みこみがお早いですな、ベレズフォードさん。まあ、こうしたことは、いままでの活動のなかでしばしば経験なさったことでしょうからね。ほかに、われわれがお話しできることで、お知りになりたいことはありませんか？」

「なさそうです。何をおたずねしたらいいのかわからないんですよ」

「われわれも捜査にのりだします。かならずしも、この村でというわけではありませんよ。わたしはロンドンかどこかで調査にあたることになるかもしれません。われわれとしては、総力をあげて調査に協力します。さて、これでおわかりいただけましたでしょうね？」

「わたしもタペンスを——家内をあまり深いりさせないように、せいぜい努めてみましょう——しかし、これがまた難しいんですよ」

「いまにはじまったことじゃないが、女性というのは扱いにくいものですよ」とノリス警部はいった。

のちほど、タペンスがブドウを食べているのをベッドのかたわらで見ながら、トミーは警部のこの言葉を繰り返した。

「おまえ、ブドウを種ごと食べちまうのかい？」

「いつもそうですよ。種を取りだすのって、すごく時間がかかるでしょう？　食べても害にはならないわ」

「まあ、おまえがいまだになんともなくて、しかも、いままでずっとそうしてきたのなら、確かに害にはならんのだろう」

「警察では、なんといってまして？」

「まさに予想していたとおりのことをいったよ」

「犯人の見当ぐらいはついているの？」

「地元の人間じゃないだろうというんだがね」

「誰にお会いになったの？　ワトソン警部だったかしら、あの人の名前？」

「いや、今日、わたしが会ったのはノリス警部だよ」

「おや、それじゃわたしの知らない人だわ。その人、ほかにどんなことをいったんですか?」

「いまにはじまったことじゃないが、女性というのはまったく歯止めをかけにくいものだといっていた」

「まあ、あきれた！　その人、あなたがうちへ帰って、わたしに話すってことを知ってるのかしら?」

「知らないんじゃないかね」とトミーはいった。そして、立ちあがった。「ロンドンに一つ二つ電話をかけなきゃならん。ここ一両日はロンドンへ行くのは見合わせるよ」

「おいでになってもかまわないわよ。わたしのことなら、ここにいれば絶対に安全！　アルバートが気をつけてくれるし、何やかやと世話を焼いてくれますもの。クロスフィールド先生もとても親切だし、まるで卵をかかえた雌鶏みたいに気を配ってくださるのよ」

「わたしはアルバートの代わりに買物に行ってくるよ。何かほしいものはないかい?」

「ええ、メロンを買ってきてくださらない。果物が食べたくてしようがないの。果物しか食べたくないのよ」

「よし、わかった」

トミーはロンドンの電話番号をまわした。

「パイクアウェイ大佐ですか？」

「そうだ。もしもし、おお、きみか、トーマス・ベレズフォードだろう？」

「やあ、声でわかりましたか。お話ししたいことがあるんですが――」

「タペンスのことだな。すっかり聞いとるよ。話してくれるにはおよばん。一日か二日か一週間、家でじっとしているのだ。ロンドンへ出かけちゃいかんぞ。何かあったら報せてくれ」

「大佐のところへお持ちしたほうがよさそうなものがあるんですが」

「うん、いまのところは、だいじにしまっておいてくれ。時がくるまで隠しておく場所を考えだすように、タペンスにいってくれ」

「そういうことならタペンスは得意ですからな。うちの犬と同じですよ。うちの犬は骨を庭に隠すんです」

「その犬はきみたちを狙ったやつを追いかけて、そいつを追っぱらったそうだな――」

「大佐は何もかもご存じのようですね」

「われわれはいつでもなんでも知ってるんだよ」

「うちの犬は犯人に噛みついたんです、そして、犯人のズボンの切れ端をくわえてもどってきたんですよ」

12　オックスフォード、ケンブリッジ、ローエングリン

「よく来てくれた」とパイクアウェイ陸軍大佐は煙草の煙を吐きながらいった。「急に呼びだしてすまなかったが、やはり会って話したほうがいいと思ったんでね」

「ご存じと思いますが」とトミーはいった。「このところ、家内とわたしの身辺には、ちょっと思いがけないことばかり起こるんですよ」

「ほう！　いったいなぜ、わしが知っとると思うんだね？」

「大佐はいつでもなんでもご存じでいらっしゃいますからな」

パイクアウェイ大佐は笑いだした。

「いやはや！　わしの言葉がそっくりはねかえってきたわけか。うん、そのとおりなんだ。われわれはどんなことにも通じている。そのためなんだよ、われわれがこの方面の仕事をしているのは。危ないところだったのかね？　きみの奥さんのことだよ」

「危ないところというほどでもないんですが、しかし、たいへんなことになりかねない

ところでしたよ。詳しいこともほとんどご存じだと思いますが、ひととおりお話ししましょうか？」

「なんなら、ざっと話してみてくれ。わしの耳に入っていないことも少しはあるからな。ローエングリンのことだよ。グリン‐ヘン‐ロー。勘が鋭いんだよ、きみの奥さんは。急所を見逃さなかった。一見、ばからしい問題のようだが、ほら、ちゃんと結果が出たんだ」

「今日は、例の手に入ったものを持ってきました。大佐にお目にかけるときが来るまで、小麦粉の容れ物のなかに隠しておいたんです。郵送するのは気が進まなかったもんですから」

「そりゃいかん、当然だよ――」

「ブリキの容器――いや、ブリキじゃなくて、この箱より上質の金属の容器ごと、ローエングリンのなかにぶらさがっていたんです。薄い青のローエングリンです。ケンブリッジですよ、ヴィクトリア朝風の、陶器の戸外用スツールですな」

「わしも、昔、見たおぼえがあるよ。田舎住まいの叔母が二つ揃いのを持っていたもんだ」

「箱は防水布でくるんであって、ちっとも傷んでいませんでした。なかに手紙が入っているんです。手紙のほうはだいぶぼろぼろになっていますが、専門家が扱えば——」

「うん、そういうことはなんとかうまくやれるよ」

「では、これはお任せします。それから、タペンスとわたしがメモしたものをリストにまとめてきました。小耳にはさんだこととか、人から聞いたことを」

「名前も？」

「ええ。三つ四つ。オックスフォードとケンブリッジについての手がかりとか、当時、村にいたオックスフォードとケンブリッジの学生についての話とか——これはたいして意味があるとは思えませんな、実際のところ、陶器のスツール、ローエングリンを指していることはわかりきっていますからね」

「ふむ——ふむ——ふむ、一つ二つ、なかなか興味ぶかいものがあるぞ」

「撃たれたあと、もちろん、わたしは警察にとどけました」

「当然だ」

「翌日、署に呼ばれて、ノリス警部と会ったんです。見たことのない人でした。わりあい新顔なんでしょう」

「うん。特別に派遣されたんだろうな」とパイクアウェイ大佐はいった。そして、一段と大量の煙を吐きだした。

トミーは咳こんだ。

「大佐はノリス警部のことをよくご存じのようですね」

「知っとるよ。われわれはどんなことにも通じておるからな。あの男なら大丈夫だ。こんどの事件の捜査を担当しとるんだよ。きみたちをつけまわしたり、きみたちの身辺を探ったりしているやつを見つけるには、地元の警察を使ったほうがかえって適任かもしれん。どうだね、ベレズフォード、しばらくのあいだ、奥さんを連れて、どこかよそに行っていたほうがいいんじゃないのか？」

「できない相談ですな」

「奥さんがうんといわんということかね？」

「何度も言うようですが、やはり大佐は何もかもお見通しなんですな。タペンスのやつは梃子でも動きゃしませんよ。第一、タペンスは重態でもないし病気でもないし、それに、いまでは――その、やっと尻尾をつかみかけたと思っているんですよ。その正体はタペンスにもわたしにもわかりません、何を発見し、何をすればいいのかも」

「嗅ぎまわるんだ。こういう事件では、それしか手がないんだよ」パイクアウェイ大佐は金属の箱を爪で叩いた。「もっとも、この小さな箱が何かを教えてくれるだろう。われわれが前々から知りたいと思っていたことを。何十年も前、舞台裏で多くの不正が横行したのは誰の差し金によるものかを」

「しかし、きっと――」

「きみのいわんとすることはわかるよ。誰だったにしろ、そいつはもう故人になってい るというんだろう。そのとおりだ。だが、それでも、どんなことが進行していたのか、どうして進行しはじめたのか、誰が手をかしたのか、誰がそそのかしたのか、誰がそれを受け継ぎ、それ以来いまだに同じことをつづけているのか、そういったことをこの箱は教えてくれるのだよ。見たところ大した者じゃないが、じつは思いもよらない大物かもしれん連中のことをね。さらには、そういった連中のいわばグループと――このごろでは、なんでもかんでもグループと呼ぶがね――接触している連中のことも。そのグループのメンバーはいまではもう代替わりしているかもしれんが、それでもやはり同じ考えを持っている連中なんだ。昔のメンバーと同じように暴力と悪を好み、外部のグループと連絡をとりあっておるんだよ。なかには問題のないグループもあるが、一部のグループは、グループであるだけにいっそう始末が悪いんだ。これは一種の戦術なんだよ。このところ、そうだな、五十年から百年のあいだに、そのことはわれわれの肝に銘じている。人々が団結して、少人数ながら結束力のある暴徒になると、自分の手で、あるいは自分で手を下すかわりにほかの人々を焚きつけて、どんなことでもやりとげることができる、じつに驚くべきことだということを」

「ちょっと質問してもいいですか？」

「いつでも誰でも質問してもかまわんのだよ。われわれはどんなことでも知っているが、しかし、答えるとはかぎらんぞ。あらかじめ注意しておくがね」

「ソロモンという名前にお心当たりはありませんか？」

「ほう、ソロモン氏か。それで、この名前を誰から聞いたんだ？」

「ノリス警部の話に出てきたんですよ」

「なるほど。うん、ノリスのいったとおりにしていれば、まちがいないよ。それはたしかだ。きみはソロモン本人と会うことはできないんだよ、じつをいうと、彼は死んだ」

「わかりました」

「すくなくとも、きみはまだ完全にはわかっておらんよ。われわれは、ときどきその男の名前を使うんだ。借用できる名前があるってのは便利なものだよ。それも、実在の人物で、もう故人になったが、近所ではいまだに尊敬されているといった人物の名前がいいのだ。きみたちが〝月桂樹荘〟に越してきたのはまったく絶好の機会というもので、われわれとしては、これはちょっとした好運をもたらしてくれるかもしれんと思っとるんだよ。しかし、それがきみなり奥さんなりに不幸を招くことになっては困るのだ。どんな人でも、どんなことでも、疑ってかかるんだよ。それが一番だ」

「まわりの連中のなかで、わたしが信用しているのは二人だけです。一人はアルバートですが、この男は長年わたしのところで働いていますし――」

「うん、アルバートなら憶えとるよ。赤毛の若者だったな？」

「もう若者とはいいかねますが――」

「で、もう一人は？」

「犬のハンニバルです」

「ふむ。うん――あんがい役に立つかもしれん。誰だったかな――ワッツ博士だったかね、『犬は吠えたり嚙みついたりするのが楽しみなのだ、それが彼らの天性なのだから』ではじまる讃美歌をつくったのは――どんな犬だい、シェパードかね？」

「いや、マンチェスター・テリアです」

「ほう、昔ながらの黒と褐色のやつだな。ドーベルマンほど大きくはないが、自分のやるべきことはちゃんと心得ている類の犬だ」

13 ミス・マリンズの来訪

タペンスが庭の小道を歩いていると、家のほうから急ぎ足で現われたアルバートが呼びかけた。

「ご婦人がお目にかかりたいといって待っておいでです」

「ご婦人？　おや、誰かしら？」

「ミス・マリンズといっておられます。こちらへうかがうようにと村のご婦人から勧められたそうです」

「ああ、それでわかったわ。庭のことじゃなくて？」

「はあ、庭がどうしたとかいっていらっしゃいましたよ」

「それなら、ここに通してもらったほうがいいわね」

「かしこまりました」とアルバートは年季の入った執事の貫禄も充分にいった。

彼は家のほうにもどってゆき、しばらくすると、ツイードのズボンに厚手のプルオーヴァーを着た、背の高い、一見、男のような婦人を案内してきた。

「今朝は風が冷とうございますわね」と婦人はいった。

彼女の声は太くて、少しかすれていた。

「アイリス・マリンズと申します。グリフィンさんから、奥さまにお目にかかってみたらといわれましたの。庭仕事の手伝いをお探しだというので。そうなんでございますか？」

「こんにちは」とタペンスは握手をしながらいった。「よく来てくださいましたね。ええ、庭仕事を手伝ってくれる人を探しているんですよ」

「まだ引っ越していらっしゃったばかりでございましょう？」

「でも、もう何年も経ったような気がしますわ。ついこないだまで、職人が出はいりしていたものですからね」

「ええ、ほんとうに」とミス・マリンズは太い、かすれた声で笑いながらいった。「職人が来ているあいだって、どんなものだかわかりますわ。でも、職人任せになさらなかったのはいいことですよ。ご本人が越していらっしゃらないことにはいつまでもけりがつかないし、越してきてからも、また職人を呼んで、やり残した仕事を片づけてもらわなきゃなりませんからね。すてきなお庭ですわ、でも、ちょっと荒れてますわね」

「ええ、前に住んでらしたご一家は庭の体裁なんかあまり気になさらなかったんでしょう」

「ジョーンズさんとかいう一家でしたわね？　わたしはほんというとお知り合いじゃなかったんですよ。ええ、わたしは町の反対側の、ヒースの原のほうでずっと暮らしているもんですから。ご近所の二軒のお宅に、日をきめてうかがってますの。一軒のお宅に週二日、もう一軒のお宅に一日。ほんとうは、いつもきちんとしておきたかったら、一日じゃ足りないんですけどね。お宅はアイザック爺さんを雇っておいでだったんでしょう？　いいお爺さんでした。いたましいことですよ、いつも相手かまわず襲いかかる乱暴なゲリラみたいな連中に殺されるなんて。一週間ほどまえに検死審問がありましたんでしょう？　犯人はまだわかっていないって話ですね。ああいう連中は少人数のグループを組んで歩きまわってるんです、そして、後ろから首を絞めあげるんですよ。たちが悪いったらないんです。だいたいにおいて、若いほど、たちが悪いんですよ。まあ、みごとなマグノリアがありますわね。ソルアンジナでございましょう？　なんといってもこれが一番ですよ。みなさん、いつも、少しでも珍しい品種をほしがりますけど、わたしは、マグノリアはやっぱり昔からお馴染みのを大事にしたほうがいいと思いますわ」

「それよりも、じつは、野菜のことを考えてるんですけど」

「ええ、ちゃんとした菜園をつくりたいとおっしゃいますんでしょう？　いままでの方は菜園なんかにあまり手をかけなかったようですわね。みなさん横着になったんでしょうかね、野菜なら買ったほうがいいというわけで、自分でつくろうとはしないんですよ」

「わたしはまた、新鮮なジャガイモやエンドウマメをつくってみたいと、前々から思っていたんですよ。それにインゲンマメも。そうすれば、まだ若いうちに食べられますからね」

「そのとおりですわ。サヤインゲンなんかもいかがでしょう。庭師はたいてい自分の育てたサヤインゲンが自慢で、一フィート半もの長いのをつくってみたりするんですよ。見栄えがしますからね。地方の品評会なんかで、いつも賞をとるんですよ。でも、ほんとうにおっしゃるとおりですわ。若い野菜って、ほんとうにおいしいものですよ」

アルバートがひょっこり現われた。

「レドクリフ夫人からお電話でございます。明日、お昼のお食事をご一緒できないかとおたずねですが」

「まことに残念ですがと申しあげてちょうだい」とタペンスはいった。「明日はロンドンへ行かなきゃならないかもしれないの。そうだわ——ちょっと待って、アルバート。

ちょっと言伝《ことづて》を書くから」

彼女はバッグから小さい手帳を取りだし、二言三言書いてアルバートに渡した。

「主人に伝えてちょうだい。マリンズさんがおみえになって、二人で庭にいますからって。わたし、主人に頼まれたことを忘れていたの。いま手紙を書いているから、名前と住所を教えてあげてちょうだい。そこに書いておいたから――」

「かしこまりました」といって、アルバートは姿を消した。

タペンスは野菜の話にもどった。

「とてもお忙しいんでしょう。いまだって週に三日は仕事に出ていらっしゃるんだから」

「ええ、それに、さっきもお話ししたとおり、町の向こうとこっちですからね。わたし、町の反対側に住んでいるんですよ。そこに小さな家を持っていますの」

ちょうどそのとき、家のほうからトミーが歩いてきた。ハンニバルが大きな円を描きながら駆け足でついてくる。まずタペンスのそばへとんできた。そして、一瞬立ちどまり、前脚を突っぱったかと思うと、猛然と吠えながらミス・マリンズにとびかかった。

彼女はぎくりとして二、三歩後ずさった。

「うちのきかんぼうですわ」とタペンスがいった。「ほんとうに嚙んだりはしないんですけどね。すくなくとも、ごくたまにしか。ふつうは郵便屋だけなんですよ、この犬が嚙みつきたがるのは」

「犬ってみんな、郵便屋に嚙みついたり嚙みつこうとしたりしますわね」とミス・マリンズがいった。

「とてもいい番犬なんですよ」とタペンスはいった。「マンチェスター・テリアですからね、番犬にはうってつけなんですの。よく番をしてくれるんですよ。家に近づいたり、入ろうとする人を追いはらってくれるし、わたしのことをとても気にかけてくれましてね。きっと、わたしのお守りを、生涯で一番だいじな務めだと思っているんでしょう」

「ええ、当節ではそのくらい用心いたしませんとね」

「ええ、ほんとうに。泥棒が大勢うろついてますからね」とタペンスはいった。「わたしたちの友だちにも、泥棒に入られた方がずいぶんいるんですよ。なかには、昼のひなか、突拍子もない方法で入ってくるのもいるんです。梯子に登って窓枠をはずしたり、窓拭き職人に化けたり――ありとあらゆる手を使いましてね。だから、家に猛犬がいるってことをせいぜい宣伝しておくといいんですよ」

「おっしゃるとおりかもしれませんね」

「こちら、主人ですの。マリンズさんよ、トミー。グリフィン夫人ってほんとうに親切だわ、わたしたちが庭仕事をしてくれそうな人を探しているってことを、この方に話してくださったんですって」

「あなたには少しきつすぎるんじゃないでしょうかね、マリンズさん？」

「とんでもない」とミス・マリンズは持ち前の太い声でいった。「土地を耕すぶんには誰にも負けやしませんわ。土地を耕すのにもこつがあるんですよ。スイートピーだけじゃなくて、どんなものでも土地を耕して、肥料をやらなきゃだめなんです。まず土地の下ごしらえをしてやらなきゃ。そうすると、がらりとちがうんですよ」

ハンニバルはまだ吠えつづけていた。

「トミー」とタペンスがいった。「ハンニバルを家に連れていってくださらない。今朝は、なんだか気が立っているみたいよ」

「よし、わかった」

「うちへ入って」とタペンスはミス・マリンズにいった。「飲み物でもいかがですか？今朝はちょっと暑いくらいだから、そのほうがよろしいでしょう？それに、仕事のことをご相談してもいいし」

ハンニバルは台所に閉じこめられ、ミス・マリンズはシェリーをご馳走になった。二つ三つ相談したあと、ミス・マリンズは腕時計を見て、すぐ帰らなければならないといった。

「人と会う約束がありますから。遅刻したらたいへんですわ」彼女は挨拶もそこそこにして帰っていった。

「あの人ならよさそうね」とタペンスがいった。

「そうだな」とトミーがいった——「しかし、誰だって、あまりたしかなことはいえるもんじゃないし——」

「質問ぐらいしてもいいんでしょう?」とタペンスが不審そうにいった。

「きみは庭を歩きまわって疲れているんだろう。午後の調査はやめて、また別の日にしよう——きみは安静にしていろといわれているんだよ」

14 庭での攻防

「わかったな、アルバート」とトミーはいった。

二人は食器室にいた。アルバートはタペンスの寝室からさげてきたお茶のトレイを片づけているところだった。

「はい、旦那さま」と彼はいった。「わかっておりますよ」

「いいかね、警報があるはずなんだ――ハンニバルから」

「あの犬はなかなかしっかりしたところがありますからね。もちろん誰にでもなついたりはしませんし」

「そうだ、そんなことはあいつの務めじゃないからね。強盗を愛想よく迎えたり、見当ちがいな人間に尻尾を振ってみせたりする犬とはわけがちがうんだ。ハンニバルにはちゃんとわかっているんだよ。そのことはおまえにもはっきり説明してやっただろう？」

「はい。でも、どうすればいいんでしょうか、もし、奥さまが――その、わたしは奥さまのおっしゃるとおりにすればいいんでしょうか、それとも旦那さまがおっしゃったとおり奥さまにお伝えすればいいのか、それとも――」

「そこんところは臨機応変にやらなきゃならんだろうな。タペンスのやつに今日はベッドから出ちゃいけないと言ってあるのだ。タペンスのことはおまえに任せるよ」

アルバートが玄関のドアを開けると、ツイードの服を着た四十そこそこの男が立っていた。

アルバートが疑わしそうな顔でトミーのほうをうかがった。来訪者は玄関に入り、なごやかにほほえみながら一歩前に出た。

「ベレズフォードさんですね? 庭仕事の手伝いを探していらっしゃるとうかがったのですが――最近、引っ越しておいでになったんでしょう? 車道を歩いているとき気がついたんですが、だいぶ庭が荒れていますね。わたしは二年ほど前、この村で働いていたことがあるんです――ソロモンさんのところで――この人の名前はご存じと思いますが」

「ソロモンさんですか、うん、誰かの話のついでに出てきましたな」

「わたしはクリスピン、アンガス・クリスピンと申します。いかがでしょう、庭の模様をちょっと見てみましょう」

「いつか誰かが庭を模様替えしたんですね」と、トミーの案内で花壇や菜園を見てまわりながらクリスピン氏は言った。

「この菜園の小道のはたに、ホウレンソウが植えてあったんですよ。その後ろが温床になっていたんです。当時はメロンもつくっていたんですよ」

「あなたは何もかもご存じのようですね」とクリスピン氏はいった。

「そう、昔、どこそこで何があったという話が、たくさん耳に入りますからな。年寄りのご婦人連中は花壇のことを話してくれるし、それに、アレグザンダー・パーキンソンは例のキツネノテブクロの葉のことを大勢の友だちに話したんですよ」

「きっと利口な子だったんでしょう」

「アレグザンダーは見当がついていたんです、それに、犯罪というものにたいへん興味を持っていたんですな。そして、スティーヴンスンの本のなかに暗号文を残したんですよ。『黒い矢』のなかに」

「あの本はなかなか面白いですね。わたしも五年ほど前に読みました。それまでは、『誘拐されて』しか読んだことがなかったんですよ。当時も、わたしは働いていたんです、その——」クリスピン氏はそこでちょっと言葉がつっかえた。

「ソロモンさんのところででしょう？」とトミーがいった。

「ええ、そう、そのとおりです。わたしも事情は聞いています。アイザック爺さんからね。わたしが聞いた噂にまちがいがなければ、アイザック爺さんはたしか、そう、百歳に手が届きそうで、お宅にも働きにきていたそうですね」

「そうです」とトミーはいった。「年のわりには大したもんでした、まったく。いろいろなことをずいぶん知っていて、わたしたちにも話してくれたものです。自分でも憶えていないようなことまで」

「ええ、昔の噂話が好きだったんですよ。いまでもアイザックの身内がこの村にいるんですがね、その人たちは眉に唾をつけて、爺さんの話を聞いたものです。あなたもいろんな話を聞いておいでなんでしょうね」

「いままでのところ、名前のリストをつくるので精いっぱいです。過去から拾い集めた名前ですが、当然、わたしにとっては、なんの意味もない名前です。意味があるはずはないんですよ」

「みんな噂話ですか？」

「大半はね。ほとんど家内が仕入れてきて、リストにまとめたんです。いくらかでも意味のあるものがあるのかどうかわかりませんが。わたしもリストを持っているんですよ。

昨日、手もとに届いたばかりなんですがね、じつをいうと」

「ほう。なんのリストですか？」

「国勢調査ですよ。そう、国勢調査が行なわれたんです、あれは——調査の日付けは書きとめてありますから、あとでお見せしましょう——それから、当日の夜、この家にいたために調査簿に記入された人々の名前も。その日は、大がかりなパーティがあったんですよ。ディナー・パーティが」

「すると、その日——その日付けも、なかなか興味がありますが——この家に誰がいたかわかっているんですね？」

「そうです」

「それはひょっとしたら非常に役に立つかもしれない。そうとう重要な意味があるかもしれませんよ。ここへ越しておいでになってから、まだいくらも経っていないんでしょう？」

「そうです、だが、またよそへ引っ越したくならないともかぎりませんな」

「気にいらないんですか？　いい家なのに。この庭にしたって——うん、この庭なら、きっと申しぶんない立派な庭になりますよ。みごとな灌木もあるし——もうすこし取りはらうといいですね、余計な木や藪、花木でも最近花をつけないし、見たところ、もう花をつけそうもないのなんかは。まったく、よそへ引っ越そうというお気持ちがわかりませんね」

「過去との繋がりというものが、この家ではあまり愉快じゃないんですよ」とトミーはいった。

「過去。過去が現在とどんなふうに結びつくんです？」

「ふつうなら、なんでもない、もう過ぎたことだと考えるところですがね。しかし、つねに何者かが残っているんですよ。いまだにそこらを歩いているというんじゃありませんが、彼女なり彼なりなんなりのことに話が及ぶと、その人物が過去から蘇ってくるんです。ほんとうにあなたはやってみるつもりがあるんですか――」

「日雇いの庭仕事をということですか？　やらせていただきますよ。面白そうだ。なんというか――まあ、庭仕事はわたしの趣味なんですよ」

「昨日もミス・マリンズという人が訪ねてきましてね」

「マリンズ？　マリンズね？　庭師ですか？」

「そんなところでしょうな。あれは――グリフィン夫人だったと思うが――その人がマリンズさんのことを家内に話して、うちへよこしてくれたんですよ」

「もう雇うことにきめたんですか？」

「まだ、はっきりはきめていません。じつは、うちには非常にまめな番犬がいるんですよ。マンチェスター・テリアです」

「ええ、マンチェスター・テリアというのは非常な主人思いですからね。お宅の犬も奥さんのことは自分の責任だと心得ていて、独りではほとんどどこへも行かせないんでしょう。片時もそばを離れないものです」

「そのとおりなんです。この人に指一本でも触れるやつは八つ裂きにしてくれようと心にきめてるんですな」

「いい犬ですよ、マンチェスター・テリアというのは。とても情がこまやかで、忠実で、しっかりしていて、歯も鋭い。わたしも気をつけたほうがよさそうですね」

「いまは大丈夫ですよ。うちのなかにとじこめてありますから」

「ミス・マリンズか」とクリスピンは考えこみながら言った。「なるほど。うん、こいつは面白いぞ」

「面白いって、それはまたなぜです？」

「いや、つまり——そう、もちろん、わたしだって、マリンズという名前じゃ誰だかわかりませんよ。その女は五十から六十ぐらいですか？」

「そんなもんです。男みたいな女ですよ、田舎くさくて」

「なるほど、あの女はこの地方に繋がりがあるんですよ。アイザックがいれば、なにか教えてくれるんですがね。あの女がこの村に舞いもどってきたという話はわたしも聞きました。それほど前のことじゃありません。いろいろと繋がりがあるものですよ、ええ」

「あなたはこの家について、わたしの知らないことをご存じのようですな」

「そんなことはありませんよ。アイザックならいくらでもお話しすることがあったでしょうが。あの人はいろいろと知っていましたからね。ただの昔話なんですが、それにしても、アイザックは記憶力がありましたよ。そして、それをまたみんなが、繰り返し話している。ええ、老人クラブなんかで、みんながまた繰り返し話しているんです。途方もない話を——根も葉もない話もあれば、事実にもとづいた話もあるし。ええ、まったく面白いものですよ。そして——おそらくアイザックはすこし知りすぎていたんですな」

「これではアイザックも浮かばれませんよ」とトミーはいった。「わたしはアイザックの仇をとってやりたいんです。いい男でした。わたしたちにも親切にしてくれたし、仕事を頼めば少しも骨惜しみしないでやってくれたものです。さあ、ともかく、庭をひとまわりしてみましょう」

15　ハンニバル、クリスピン氏とともに実戦にくわわる

　アルバートは寝室のドアを軽く叩き、「どうぞ」というタペンスの声に、ドアの端から顔をのぞかせた。

「先日の朝おみえになったご婦人です。マリンズさんです。その方がおいでになりました。ちょっとお話があるそうでございます。庭の話だと思いますが。奥さまはおやすみですから、お目にかかれるかどうかわからないと申しあげておきました」

「あなたの話はまわりくどいのね、アルバート。いいわ。お目にかかりますよ」

「いま、朝のコーヒーをお持ちしようと思っていたんですが」

「持ってきてちょうだい、それから、カップをもう一つ。それだけでいいわ。コーヒーは二人ぶんあるでしょうね？」

「はい」

「それなら結構よ。持ってきたら、そこのテーブルにのせて、それからマリンズさんを

通してちょうだい」

「ハンニバルはいかがいたしましょう？　下へ連れていって、台所に閉じこめておきましょうか？」

「台所に閉じこめられるのは好きじゃないのよ。ええ。浴室に押しこんで、ドアを閉めておいて」

ハンニバルはこの侮辱に憤然となり、遮二無二逆らったが、とうとう浴室に押しこまれ、ドアを閉められた。怒り狂った声で、ハンニバルは数回けたたましく吠えた。

「静かに！」とタペンスが叱った。「静かにおし！」

吠えることに関するかぎりでは、ハンニバルも静かにすることに同意した。彼は前脚を伸ばして腹ばいになり、ドアの下の隙間に鼻を押しあてて、長い、納得できなさそうな唸り声をあげた。

「まあ、奥さま」とミス・マリンズが高い声でいった。「お邪魔じゃないかと思いましたけど、こんな園芸の本がございましたのでね、きっとごらんになりたいだろうと思ったんですよ。いまが植えどきの植物のことなんかが書いてあるんです。とても珍しくて、よく趣きのある灌木とか。そういうのはここの土に合わないっていう人もいますけど、よく合うんですよ……あら——まあまあ、どうもご親切に。ええ、コーヒーならいただきますわ。わたしが注いであげましょう。こういうことって、ベッドに入ったまんまだとやりにくいんですよ。あの、ちょっと——」ミス・マリンズに目顔で催促されて、アルバートは愛想よく椅子を引き寄せた。

「これでよろしゅうございますか？」

「ええ、結構です。おや、下でベルが鳴ってますけど？」

「牛乳屋でございましょう。いや、食料品屋かもしれません。今日は食料品屋が来る日ですから。ちょっと失礼いたします」

アルバートは部屋を出て、ドアを閉めた。ハンニバルがまた唸り声をあげた。

「うちの犬ですの」とタペンスがいった。「仲間にいれてもらえないんで怒っているんですよ。でも、出してやると、それはもううるさくて」

「お砂糖は入れますか、奥さま？」

「一つだけ」

ミス・マリンズはコーヒーを注いだ。タペンスがいった。「でなかったら、ブラックでいただくことにしていますの」

ミス・マリンズはコーヒーをタペンスのそばに置き、自分の分を注ぎにいった。

ふいに彼女はつまずいて手近のテーブルにつかまり、狼狽の声をあげながら床に膝をついた。

「怪我はなさらなかった？」

「いえ、なんともありませんけど、花瓶を割ってしまいました。何かにつまずいたんですよ——そそっかしいったらありゃしませんわ——こんなみごとな花瓶を割ったりなんかして。ああ、奥さま、わたしのことをなんて女だとお思いでしょうね？　わざとしたことじゃなかったんですよ」

「そりゃわかってますよ」とタペンスはやさしくいった。「どれどれ。そう、このぶんなら、たいしたことじゃないようですよ。うまく二つに割れましたからね、これなら継ぎあわせられます。継ぎ目もほとんど目立たないでしょう」

「そうおっしゃっていただいても、やっぱり気が咎めますわ。きっと不愉快に思っていらっしゃいますでしょう。だいたい、今日お邪魔したのがまちがいだったんですわ、でも、ぜひお話ししたかったもんですから——」

ハンニバルがふたたび吠えはじめた。

「まあ、かわいそうに。出してやりましょうか？」

「あのままにしておきましょう」とタペンスはいった。「うちの犬は、どうかすると、何をするかわかりませんから」

「おや、また下でベルが鳴ってますけど？」

「ええ、アルバートが出ますから。用があったら、いつでもわたしに取り次げばいいんですから」

しかし、電話に出たのはトミーだった。

「もしもし。そうですが？　ああ、わかりました。誰が？　ああ――なるほど。ほう。敵ですか、たしかに敵ですな。いや、それは大丈夫です。万全の対応策をうってありますから。ええ。ありがとうございました」

トミーは電話を切り、クリスピン氏を見た。

「警報ですか？」とクリスピン氏がいった。

「そうです」

トミーはまだクリスピン氏をじっと見ていた。

「なかなかわからないものですよ」とクリスピン氏はいった。「誰が敵で、誰が味方なのか」

「わかったときにはすでに手遅れということもありますしな。運命の門、災厄の洞」

クリスピン氏はちょっと驚いたようすでトミーを見た。

「失礼。ここに越してきてから、どういうものか、夫婦とも詩を口ずさむ癖がついてしまったんですよ」

「フレッカーですね。『バグダッドの門』、いや、『ダマスカスの門』だったかな？」

「上へ行きませんか？」とトミーはいった。「タペンスは休息しているだけで、べつに病気じゃありませんから。鼻風邪ひとつひいていませんよ」

「ただいまコーヒーをお持ちしました」と、またふいに姿を現わしたアルバートがいった。「それから、マリンズさんにもカップをお持ちしました。園芸の本だかを奥さまにごらんにいれておられます」

「そうか」とトミーがいった。「なるほど。うん、万事順調に進んでいるぞ。ハンニバルはどこだい？」

「浴室に閉じこめてあります」

「掛けがねはきちんと掛けただろうな、あいつは、閉じこめられるのは好きじゃないからね」

「はい、そのとおりにいたしました」

トミーは上の部屋へと向かった。すぐあとからクリスピン氏もついてきた。トミーは寝室のドアを軽く叩いてから、なかに入った。浴室のなかから、またもハンニバルが無遠慮に荒々しく吠えたて、内側からドアにとびついた。掛けがねがはずれ、ハンニバルは寝室にとびこんできた。そして、クリスピン氏をちらりと見やったが、そのまま通りすぎ、はげしく唸りながらミス・マリンズに猛然と躍りかかった。

「まあ」とタペンスがいった。「まあ、なんてことでしょう」

「よしよし、ハンニバル」とトミーがいった。「いい子だぞ。どうです、この犬は？」

トミーはクリスピン氏を振りかえった。

「自分の敵をちゃんと知っているんですよ——そして、あなた方の敵を」

「なんてことでしょう」とタペンスがいった。「嚙みつきまして？」

「ええ、ひどく」とミス・マリンズはいって、ハンニバルを睨みつけながら立ちあがった。

「この犬に嚙みつかれたのはこれで二度目ですな？」とトミーがいった。「パンパス・グラスの茂みから狩りだされたときと？」

「この犬にはなにもかもちゃんとわかってるんですよ」とクリスピン氏がいった。「そうだろう、ドゥドゥ？　きみと会うのは久しぶりだね、ドゥドゥ」

ミス・マリンズは椅子から立ちあがり、タペンスに、トミーに、クリスピン氏にすばやい視線を投げた。

「マリンズか」とクリスピン氏がいった。「すまん話だが、わたしは人さまより時代遅れなんでね。結婚してマリンズになったのかい、それとも、いまではミス・マリンズで通っているのかい?」

「わたしはアイリス・マリンズですよ、昔っから」

「ほう、わたしはまた、ドゥドゥだとばかり思っていたがね。わたしにとっては、きみは昔からドゥドゥだったよ。さあ——きみと会えたのはなによりだが、きみとわたしは、早いとこ消えたほうがよさそうだ。コーヒーを飲んでしまいなさい。そいつは何でもないんだろう? ミセズ・ベレズフォードですね? お目にかかれて嬉しく思っています。ひとつご忠告しておきますが、わたしならそのコーヒーは飲みませんね」

「あら、それじゃ、わたしがカップを片づけますわ」

ミス・マリンズが急いで進みでた。間髪をいれず、クリスピンが彼女とタペンスのあいだに立ちふさがった。

「いや、ドゥドゥ、そうは問屋がおろさないよ。それはわたしが引き受けよう。第一、このカップはここのお宅のなんだよ。それに、もちろん、このカップの中身をいまこのまんま正確に分析してみたら、さぞ面白いだろうね。おそらく、きみは毒薬を持ちこんだんだろう? 病人に、いや、病人と思われている人にカップを渡すとき、毒薬を入れるぐらい造作ないことだからな」

「絶対にそんなことはしてませんよ。ああ、この犬を向こうにやってくださいな」

ハンニバルはこの女を階下まで追いかけたくてもうずうずしているのがよくわかった。

「ハンニバルはあなたがこの家から出ていくのを見たがっているんですよ。そういうことについては、この犬はなかなかうるさいほうでしてね。人がいざ玄関から出ようとするところを狙って噛みつくのが得意なんです。おや、アルバート、そこにいたのか。向こうのドアの外にいるものと思っていたよ。おまえ、もしかしたら、いまの一部始終を見ていたんじゃないか？」

アルバートは部屋の反対側の化粧室のドアのほうを、おもむろに振りかえった。

「ちゃんと見ておりました。蝶番の隙間から、この女を見張ってたんでございますよ。たしかに、奥さまのカップに何か入れました。鮮やかな手際で。手品師も顔負けするほどでございましたが、ええ、たしかに入れました」

「なんの話だかわかりませんわ」とミス・マリンズはいった。「わたしは——あらあら、もう失礼しなくては。人と会う約束があるんです。とてもだいじな約束なもので」

彼女はあたふたと部屋をとびだし、階段を駆けおりていった。ハンニバルがちらりと眼をくれて、あとを追った。クリスピン氏は血相を変えるでもなく、それでもやはり急ぎ足で追いかけていった。

「マリンズさんの足が速いといいけど」とタペンスがいった。「そうでないとハンニバルはすぐに追いつきますからね。ほんとうに、いい番犬だわ」

「タペンス、いまの人がクリスピン氏だよ、ソロモン氏のところから派遣されてきたんだ。いいときに来たもんだな。いままで、じっと成り行きを見ていたんだろう。うつしかえる壜かなんかを持ってくるまで、カップを割ったり、コーヒーをこぼしたりしてはいかんよ。分析すれば、何が入っているのかわかるから。一番いいガウンを着たまえ、タペンス。居間へ降りて昼食の前に軽いものでも飲もう」

「こうなると」とタペンスはいった。「何がどうなってるのか、どういうことなのか、わたしたちにはとてもわかりそうもないわね」

彼女はすっかり気落ちした様子で首を振った。それから、立ちあがり、暖炉のほうへ歩いていった。

「薪をくべるのかい?」とトミーがいった。「わたしがやるよ。きみはあまり動かないようにといわれているんだよ」

「腕ならもう大丈夫。そんなに大袈裟にしちゃ、誰だって骨を折るかどうかしたんだと思うわ。ほんのかすり傷なのに」

「そんなに謙遜することはないよ。なんといっても銃創にちがいないんだからね。きみは戦争で負傷したんだ」

「たしかに、これじゃまるで戦争だわ。ほんとうに！」

「まあ、いいさ。わたしたちはマリンズ軍を向こうにまわして善戦したんだ」

「ハンニバルもよくやったわね」

「うん、ハンニバルが教えてくれたんだ。はっきりと教えてくれたんだよ。あのパンパス・グラスの茂みにとびかかって。鼻が教えてくれたんだろうな。あいつはすばらしく鼻がきくからね」

「わたしの鼻は何も教えてくれなかったわ。わたしはむしろ逆に、あの女のことを天の恵みだと思ってしまったのよ。それに、昔、ソロモン氏のところで働いていた人しか雇っちゃいけないことになっていたのを、きれいに忘れていたの。クリスピンさんはもっと詳しいことを話してくれて？　クリスピンって、本名ではなさそうね」

「おそらく本名ではないだろう」

「あの人がここに来たのは、探偵もかねていたの？　探偵なら、ここにだって、こんなにそろっているのに」

「いや、探偵でもないんだ。防衛のために派遣されてきたんだよ。きみのことに気をつけるためにさ」

「わたしと、それから、あなたのこともね。あの人、どこに行ったのかしら?」

「ミス・マリンズの始末をつけているんだろう」

「そうね、それにしても、こういう大騒ぎのあとって、おかしいほどお腹がすくものよ。ほら、腹ぺこで死にそうだって、よくいうでしょう。ええ、何が食べたいといって、ちょっぴりカレーをきかせたクリーム・ソースつきの、おいしい、ほかほかのカニほど食べたいものはないわ」

「やっと元気が出たね。食べ物のことでそんな気になったと聞いて、わたしもほっとしたよ」

「わたし、病気じゃないのよ。怪我をしただけ。それとこれとでは大ちがいよ」

「まあ、ともかく、これはきみにもわたし同様わかっていたはずだが、ハンニバルは、すぐそこに、パンパス・グラスの茂みに敵がいるぞと教えてくれた。そのとき、男の身なりをして、あの茂みからきみを狙った敵こそミス・マリンズだってことぐらい、当然わかってよかったんだ——」

「そこで、あなたもわたしも、あの女はもう一度やるだろうと考えたのよ。わたしは怪我をしてベッドに押しこまれ、それから、わたしたち、打ち合わせをした。そうよね、トミー？」

「そのとおり、そのとおりだよ。わたしは、遠からず、あの女はきみが弾丸にあたって寝こんでいるという結論に達するだろうと読んだんだ」

「そこで、彼女は女らしい心づかいではちきれそうになって訪ねてきたのよ」

「そして、わたしは、打ち合わせどおりうまくいくだろうと思っていたんだ。アルバートは片時も彼女から目を離さずに、彼女の一挙一動を見張っていたし――」

「それに、トレイにのせてコーヒーを持ってきてくれたわ、お客用のカップも一緒に」

「きみはマリンズが――クリスピンにいわせればドゥドゥだが――コーヒーに何か入れたのを見ていなかったのかい？」

「ええ、たしかに見てはいなかったわ。だって、ほら、あの人、何かに足をとられたのか、あのすてきな花瓶をのせてあった小さなテーブルにつんのめって、それから、くどくどとお詫びをいいはじめたので、そのあいだ、わたしは、これなら直せるかなと思いながら割れた花瓶ばかり見ていたの。だから、あの女には目が届かなかったのよ」

「アルバートはちゃんと見ていたんだよ。蝶番の隙間を前もって広げておいて、そこからのぞいていたんだ」

「それに、ハンニバルを浴室に閉じこめて、掛けがねを半分だけ掛けておいたのは名案だったわ。ハンニバルはドアを開けるのが得意ですからね。もちろん掛けがねが完全に掛かっていれば開けられないけど、見せかけだけだと、勢いよくとびかかって、まるで——そう、まるでベンガルの虎みたいにとびこんでくるのよ」

「うん、ベンガルの虎とはうまい形容だね」

「それにしても、あのクリスピンとかなんとかいう人は、もう調査を終わったんでしょうね。もっとも、あの人にしたって、ミス・マリンズがメアリ・ジョーダンや、もう過去の人物になってしまったジョナサン・ケインのような危険人物と、どんな繋がりがあると考えているのか——」

「ジョナサン・ケインが過去の人物になってしまったとはわたしは思わないがね。彼の跡継ぎが、いわば彼の生まれかわりが、いまでもいるのかもしれない。そういう若い連中が大勢いるんだよ、やみくもに暴力をふるう連中や、世間ではなんというか知らないが、いい気な追いはぎの団体や、ヒットラーとその威勢のいいグループの華やかなりしころを懐かしむ狂信的なファシストどもが」

「わたし、いまちょうど『ハンニバル伯爵』を読んでいるのよ。スタンリー・ウェイマンの。ウェイマンの最高傑作だわ。書庫のアレグザンダーの本のなかにあったのよ」

「それがどうしたんだい？」

「ええ、こういうことというのは、いまでも『ハンニバル伯爵』のころとそっくりだなって考えていたのよ。たぶん、いつの時代でもそうだったんでしょうね。喜びと満足と虚栄心に胸をふくらまして、少年十字軍にくわわった子供たち。かわいそうに。みんな、自分はエルサレム解放の使命を神から託されているのだと思いこんでいたのよ。自分が行けば海も二つに裂け、聖書のなかのモーゼのように渡ってゆけるだろうと。そして、いまでも、かわいい娘や若い男の子が、しょっちゅう法廷にひきだされているわ。年金で細々と暮らしている年寄りとか、わずかばかりのお金を銀行からおろしてきた老人なんかをめった打ちにして。昔、セント・バーソロミューの虐殺というのがあったわね。ええ、こういうことは繰り返し起こるのね。新しいファシストのことも、このあいだ、一流の名門大学を引き合いにだして書いてあったわ。まあ、それはともかく、このぶんだと、わたしたちはぜんぜん知らされない羽目になりそうね。クリスピンさんは、まだ誰も見つけていない隠し場所のことを、もっと見つけだすでしょうか？　貯水槽。ほら、銀行強盗。銀行強盗は奪ったものをよく貯水槽に隠すでしょう。わたしなら、隠し場所としては湿気がひどすぎると考えるけど。調査だかなんだかが終わったら、またクリスピンさんはうちへ来て、ずっとわたしのことに気をつけてくれるのかしら——それに、トミー、あなたのことも？」

「わたしは気をつけてもらう必要なんかないよ」

「まあ、そんな強がりをいったってだめよ」

「クリスピンさんはお別れの挨拶には来るだろうな」

「ええ、とても礼儀正しい人ですからね」

「それに、きみが全快したのを確かめたいだろうからな」

「わたしはちょっと怪我をしただけよ、医師《せんせい》がちゃんと診てくださっているんだし」

「クリスピンさんは、実際、庭いじりにすごく興味を持っているんだよ。わたしにはそれがわかるんだ。クリスピンさんは、以前、友人のところでほんとうに庭仕事をしていたんだよ。その友人というのがソロモン氏だったんだ。この人は何年か前に死んだが、いまでも恰好の隠れ蓑《みの》になっていると思うな。ソロモン氏のところで働いていたといえばいいんだし、そのことはちゃんと裏書きされるんだからね。これなら、たしかに信用《ボナ・》できる人物《ファイディ》で通るというものだよ」

「ええ、いろいろと工夫しなきゃならないんでしょうね」

玄関のベルが鳴った。ハンニバルは、自分が守るこの聖域に侵入しようという下心のある者は片端から殺してくれようと、虎のように部屋をとびだしていった。トミーが手紙を持ってもどってきた。

「きみとわたし宛だ。開けてみようか？」

「どうぞ」

トミーは封を切った。

「ほう、このぶんなら、まだ見込みはあるぞ」

「なんなの？」

「ロビンソン氏からの招待状だ。きみとわたしを呼んでくれるんだよ。再来週にはきみも全快するだろうから、夕食を一緒にしようと書いてある。ロビンソン氏の田舎の家で。確かサセックスだよ」

「そのとき、事情を聞かせてくれるかしら？」

「ひょっとすればね」

「リストを持っていこうかしら？　もう、そらでいえるけど」

タペンスは早口でいった。

「『黒い矢』アレグザンダー・パーキンソン、ヴィクトリア朝風の陶器のスツールのオックスフォードとケンブリッジ、グリン‐ヘン‐ロー、KK、マチルドのお腹、カインとアベル、トルーラヴ……」

「もうたくさんだ。気ちがいじみてるよ」

「ええ、気ちがいじみているのよ、こんどの事件全体が。ロビンソンさんのほかにも誰かお客が来るの?」

「パイクアウェイ大佐が来るんじゃないかな」

「それでは、咳どめドロップを用意していくほうがよさそうね。ともかく、ロビンソンさんに会ってみたいわ。あなたがおっしゃるほど大きくて黄色いなんて、信じられないんですもの——あら! トミー、再来週はデボラが子供を連れて泊まりにくるんじゃなくて?」

「いや、それはいつもきまってるじゃないか、来週だよ」

「まあ、よかった。それなら結構よ」

16　鳥は南へ飛ぶ

「いまのは車じゃなかったかしら？」

タペンスは玄関から出ると、娘のデボラと三人の孫の到着を待ちわびて、車道のカーヴに眼をこらした。

横手の戸口からアルバートが出てきた。

「まだお着きにはならないでしょう。いまのは食料品屋でございますよ。まさかとお思いでしょうが——卵の値段がまた上がりました。わたし、もう二度といまの政府には投票いたしません。こんどは自由党に投票しますよ」

「今晩の大黄《だいおう》と苺のフールは、わたしが下ごしらえしましょうか？」

「もう下ごしらえしてございます。奥さまがおつくりになるのをたびたび拝見しておりますので、こつはわかっておりますから」

「あなた、ゆくゆくは名人級のコック《コルドン・ブルー・シェフ》になれてよ、アルバート。ジャネットはフールが大好きなの」

「はい、それに、糖蜜のタルトもこしらえました——アンドルーぼっちゃまは糖蜜のタルトが大好きでございますからね」

「部屋の支度はもうすんで？」

「すんでおります。今朝、ちょうどいいあんばいに、シャクルベリーのおかみさんが来てくれまして。デボラお嬢さまの浴室にはゲラン・サンダルウッドの石鹸を用意しておきました。デボラさまはあの石鹸がお好きなんでございますよ」

準備万端が整い、あとは家族の到着を待つばかりになっていることを知って、タペンスは安堵の吐息をついた。

警笛が聞こえ、しばらくすると、トミーの運転する車が車道を走ってきた。まもなく、玄関の石段にお客が勢揃いした——もうかれこれ四十だとはいっても、まだとてもきれいな娘のデボラと、十五歳のアンドルー、十一歳のジャネット、それに七歳のロザリーである。

「こんにちは、お祖母ちゃん」とアンドルーが元気よくいった。

「ハンニバルはどこ？」とジャネットがいった。

「お茶がほしい」とロザリーがいまにも泣きだしそうな気配を見せていった。

挨拶がかわされた。アルバートは、セキセイインコ、金魚鉢に入った金魚、小屋に入ったハムスターをはじめ、一家の宝物の積み降ろしを一手に引き受けた。

「これが新しい家《うち》ね」とデボラが母親を抱きしめながらいった。「いいわ――とてもよくてよ」

「お庭に行ってもいい?」とジャネットがきいた。

「お茶のあとでね」とトミーがいった。

「お茶がほしい」と、ロザリーが〝だいじなことを真っ先に〟といわんばかりの顔でまたいった。

食堂に入るとお茶が出され、一同を満足させた。

「お母さまのことを話に聞いたけど、いったいどういうことなの?」とデボラがたずねた。お茶のあと、みんなで外へ出たところだった――子供たちはトミーと、それに、団欒《だんらん》の仲間いりをしに飛んできたハンニバルをまじえて、この庭が与える満足をぞんぶんに味わおうと駆けまわっていた。

デボラは母親のことを充分な保護の要ありとみなしていて、母に対しては日ごろから断固たる態度で臨むことにしていた。「いったい何をしていたの?」

「いえね、もういまでは落ち着いて、のうのうとしているわ」とタペンスはいった。

デボラはどうかといわんばかりの顔をした。

「例によって例のとおりのことをしていたのね。そうでしょ、お父さま?」

トミーはロザリーを肩車に乗せてもどってきたところだった。そばでは、ジャネットが新しい自分の領土を仔細に観察していたし、アンドルーは一人前の大人気取りで、あたりを分別くさく見まわしていた。

「例によって例のようなことをしていたのね」とデボラはあらためて攻撃にとりかかった。「またブレンキンソップ夫人になりすますような無茶をやっていらっしゃるんでしょう。困ったことに、お母さまには手綱がきかないんだから――NかMか――またあの繰り返しだなんて。デレクが話を聞いて、手紙で教えてくれたのよ」兄の名前をいいながら、デボラはうなずいてみせた。

「デレクが――あの子がいったい何を知っているの?」とタペンスは言った。

「昔からデレクってやつは、いつのまにかなんでも知ってしまう子だったよ」

「お父さまもなのね」デボラは父親にくってかかった。「お父さまも、かかりあいになっていたのね。ここへ越していらっしゃったのは、二人とも隠居して、静かな毎日を過ごすためだとばかり思っていたのに――余生を楽しむためだと」

「もともとそのつもりだったんだがね、運命ってやつは別の考えを持っていたんだな」

「運命の門」とタペンスがいった。「災厄の洞、恐怖の砦――」

「フレッカーだね」と、アンドルーがここぞとばかりに博学なところを見せた。このところ彼は詩にのぼせていて、いずれは詩人になることを夢みているのだった。タペンスのあとを引きとって、彼は終わりまで口ずさんだ。

ダマスカスの都に四つの大いなる門あり……
運命の門、滅亡の扉……
その下をくぐるなかれ、おお隊商よ、あるいは、歌いつつくぐるなかれ。
聞こえずや
鳥も死に絶える沈黙のなか、なおも鳥のごとく叫ぶものの声が？

不思議な暗合が働いたのか、とつぜん、鳥の群れが屋根から飛びたっていった。

「あれはなんの鳥、お祖母ちゃま？」とジャネットがきいた。

「燕が南へ帰るのよ」

「もう帰ってはこないの？」

「いいえ、帰ってくるわ、また夏になればね」

「運命の門をくぐって！」とアンドルーが得意そうにいった。

「この家は、昔、〝燕の巣荘〟と呼ばれていたのよ」とタペンスがいった。

「でも、お母さまはこのままここに住むつもりはないんでしょう？」とデボラがいった。

「またほかの家を探しているって、お父さまのお手紙に書いてあったわ」

「どうして？」と、ジャネット――一家の〝知りたがり屋〟がきいた。「あたし、このお家《うち》好きよ」

「わけを教えてやろう」といいながら、トミーがポケットから一枚の紙を取りだすと、声に出して読みはじめた。

「黒い矢
アレグザンダー・パーキンソン
オックスフォードとケンブリッジ
ヴィクトリア朝風の陶器のスツール
グリン-ヘン-ロー
KK
マチルドのお腹

カインとアベル
勇ましいトルーラヴ」

「よしてちょうだい、トミー——それはわたしのリストよ。あなたには関係のないことでしょう」とタペンスがいった。

「でも、それ、なんのことなの？」とジャネットがなおも質問の矢をはなった。

「探偵小説のなかの手がかりを並べたみたいだな」と、さほど詩的情緒にひたっていないときには、この形式の文学に熱中しているアンドルーがいった。

「そのとおり、手がかりのリストだよ。これが、また次の家を探している理由なんだよ」とトミーがいった。

「でも、わたしはこのお家が好きよ」とジャネットが言った。「きれいだもの」

「すてきなお家」とロザリーがいった。「チョコレート・ビスケットも」と彼女は、さっきのお茶を忘れかねてつけくわえた。

「ぼくも好きだ」とアンドルーが、ロシアの専制的な皇帝《ツァー》を偲ばせる口調でいった。

「お祖母ちゃまはどうして好きじゃないの？」とジャネットがきいた。

「好きよ」とタペンスは、急に、思いがけないほど意気ごんでいった。「この家で暮らしたいのよ――ずっとずっと」

「運命の門」とアンドルーがいった。「この名前、魅力があるな」

「この家は、昔、〝燕の巣荘〟という名前だったのよ」とタペンスはいった。「また、その名前にもどしてもいいんだけれど――」

「これだけ手がかりがあるんだもの」とアンドルーがいった。「物語が一つできそうだな――ひょっとしたら本が書けるかも――」

「名前の多すぎる、やたらとややっこしいのがね」とデボラがいった。「そんな本を誰が読むもんですか」

「そうとばかりはいえないな」とトミーがいった。「人がどんなものを読んで――どんなに面白がるか、おまえには想像がつかないよ！」

トミーとタペンスは顔を見あわせた。

「明日、ペンキ買ってきてもいい？」とアンドルーがいった。「アルバートに買ってきてもらって、手伝ってもらってもいいけど。門に新しい名前を書くんだよ」

「そうすれば、燕にも、来年の夏またここへもどってくればいいんだってわかるわね」とジャネットが言った。

彼女は母親のほうをうかがった。

「なかなかうまい考えね」とデボラはいった。

「女王陛下のお許しを得て《ラ・レーヌ・ル・ヴー》」とトミーはいって、日ごろから一家の裁定者をもって任じている娘に向かって、深く頭をさげてみせた。

17　最後の言葉――ロビンソン氏とのディナー

「すばらしいお食事でしたわ」とタペンスはいった。彼女は同席の人々を見まわした。晩餐のあと、みんなは書斎に席を移して、コーヒー・テーブルを囲んでいた。大型の美しいジョージ二世風のコーヒー・ポットの向こうに、黄色くて、タペンスが心に描いていた以上に大きいロビンソン氏が微笑を浮かべている――その隣りがクリスピン氏だが、ホーシャムというのが彼の本名らしい。パイクアウェイ陸軍大佐の隣りに坐っているトミーが、いささかためらいながら大佐に煙草を勧めた。

パイクアウェイ大佐は意外そうな面持ちでいった。「わしは夕食後は煙草を吸わんことにしとるんだよ」

ミス・コロドンが――タペンスにとっては、やはりいささか気がかりな女性だった――いった。「ほんとうですの、パイクアウェイ大佐？　まあ、ずいぶん変わったお話をうかがいますわね」それからタペンスに向かって言った。「ほんとにお行儀のいい犬でございますわね、奥さま！」

テーブルの下で、タペンスの足に顎をのせて寝そべっていたハンニバルは、誰でもだまされる、例のとっておきの無邪気な表情を浮かべた顔をあげて、尻尾を穏やかに振ってみせた。

「たいへんな猛犬だそうだね」とロビンソン氏がいって、いたずらっぽそうな眼でタペンスをちらりと見た。

「勇躍奮戦するところをお目にかけたいものですよ」とクリスピン氏――別名ホーシャムがいった。

「晩餐にお招きいただきますと、その場の作法をわきまえておりますから」とタペンスがいった。「呼んでいただくのが好きなんですの、上流社会にお出入りできる名誉ある犬だということを、自分でも感じるんでしょうね」そして、ロビンソン氏に向かっていった。「ほんとうにご親切におそれいります、ハンニバルを招待してくださったうえ、レバーまでたくさん用意してくださって。この犬はレバーが大好物なんですの」

「犬というものは例外なくレバーを好みますな」とロビンソン氏はいった。「どうやら――」彼はクリスピン‐ホーシャムを振りかえった――「わたしのほうからベレズフォードご夫妻をご自宅にお訪ねしたら、八つ裂きにされんともかぎらんな」

「ハンニバルは自分の任務をきわめて重要なものだと思っているのです」とクリスピン氏がいった。「血統正しい番犬の名に恥じないよう心がけているんですよ」

「きみは、もちろん、ハンニバルの気持ちがわかるだろう。防諜係官なんだから」とロビンソン氏はいった。

ロビンソン氏の眼がからかうようにまたたいた。

「あなたとご主人はじつにみごとな働きをなさいましたな、奥さん。おかげで、われわれも助かりましたよ。パイクアウェイ大佐の話だと、先にはじめたのはあなたのほうだそうですね」

「偶然こんなことになったというだけですわ」とタペンスはまごついていった。「あたくし——その——好奇心に駆られたものですから。どういうことだか突きとめたいと思いまして——いろいろのことを——」

「さよう、そうだろうと思っていましたよ。そして、いまも、こんどの事件のことでは、これもやはり当然なことですが、好奇心を覚えておいででしょうな？」

タペンスはますますまごつき、話がいささか支離滅裂になってきた。

「はあ——ええ、もちろんですわ——つまり——こんどのことが秘密だということはわかっております——極秘だということは——だから、おききしてはいけないんですわね

——話してくださるわけにはいかないんですから。それはもう、よくわかっておりますわ」

「いや、それどころか、おききしたいのはわたしのほうですよ。つまり、あなたが情報を提供してくだされば、たいへんありがたいんですがね」

タペンスは眼をまるくしてロビンソン氏を見つめた。

「まさか、わたくしが——」

「あなたはリストを持っていらっしゃる——ご主人から聞いたんですよ。どんなリストかは教えてくれませんでしたがね。当然です。あなたの秘密の所有物ですからな。わたしも身にしみて感じているんですよ、好奇心を抑えるのがどんなに辛いものか」

また、ロビンソン氏の眼がいたずらっぽそうにまたたいた。ふいにタペンスは、自分がロビンソン氏にたいへん好意をいだいていることに気がついた。

彼女はちょっと黙っていたが、やがて咳払いして、夜会用のバッグを開けた。

「ひどくばかげたものなんですのよ。ばかげたどころじゃございませんわ。気ちがいじみているんです」

ロビンソン氏は思いがけないことを言った。「『狂気、狂気、この世は狂気に満ちている』ハンス・ザックスが老木の下でこういうんですよ、『ニュルンベルクのマイスタージンガー』のなかで──わたしの大好きなオペラです。けだし名言ですな！」

彼はタペンスが差しだしたリストを受けとった。

「よろしかったら、声に出して読んでください」とタペンスがいった。「わたくしのほうはかまいませんから」

ロビンソン氏はリストをちょっと見て、クリスピンに渡した。「アンガス、きみのほうが声がよくとおるだろう」

クリスピン氏は紙片を受けとると、気持ちのいいテノールで歯切れよく読みはじめた。

「黒い矢

アレグザンダー・パーキンソン

『メアリ・ジョーダンの死は自然死ではない』

オックスフォードとケンブリッジ、ヴィクトリア朝風の陶器のスツール

グリン‐ヘン‐ロー

KK

マチルドのお腹

カインとアベル

トルーラヴ」

彼は読むのをやめて、ロビンソン氏を見やった。ロビンソン氏はおもむろにタペンスのほうに向きなおった。

「奥さん、お祝いをいわせてもらいますよ——あなたは並みはずれた頭脳を持っていらっしゃる。これだけの手がかりのリストから最後の発見にたどりついたとは、いや、まったく驚いたものです」

「トミーも熱心にやってくれましたわ」とタペンスはいった。

「きみがやいやいいうからだよ」とトミーがいった。

「きみの調査はみごとだった」とパイクアウェイ大佐が満足そうにいった。

「例の国勢調査の日付けが大きなヒントになったんです」

「才智に恵まれたご夫婦だ」とロビンソン氏がいった。そして、もう一度タペンスを見て、ほほえんだ。「あなたは慎みのない好奇心を表に出すようなことはなさらないが、いかがです、わたしはいまだに、こんどのことを知りたいというのがあなたの本音だろうと思っているんですがね？」

「まあ」とタペンスは叫んだ。「ほんとうに話していただけますの？　願ってもないことですわ！」

「ことの発端の一部は、ご推測のとおりパーキンソン家にあるのです」とロビンソン氏はいった。

「いわば、遠い過去にですな。わたしの曾祖母がパーキンソン家の人間なんですよ。わたしも一部はその曾祖母から聞いたのです――

メアリ・ジョーダンの名前で知られている娘は、われわれの一員として働いていたのです。彼女は海軍の人間に縁故がありましてね――母親がオーストリア人なので、メアリもドイツ語が達者だったのですよ。

あなたもご存じかもしれないし、ご主人はもうご存じにちがいないが、まもなく一般に公開されるはずの文書があるのです。

現代の政治では、一時は必要上極秘にされたものでも、いつまでも極秘扱いにするべきではないという考えが大勢を占めているのですよ。数々の記録のなかには、明らかにわが国の歴史の一部として、公にされなければならないものがあるのです。

ここ二、三年のうちに、証拠書類を添えた本が三、四冊出版されることになっています。

昔、〝燕の巣荘〟の（あなたのいまのお住まいは、当時こう呼ばれていたんですよ）

周辺で起こった事件も、もちろん収録されるでしょう。

いままでにも、機密漏洩事件というものはありました——戦後や、また、明日にも戦争の火蓋が切っておとされそうだというときには、機密漏洩がつきものなんですよ。

事件の主役は、信望もあり、非常に尊敬されていた政治家たちです。それに、大物のジャーナリストが一人二人、いずれも、たいへんな影響力を持っていて、それを悪用したのです。祖国に対して陰謀を企てた連中は、第一次世界大戦の前にもいました。第一次大戦後は、大学出の若い連中が登場してきました。彼らは共産党の熱心な支持者であり、往々にして、実際に秘密党員だったのです。そして、いっそう危険なことに、ファシズムが、最終的にはヒットラーとの提携につながる非常に進歩的なプログラムを掲げ、大戦を早期終結に導く〝平和愛護者〟をよそおって、人心を捉えはじめたのです。

例をあげればきりがありません。舞台裏の間断ない動き。過去の歴史にも例はあります。きっと、今後も、こういう例は跡を絶たんでしょう。行動的で危険な第五列（スパイ行為によって内部の攪乱をはかる部隊）。その思想にかぶれた連中が第五列として働くのです——それと、金が目当ての連中や、いずれは権力を掌中に収めようという連中が。これはきっと面白い読み物になりますな。あいもかわらぬきまり文句が、なんとまあしばしば、誠意をこめて使われてきたものでしょう——まやかし者だと？　裏切者だと？　ばかな。あの男にかぎって、そんなはずはない！　絶対に信用できる男だ！

完全な信用詐欺ですよ。昔からよくある話だ。筋書きはいつも同じで。

商業界、軍隊内、政界、どこでも同じです。一見誠実な人間と相場はきまっている——誰もが好意を持ち、信用せずにはいられない人間。疑惑の影すらない。『あの男にかぎって、そんなはずはない』とか、なんとかかんとか。天性の詐欺師だ、〝リッツ〟の外で金メッキの煉瓦を売りつけるようなやつですよ。

あなたの村は、奥さん、第一次大戦の直前から、あるグループの本部になったのです。時代の流れからとり残された、まさに恰好の村だったんですな——昔からあの村にはすばらしい人々が住んでいました——いずれも愛国者で、戦争と結びついたさまざまな仕事を手がけていたのです。海軍の良港もあった——男前の若い海軍中佐——名門の出で、父親はかつて提督だったのです。優秀な医者があの村で開業していた——患者たちからも非常に慕われていましてね——みんなこの医者には自分の悩みを喜んで打ち明けたものです——一般開業医としてね——しかも、彼が化学兵器——毒ガスの特殊訓練を受けていたとは、誰知る由もなかったのです。

その後、第二次大戦の前、例のケイン氏が——頭文字はKですよ——波止場のそばの、こぎれいな藁葺き屋根の家で、独自の政治思想を育てあげました——ファシストではありません——いや、ほんとうに！　絶対平和主義が世界を救うというわけです——ヨーロッパはもちろん、ほかの多くの国でも、この思想はあっというまに信奉者を集めたのです。

あなたがほんとうに知りたいのはこういうことではないでしょうな、奥さん——だが、まず背景をのみこんでおいていただきたいのですよ。それも、きわめて念いりに準備された背景を。メアリ・ジョーダンはそこに送りこまれたのです。できることなら、事情を探りだすために。

メアリが生まれたのはわたしがまだ物心《ものごころ》もつかないころです。のちに話を聞いたとき、わたしは彼女の業績に感嘆の念を覚えたものです——彼女のことを知ることができたらと思いました——しっかりした、人間的な魅力のある女性だったにちがいありません。

メアリというのは本名です。もっとも、ふだんはモリーで通っていたのですがね。立派な働きをしたのですよ。いたましいことです、まだ若いうちに死んだとは」

タペンスは、壁にかけてある、なんとなく親しみを覚える絵を、さっきから見ていた。男の子の顔を簡単にスケッチしたものだった。

「あれは——きっと——」

「そのとおりです」とロビンソン氏はいった。「アレグザンダー・パーキンソンですよ。

当時、まだやっと十一歳だった。わたしの大叔母の孫にあたるんです。それで、モリーは育児係としてパーキンソン家に住みこむようになったのですよ。これは、申しぶんない安全な監視役と思われました。誰も思いもよらなかったのです——」ロビンソン氏は一瞬言葉に詰まった——「それがどんな結果を招くことになるか」

「犯人は——パーキンソン家の人間じゃなかったんですか？」

「いや、パーキンソン家の者はまったく関係していなかったのです。しかし、当日の夜、パーキンソン家にはほかの人々が——客や友人がいました。この問題の夜が国勢調査の申告の日にあたっていたことを、あなたのご主人が突きとめてくれたんですよ。その夜をパーキンソン家で過ごした人はすべて、常時居住者と同じように、名前を記入しなければならなかったのです。この名前のうちの一つが、事件と重要な繋がりがあるのですよ。さきほどお話しした地元の医者の娘が、なにもその夜にかぎったことではなかったのですが、父親を訪ねてきたのです。友だちを二人連れてきたので、その日ひと晩、自分を泊めてもらえないかとパーキンソン家に頼んだのです。この友だちというのは問題ないんですがね——しかし、これはあとでわかったことですが、彼女の父親は、当時あの村で進行していたことに重要な役割を演じていたのです。彼女自身も事件の何週間か前、パーキンソン家で庭仕事を手伝ったことがあって、ジギタリスとホウレンソウが一緒くたに植わっていたのは、彼女の仕業らしいのです。この女が、あの運命の日、ジギタリスとホウレンソウをまぜこぜにして台所に持ちこんだのですよ。食事をした人全員の中毒は、ありがちな、不運な過失ということで片づけられました。くだんの医者は、こういうことは以前にもあったと説明しました。検死審問のさいの彼の証言によって、過失致死ということでこの件は落着しました。その夜、カクテル・グラスが何かのはずみでテーブルから落ちて割れたことには、誰も注目しなかったのです。

歴史は繰り返されるということを知ったら、奥さん、あなたもさぞ興味ぶかくお思いになるでしょう。あなたはパンパス・グラスの茂みから撃たれ、その後、ミス・マリンズと名乗る女があなたのコーヒーに毒を入れた。あの女は、じつは、この許しがたい医者の孫だか、医者の兄弟の孫だかにあたり、第二次大戦前はジョナサン・ケインの信奉者だったのです。むろん、こういうわけで、クリスピンは彼女のことを知っていたんですよ。お宅の犬も彼女にはっきりと不信感を覚えて、ただちに行動に移ったんですな。事実、アイザック爺さんを殺したのもあの女なのです。

さて、ここで、これに輪をかけて邪悪な人物のことを考えてみなければなりません。この温和で親切な医者は、村のみんなから無条件に信頼されていました。しかし、証拠からいって、ほぼまちがいないと思いますが、当時は誰も夢にも思わなかったものの、この医者の手でメアリ・ジョーダンは殺されたのです。彼は科学に広範な関心を寄せていて、毒薬については専門的な知識を持ってもいたし、細菌学の分野では先駆者的な業績をのこしました。六十年後になって、はじめて真相が明かるみに出たのですよ。ただ、当時まだ小学生だったアレグザンダー・パーキンソンだけは、うすうす感づいていたのです」

「『メアリ・ジョーダンの死は自然死ではない』」とタペンスは静かにいった。「『犯人はわたしたちのなかにいる』その医者が、メアリの活動を嗅ぎつけたのですか?」

「いや。彼は感づいてはいなかった。しかし、何者かが感づいたのです。それまで、メアリは完全にうまくやっていました。問題の海軍中佐はこちらの計算どおりに動いていたのです。メアリが彼に流す情報は本物だったし、その情報の大半が屑同然のものだということに——一見、いかにも重要そうに細工してはありましたがね——彼は気づかなかった。彼のほうでは、いわゆる海軍の計画や機密をメアリに流し、メアリは休日ごとにそれを報告しにロンドンに来たのです。指定された時間に、指定された場所で。たとえば、リージェント・パークのクィーン・メアリ・ガーデンで——ケンジントン・ガーデンのピーター・パンの像のそばも会合の場所に使われました。某大使館の下級職員が一枚かんでいることなどをはじめ、その会合から、こちらではずいぶん多くのことを突きとめたのです。

しかし、何もかも過去のことなのですよ、奥さん。遠い昔のことなのです」

パイクアウェイ大佐が咳払いして、だしぬけに話を引きとった。「だが、歴史は繰返すんですよ、奥さん。それは、遅かれ早かれ、誰もが悟ることですがね。最近になって、ホロウキイで組織がまた結成されたんです。昔のことを知っている連中が、またぞろ旗揚げしたというわけですよ。だから、おそらくミス・マリンズも舞いもどってきたんでしょうな。隠れ場所がまた使われはじめました。秘密の会合も行なわれました。ふたたび、金が重要な問題になった――金の出どころ、行く先が。そこで、ロビンソン氏の力を借りることになったのです。そして、そうこうするうちに、われわれの古い仲間であるベレズフォードが訪ねてきて、非常に興味ぶかい情報を次々に教えてくれたんですよ。彼の情報は、われわれがすでにうすうす気づいていたこととぴったり一致しました。前々から準備されていた背景。わが国のある一人の政治家の思いのままに動くよう準備されつつある未来。名声もあり、日ごとに帰依者や信奉者を増やしている人物。信用詐欺がまた息を吹きかえしたのですよ。清廉潔白の士――平和の守護者。ファシズムではない――いやいや！　一見ファシズムに似てはいます。万人に平和を――そして、協力者には金をというわけです」

「そういうことがいまでもつづいているとおっしゃるんですか？」タペンスは眼を見はった。

「まあ、われわれの知りたいこと、知らねばならんことはもうだいたいわかっていますからな。これは、一部はあなたがたお二人のおかげですよ――揺り木馬の外科手術は、とりわけ多くの情報を与えてくれました――」

「マチルド！」とタペンスは叫んだ。「まあ、嬉しい！　自分でも信じられないわ。マチルドのお腹がそんなにお役に立ったなんて！」

「すばらしいですな、馬というものは」とパイクアウェイ大佐がいった。「自分がどんな役に立つのか、あるいは立たないのか、自分では知らないんですからな。トロイの木馬の昔から」

「トルーラヴも役に立ってくれましたわ」とタペンスはいった。「でも、わたくしが申しあげたいのは、いまでもこういうことがつづいているのならばということなんですの。子供たちのことが――」

「つづいてはおりませんよ」とクリスピン氏がいった。「ご心配はいりません。あの村はきれいになりました――蜂の巣は一掃されたのです。また、静かな生活を楽しむことのできる村にもどったんですよ。連中はベリイ・セント・エドマンズの近くに本拠地を移したと考えてさしつかえないでしょう。それに、われわれが絶えず警戒していますから、ご心配はいりません」

タペンスは安堵の吐息をついた。「ありがとうございます。ええ、娘が三人の子供を連れて、ときどき泊まりに来るものですから――」

「ご心配にはおよびませんよ」とロビンソン氏がいった。「そういえば、『NかMか』の事件のあと、あなたがたはあの事件の関係者だった子供を養女になさったんでしたね――あの『があがあガチョウ』やなんかの童謡の本を持っていた子供を？」

「ベティのことですか？　ええ、大学で立派な成績をおさめて、いまはアフリカで原地人の生活を――なんだかそんなことを調査していますの。そういうことに熱中している若い人がずいぶんおりますわね。ほんとにかわいいんですよ、ベティは――とても幸せそうですわ」

ロビンソン氏が咳払いして、立ちあがった。「ひとつ乾杯しましょう。ベレズフォード夫妻に、祖国に対するお二人の功労を感謝して」

一同は心をこめてグラスを乾した。

「いかがです、もう一度乾杯しましょう」とロビンソン氏がいった。「ハンニバルに」

「ほら、ハンニバル」とタペンスは愛犬の頭を撫でながらいった。「みなさんがあんたに乾杯してくださるわ。これは、ナイトにしてもらうとか、勲章を授かるのに負けないくらいすばらしいことなのよ。わたくし、つい先日、スタンリー・ウェイマンの『ハンニバル伯爵』を読んでいましたの」

「わたしも子供のころ読みましたよ」とロビンソン氏がいった。「『わたしの兄を傷つける者は、同時にタヴァンヌを傷つける者なのです』こうでしたかな。パイクアウェイ、きみはどう思う？　ハンニバル、おまえの爵位授与式を行ないたいんだが」

ハンニバルはロビンソン氏のほうへ一歩進みでると、作法どおり軽く肩を叩いてもらい、尻尾を穏やかに振ってみせた。

「これにより、汝をわが王国の伯爵に叙す」

「ハンニバル伯爵だって。すてきじゃない？」とタペンスはいった。「あんた、さぞしようのない己惚《うぬぼれ》犬になることでしょうね！」

消したい記憶

作家　大倉崇裕

初めてアガサ・クリスティーの作品を買ったのは、学校近くの古本屋だった。ずらりと並んだ本の中にあって、赤い背表紙はとにかく、めだっていた。

ミステリーを読み始めたばかりであった私は、棚にある三冊を適当に抜き出した。『五匹の子豚』、『ナイルに死す』、『パディントン発4時50分』だった。

その三冊がきっかけとなって、私はミステリーにのめりこむ。あの時、あの古本屋で、あのクリスティー作品を手に取らなかったら、案外、人生が変わっていたかもしれない。

三冊を読み終えた後、古本屋通いは日課となった。狙いはもっぱら、赤い背表紙である。だが相手は古本屋。私の求めている作品が、必ずしも置いてあるとは限らない。『ＡＢＣ殺人事件』や『オリエント急行の殺人』、『アクロイド殺し』を読みたくとも、そこに『ビッグ４』があればそれを読まなければならない。古本屋の棚を眺めることは、私にとってなかなかスリリングな体験であった。

そんなある日、ようやく『ＡＢＣ殺人事件』を見つけた。それも百円のワゴンの中に。お金に余裕のできた私は、もう一冊購入することにした。そのとき目についたのが、本著『運命の裏木戸』であった。

『運命の裏木戸』には、正直、困惑した。私の知っているクリスティー作品とは、あまりに違っていたからだ。ポアロもマープルも出てこない。登場人物は全員、七十から百近くになろうとする老人ばかりである。トミーとタペンスという二人の老人を主人公に、物語は実にのんびりと展開していく……

トミーとタペンスの二人がポアロ、マープルと並ぶシリーズキャラクターであること、この作品を書いたとき、クリスティーが既に八十歳を越えていたこと、そして本作がクリスティーの実質的最終作になったこと、などを知ったのは読了後、しばらくしてからであった。

『運命の裏木戸』の主人公、トミーとタペンスが初登場したのは、一九二二年『秘密機七十五歳になっている。『親指のうずき』などで活躍。初登場時、「年齢をあわせても四十五歳にならなかった」二人も、一九七三年発表の本作では、七十五歳前後になっている。

のんびりとした暮らしを求め、田舎に越してきた二人。だが、運命は二人を放っておかなかった。引っ越し先の掃除をしていたタペンスは、残されていた本の中から奇妙なメッセージを発見する。

「メアリ・ジョーダンの死は自然死ではない」

二人はこの一文を手がかりに、眠っていた殺人を掘り起こす。何十年も前に起きた殺人。クリスティーお得意のスリーピングマーダー形式で、本作の幕は上がる。

被害者の顔すら判らない状況の中、唯一の手がかりは村人たちの記憶である。二人は若かりし冒険の日々を思いつつ、老人らしい図々しさを発揮して、皆の頭に眠るかすかな記憶を導きだしていく……

のんびりと展開する老人同士の会話、そして古き良き時代への回想。だが手がかりは、その中に意外な形で折りこまれている。穏やかな日常に、やがて浮かび上がる冷徹な陰謀。

「記憶」とは、何と厄介なものだろう。本作を読むたびに、そう感じる。ミス・マープルものなどと同じく、本作においても「記憶」が事件解決の重要なキーとなっている。犯人はトミーとタペンスの推理力に敗れたのではなく、人々の「記憶」に負けたといえるだろう。忘れているようで、実は覚えている、見ていないようでいて、実は見ている。人の盲点を、クリスティーは巧みについてくる。

八十をこえたクリスティーがこれだけの作品を書いた。そう驚くことは容易い。だが見方を変えれば、八十をこえたからこそ、この作品が書けたともいえる。

現代のスピードに慣れた読者には、本作がひどくスロウなものに映るかもしれない。だが、そこに綴られた物語は味わい深く、豊かで、そしてやや辛辣である。

いつもより少し読書のスピードを落とし、クリスティーという偉大な作家が残した最後の作品を、じっくりと堪能していただきたい。

古本屋に日参した甲斐あって、私はほとんどすべてのクリスティー作品を、読破することができた。

だがその過程には、いくつかの悲劇もあった。某雑誌のエッセイを読んでいたところ、

『アクロイド殺し』の犯人がデカデカと書いてあった。テレビのチャンネルを漫然と変えていたところ、映画《オリエント急行殺人事件》のクライマックスが映しだされてしまった。

人の「記憶」とは厄介なものだ。覚えていたいことはすぐに忘れるくせに、忘れたいものは絶対に忘れられない。

そんなとき、ふと思い起こすのは、SFドラマなどに登場した、記憶消去装置である。記憶を自由に消せる機械だ。それさえあれば、思わぬネタバレを食らっても恐くない。それどころか、いつでもクリスティー作品を「初読」することもできる。何と贅沢なことではないか！

冗談はさておき、この度、赤い背表紙はそのままに、クリスティー文庫がリニューアルされた。これを機会に、初めてクリスティー作品に触れる方も多くいらっしゃるだろう。その人たちが、私は心底うらやましい。

クリスティーをこれから読めるなんて、何て幸せなのだろう。

冒険心あふれるおしどり探偵
〈トミー&タペンス〉

本名トミー・ベレズフォードとタペンス・カウリイ。『秘密機関』（一九二二）で初登場。心優しい復員軍人のトミーと、牧師の娘で病室メイドだったタペンスのふたりは、もともと幼なじみだった。長らく会っていなかったが、第一次世界大戦後、ふたりはロンドンの地下鉄で偶然にもロマンチックな再会をはたす。お金に困っていたので、まもなく「青年冒険家商会」を結成した。この後、結婚したふたりはおしどり夫婦の「ベレズフォード夫妻」となり、共同で探偵社を経営。事務所の受付係アルバートとともに事務所を運営している。トミーとタペンスは素人探偵ではあるが、その探偵術は、数々の探偵小説を読破しているので、事件が起こるとそれら名探偵の探偵術を拝借して謎を解くというユニークなものであった。

『秘密機関』の時はふたりの年齢を合わせても四十五歳にもならなかったが、

最終作の『運命の裏木戸』（一九七三）ではともに七十五歳になっていた。青春時代から老年時代までの長い人生が描かれたキャラクターで、クリスティー自身も、三十一歳から八十三歳までのあいだでシリーズを書き上げている。ふたりの活躍は長篇以外にも連作短篇『おしどり探偵』（一九二九）で楽しむことができる。

ふたりを主人公にした作品が長らく書かれなかった時期には、世界各国の読者からクリスティーに「その後、トミーとタペンスはどうしました？　いまはなにをやってます？」と、執筆の要望が多く届いたという逸話も有名。

灰色の脳細胞と異名をとる

〈名探偵ポアロ〉シリーズ

本名エルキュール・ポアロ。イギリスの私立探偵。元ベルギー警察の捜査員。卵形の顔とぴんとたった口髭が特徴の小柄なベルギー人で、「灰色の脳細胞」を駆使し、難事件に挑む。『スタイルズ荘の怪事件』（一九二〇）に初登場し、友人のヘイスティングズ大尉とともに事件を追う。フェアかアンフェアかとミステリ・ファンのあいだで議論が巻き起こった『アクロイド殺し』（一九二六）、イニシャルのＡＢＣ順に殺人事件が起きる奇怪なストーリーが話題をよんだ『ＡＢＣ殺人事件』（一九三六）、閉ざされた船上での殺人事件を巧みに描いた『ナイルに死す』（一九三七）など多くの作品で活躍し、最後の登場になる『カーテン』（一九七五）まで活躍した。イギリスだけでなく、イラク、フランス、イタリアなど各地で起きた事件にも挑んだ。

映像化作品では、アルバート・フィニー（映画《オリエント急行殺人事件》）、ピーター・ユスチノフ（映画《ナイル殺人事件》）、デビッド・スーシェ（ＴＶシリーズ）らがポアロを演じ、人気を博している。

1 スタイルズ荘の怪事件
2 ゴルフ場殺人事件
3 アクロイド殺し
4 ビッグ4
5 青列車の秘密
6 邪悪の家
7 エッジウェア卿の死
8 オリエント急行の殺人
9 三幕の殺人
10 雲をつかむ死
11 ABC殺人事件
12 メソポタミヤの殺人
13 ひらいたトランプ
14 もの言えぬ証人
15 ナイルに死す
16 死との約束
17 ポアロのクリスマス
18 杉の柩
19 愛国殺人
20 白昼の悪魔
21 五匹の子豚
22 ホロー荘の殺人
23 満潮に乗って
24 マギンティ夫人は死んだ
25 葬儀を終えて
26 ヒッコリー・ロードの殺人
27 死者のあやまち
28 鳩のなかの猫
29 複数の時計
30 第三の女
31 ハロウィーン・パーティ
32 象は忘れない
33 カーテン
34 ブラック・コーヒー〈小説版〉

好奇心旺盛な老婦人探偵

〈ミス・マープル〉シリーズ

本名ジェーン・マープル。イギリスの素人探偵。ロンドンから一時間ほどのところにあるセント・メアリ・ミードという村に住んでいる、色白で上品な雰囲気を漂わせる編み物好きの老婦人。村の人々を観察するのが好きで、そのうちに直感力と観察力が発達してしまい、警察も手をやくような難事件を解決するまでになった。新聞の情報に目をくばり、村のゴシップに聞き耳をたて、それらを総合して事件の謎を解いてゆく。家にいながら、あるいは椅子に座りながらゆったりと推理を繰り広げることが多いが、敵に襲われるのもいとわず、みずから危険に飛び込んでいく行動的な面ももつ。

長篇初登場は『牧師館の殺人』（一九三〇）。「殺人をお知らせ申し上げます」という衝撃的な文章が新聞にのり、ミス・マープルがその謎に挑む『予告殺人』（一九五〇）や、その他にも、連作短篇形式をとりミステリ・ファンに高い評価を得ている『火曜クラブ』（一九三二）、『カリブ海の秘密』（一九六四）とその続篇『復讐の女神』（一九七一）などに登場し、最終作『スリーピング・マーダー』（一九七六）まで、息長く活躍した。

35 牧師館の殺人
36 書斎の死体
37 動く指
38 予告殺人
39 魔術の殺人
40 ポケットにライ麦を
41 パディントン発4時50分
42 鏡は横にひび割れて
43 カリブ海の秘密
44 バートラム・ホテルにて
45 復讐の女神
46 スリーピング・マーダー

訳者略歴　1903年生，英米文学翻訳家
訳書『ハロウィーン・パーティ』『象は忘れない』クリスティー（以上早川書房刊）他多数

Agatha Christie

運命《うんめい》の裏《うら》木《き》戸《ど》

〈クリスティー文庫 50〉

二〇〇四年十月十五日　発行
二〇二五年二月十五日　六刷

（定価はカバーに表示してあります）

著　者　アガサ・クリスティー
訳　者　中《なか》村《むら》能《よし》三《み》
発行者　早川　浩
発行所　株式会社　早川書房

郵便番号一〇一 - 〇〇四六
東京都千代田区神田多町二ノ二
電話　〇三 - 三二五二 - 三一一一
振替　〇〇一六〇 - 三 - 四七七九九
https://www.hayakawa-online.co.jp

乱丁・落丁本は小社制作部宛お送り下さい。
送料小社負担にてお取りかえいたします。

印刷・三松堂株式会社　製本・株式会社明光社
Printed and bound in Japan
ISBN978-4-15-130050-9 C0197

本書は活字が大きく読みやすい〈トールサイズ〉です。